IRÈNE MÜRNER

Lügen am Zürichberg

MUTTERLIEBE Andrea Bernardi, Detektiv bei der Stadtpolizei Zürich, wird zum Selbstmordversuch eines jungen Mädchens gerufen, das von einem Hochhaus springen will. Die Polizei kann sie in letzter Minute davon abhalten. Was aber hat das Mädchen zu dieser Verzweiflungstat bewogen? Lara kommt aus einem vermeintlich perfekten Daheim. Ihre Eltern sind sehr wohlhabend, sie lebt in einem Haus am Zürichberg, hat einen kleinen Bruder und besucht das Gymnasium. Aber offensichtlich trügt der Schein. Bernardi erkennt rasch, dass es sich bei diesem Drama nur um die Spitze des Eisbergs handelt. Der Vater will die Familie verlassen und in die USA auswandern, der Bruder leidet an einer mysteriösen Krankheit und die Mutter versucht mit aller Macht, die Kontrolle zu behalten. Welches furchtbare Geheimnis verbirgt sich hinter der tadellosen Fassade? Andrea muss tief in menschliche Abgründe blicken, wobei das Unfassbare plötzlich ein Gesicht kriegt.

Irène Mürner, geboren und aufgewachsen in St. Gallen, ist begeisterte Weltenbummlerin, ehemalige Lehrerin, Flugbegleiterin und Stadtzürcher Polizistin. Als Kolumnistin hat sie unter anderem die Freuden und Leiden der Polizistenseele durchleuchtet. Nach knapp eineinhalb Jahrzehnten Zürich und fünf Jahren Nairobi lebt sie jetzt im Berner Oberland am Thunersee. Mürner ist verheiratet und hat zwei Kinder.

Bisherige Veröffentlichungen im Gmeiner-Verlag:
Stock, Stein, Tod (2019)
Todessturz (2017)
Schussbereit (2016)
Altweiberfrühling (2014)
Herzversagen (2013)

IRÈNE MÜRNER

Lügen am Zürichberg

Andrea Bernardis sechster Fall

GMEINER

Immer informiert

NEWSLETTER

Spannung pur – mit unserem Newsletter informieren wir Sie regelmäßig über Wissenswertes aus unserer Bücherwelt.

Gefällt mir!

Facebook: @Gmeiner.Verlag
Instagram: @gmeinerverlag
Twitter: @GmeinerVerlag

MIX
Papier aus verantwortungsvollen Quellen
FSC® C083411
FSC www.fsc.org

Besuchen Sie uns im Internet:
www.gmeiner-verlag.de

Im Ehnried 5, 88605 Meßkirch
Telefon 07575/2095-0
info@gmeiner-verlag.de

1. Auflage 2020

Lektorat: Claudia Senghaas, Kirchardt
Herstellung: Mirjam Hecht
Umschlaggestaltung: U.O.R.G. Lutz Eberle, Stuttgart
unter Verwendung eines Fotos von: © Roland zh
https://commons.wikimedia.org/wiki/File:Dolderbahn_IMG_4181.JPG
Druck: CPI books GmbH, Leck
Printed in Germany
ISBN 978-3-8392-2581-3

Personen und Handlung sind frei erfunden.
Ähnlichkeiten mit lebenden oder toten Personen
sind rein zufällig und nicht beabsichtigt.

PROLOG
FREITAG

Sie schlug die Augen auf. Es war dunkel, aber da war ein Geräusch. Yanik? Nein. Die Vögel. Sie flatterten und kreischten. Warum so früh? Noch war der Sonnenaufgang weit entfernt. Etwas musste sie aufgeweckt und erschreckt haben. Angestrengt horchte sie in die Finsternis. Hellwach jetzt. Ja, da war noch etwas anderes. Ein leises, aber stetiges Surren. Ganz nah. Was war das? Die verdammten Vögel veranstalteten einen solchen Krach, dass es unmöglich war, etwas Genaues zu hören. In letzter Zeit hatte sie öfters daran gedacht, die Wellensittiche in die Freiheit zu entlassen. Beim Füttern könnte sie ganz einfach die Käfigtüre »vergessen« zu schließen, worauf die Tiere durch ein offenes Fenster davonschössen. In die Freiheit. Und den sicheren Tod. Für die kleinen Australier waren die Temperaturen hier viel zu tief. Und wenn die Kälte sie nicht tötete, dann die einheimischen Vögel oder der Hunger. Warum hatte sie es nicht getan? Mit offenen Augen starrte sie ins Nichts und versuchte durch das Gekreisch, dieses andere Geräusch zu lokalisieren. Kam es von der Haustür? Ja! Schlagartig beschleunigte ihr Puls. Was ging hier vor sich? An ihrer Haustür? Sie spürte ihren Herzschlag bis in den Hals. So stark, dass es sich anfühlte, als käme er aus der Bettdecke. Panik ließ sie bewegungslos daliegen. Holz ächzte und stöhnte. Völlig fixiert, lauschte sie dem mysteriösen Knarren. Gott, was war hier los? Einbrecher? Räuber? Sie wollte um Hilfe schreien, brachte aber keinen Ton heraus.

Da, ein jähes, leichtes Schnappen, das Schloss musste aufgesprungen sein und machte den Weg frei für eine hereinrollende Lawine. Schwere Stiefel polterten übers Parkett. Schritte, plötzlich scheinbar überall in ihren eigenen vier Wänden. Noch immer konnte sie keinen Finger rühren, lag wie gelähmt. Die Flut kam näher, gleich würde sie sie erreicht haben. Die Schlafzimmertür ging auf. Ein Lichtstrahl traf sie mitten ins Gesicht. Bevor sie geblendet die Augen schloss, sah sie eine dunkle Gestalt. Jemand riss ihr die Decke weg. Sie versuchte zu blinzeln und blickte direkt in den Lauf einer Waffe.

EINE WOCHE ZUVOR
SAMSTAG

1.

Irgendwie taten ihm die Verwandten leid. Es war nicht schön, mit ansehen zu müssen, wie die Mutter und Ehefrau wie ein schwerer Sack in den Sarg gehievt wurde. Schon der Untersuch durch den Mediziner war für Ungewohnte ein heftiger Anblick. Ein Stück Fleisch, das gedreht, gedrückt, gemessen wurde. Ein Toter war so anders als ein Kranker. Der Körper schlaff und völlig spannungslos, ein Kloß, bestehend aus Fett, Gewebe und Knochen. Und dann war da auch noch er, der Polizist, der herumtrampelte und kontrollierte, ob alle nötigen Papiere vorhanden waren und alles mit rechten Dingen zu- und hergegangen war. Er konnte sich nur halbwegs vorstellen, was für ein Schock das Eindringen der Offiziellen in diese kleine Sterbestube für die Anwesenden sein musste. Sie hatten die Patientin in aller Ruhe begleitet, hoffentlich gebührend Abschied nehmen können und dann, kaum hatte sie die Augen für immer geschlossen, war es aus mit dem Frieden. Rechtsmedizin, Polizei, Staatsanwaltschaft, Leichenbestatter, sie alle machten ihren Job mehr oder weniger feinfühlig. Er hoffte, die Angestellten der Dignitas hatten ihre Klientel nicht nur auf das Sterben, sondern auch auf die nachfolgende Situation vorbereitet. Immerhin blieben ihnen die Uniformen erspart, er war als einziger Polizist anwesend und in Zivil. Auf eine Untersuchung und die Kontrolle der Arbeit der Sterbehilfeorganisation konnte aber nicht verzichtet werden. Eine suizidwillige Person musste die tödliche Substanz selbstständig, vor mindestens zwei Zeugen und ohne Fremdeinwirkung einnehmen.

Generell wählten mehr Frauen als Männer diesen assistierten Selbstmord und über vierzig Prozent litten an Krebs, so war es offenbar auch bei dieser Frau gewesen. Zum Glück waren die Sterbebegleiter Profis und hatten alle Formulare für ihn bereitgelegt. Das war nicht sein erster AgT, außergewöhnlicher Todesfall, in der von der Sterbehilfe gemieteten Wohnung und er wusste genau, was zu tun war. So war seine Arbeit schnell erledigt und er schaute zu, dass er so rasch wie möglich wieder verschwinden konnte.

Als er die aufgewühlte Situation mit den nötigen Papieren verließ, um zurück auf den Posten zu kommen und den Rest des Nachtdienstes hinter sich zu bringen, hatte es zu regnen begonnen. Der Asphalt glänzte nass und widerspiegelte die Lichter der Autos auf der Straße.

Im Detektivbüro herrschte trügerische Ruhe. Hans, der Nachtdienstpostenchef, war an Leuten bereits ausgeschossen, offenbar war der Teufel los auf der Gasse. Kaum hatte Andrea seinen Journaleintrag fertig geschrieben und wollte mit dem C-Rapport beginnen, wurde auch er gerufen.

»Spinnen mal wieder alle.« Zur Bekräftigung seiner Worte wedelte Hans mit der Hand vor der Stirn. »Ende Monat, jeder hat seinen Lohn in der Tasche, dazu haben wir Vollmond und auch noch Wochenende. Heirassa, kannst dich auf eine gelungene Nacht einstellen.« Er zog ein missmutiges Gesicht und fuhr dann weiter: »Ein junges Mädchen will an der Gasometerstraße vom Dach springen. Das Spezial ist bereits vor Ort, ebenso Limmat 5. Aber es wird wohl an dir hängenbleiben.«

»Okay. Bin schon unterwegs.« Andrea meldete sich am

Computer ab, packte den Ausdruck, den ihm der Chef freundlicherweise vorbereitet hatte, und trat erneut in die aufgeladene Dunkelheit.

Mittlerweile regnete es Bindfäden. Scheiße. Ein Schirm wäre ganz praktisch gewesen. Obwohl er so schnell wie möglich zum Auto rannte, war er klitschnass, bevor er von innen die Wagentür zuschlagen konnte. Er spürte, wie ihm das Wasser aus den Haaren Hals und Rücken hinunterrann, während er den Motor und die Scheibenwischer einstellte. Quietschend zogen sie ihre Halbkreise über das Glas, kamen aber kaum nach, so dass er eine Stufe höher stellte, und sie jetzt nervös hin- und herhasteten. Trotz des garstigen Wetters waren die Leute gruppenweise unterwegs. Es musste tatsächlich viel Energie in der Luft liegen, dass man auf einen gemütlichen Abend daheim verzichtete und sich stattdessen dermaßen verschiffen ließ. Hieß es nicht für gewöhnlich, Regen sei der beste Polizist? Offensichtlich nicht heute. An die Gasometerstraße war's nicht weit, aber Verkehr und Ausgänger verhinderten, dass er rasch vorwärtskam. Als er endlich am Ziel eintraf, waren bereits zwei Streifenwagen sowie die Feuerwehr vor Ort. Mehrere Polizisten stiefelten mit ihren dunkelblauen Cowboyhüten herum. Bei aller Lächerlichkeit hielten sie wenigstens den Kopf trocken. Andrea schüttelte diverse Hände und bekam die nötigen Informationen. Marc Gerber, Grenadier und Mitglied der stadtpolizeilichen Verhandlungsgruppe, hatte die Erstsprecherfunktion übernommen. Er schien seine Sache ganz gut zu machen. Jedenfalls konnten sie das Mädchen von der Straße aus nicht mehr sehen und die erste unmittelbare Gefahr war somit gebannt. Für die Feuerwehr stellte das allerdings insofern ein Problem dar, dass sie nun nicht mehr wussten, wo sie ihr Sprungkissen aufstellen sollten. Der Generator benötigte mindestens dreißig Sekunden, bis er es aufgeblasen hatte, so ganz spontan war das Luftkissen nicht platzierbar. Nun konnten sie nur hoffen, dass der Kollege auf dem Dach reüssierte und das Mädchen zum Herunterkommen überreden konnte.

*

Sie betrachtete ihren schlafenden Sohn. In der Nachttischlampe drehten kleine farbige Fische ihre immer wiederkehrenden Runden um die Glühbirne. Das gedämpfte Licht warf unruhige Schatten auf das Gesicht des Dreijährigen. Die Kinderbettstäbe tanzten über Bettdecke und Kind. Wie friedlich er dalag. Kein Mensch käme auf die Idee, er könnte krank sein. Die runden Wangen und der kleine Mund waren völlig entspannt. Unter seiner kleinen Patschhand lag der braune Stoffbär. Leise verklangen die letzten Töne der Spieldose. »Weißt du, wie viel Sternlein stehen …« Sie summte die Melodie zu Ende.

Stille breitete sich aus und sie hörte nur noch Yaniks Atmen. Sie hatte alles unter Kontrolle. Die Nacht würde ruhig verlaufen.

Sie hatten einen schönen Tag im Zoo gehabt. Sie ging oft in den Tiergarten, konnte ihn von zu Hause aus bequem zu Fuß erreichen und da Yanik, obwohl schon drei, sich noch immer unsicher bewegte, war sie ohnehin gezwungen, den Kinderwagen stets dabeizuhaben. Im Zoo fühlte sie sich unter all den anderen Besuchern ungestört und unbeobachtet. Sie konnten stundenlang den interessant angelegten Wegen folgen, zwischendurch auch eine Weile auf einem der Spielplätze haltmachen oder Vier- und Zweibeiner studieren, solange sie wollte, und das praktisch, ohne dass sie je ein bekanntes Gesicht entdeckte. Die Kinder bekamen frische Luft und Bewegung und vielleicht schnappten sie nebenbei noch etwas Wissen auf. Lara war heute mit ihrem Vater unterwegs. So hatte sie ihren Jüngsten ganz für sich und konnte ihm all ihre Aufmerksamkeit schenken, was sonst schwierig war. Zwei Kindern in so verschiedenen Lebensphasen gerecht zu werden, war bisweilen fast unmöglich.

Es war kalt und hatte immer wieder geregnet, der Besuch im Zoo war daher einmal mehr eine gute Entscheidung gewesen. Sie hatten lange im Exotarium verweilt. Yanik liebte das Südamerika-Haus. Vor allem die bunten Fische. Filigrane Putzergarnelen, Pinzettenfische oder Schwimmwühle. Seepferdchen. Piranhas. Der Aal war ihm unheimlich, das konnte sie schnell erkennen. Vielleicht, weil er so groß war? Oder eher, weil er in einem sehr dunklen Aquarium schwamm und nichts von der Leichtigkeit eines Clownfischs hatte? Und ja, natürlich mochte er auch die Pinguine. Mit dem Lift waren sie in den 1. Stock gefahren, wo Schlangen, Echsen und Spinnen daheim waren, und ganz zum Schluss hatten sie die Froschausstellung im Obergeschoss besucht. Die kleinen giftigen, aber äußerst bunten und schönen Kreaturen faszinierten sie. Yanik mochte vor allem den neuen Ausstellungskasten mit Geräuschkulisse, die den Dreijährigen zu beruhigen schien. Sie hatte ihn da geparkt und er lauschte dem Ruf der Erdkröten, der an Wildgänse erinnerte, oder der Kreuzkröte, der sie selbst an Zikaden denken ließ. Sollte er sich beim Bellen des Moorfroschs, dem Zirpen des Laubfroschs, dem Knarren der Knoblauchkröte, dem Heulen der Gelbbauchunke oder Pfeifen der Geburtshelferkröte neben irgendeinem sumpfigen See an einem lauschigen Sommerabend wähnen. Sie hatte derweil interessiert und fasziniert über die Gefährlichkeit der Amphibien gelesen. Das Gift eines einzigen Goldenen Pfeilgiftfrosches konnte 20.000 Mäuse töten. Das musste man sich einmal vorstellen. 20.000 Mäuse! Froschsekrete wirkten offenbar aber auch positiv, eigneten sich zur Senkung des Bluthochdrucks oder als Blutverdünner. Außerdem waren sie antibakteriell und hatten eine schmerzstillende Wirkung.

Für Medizinisches konnte sie sich immer wieder begeistern.

Yanik war allerdings bald ungeduldig geworden, und sie hatte den Wagen weiterschieben müssen, noch bevor sie alle relevanten Informationen hatte lesen können. Ein Halt bei den Springtamarinen hatte ihren Sohn wieder für eine Weile beschäftigt. Die kleinen schwarzen Äffchen waren neugierig auf den Sims im Käfiginnern direkt vor sie hin geklettert. Nervös und zittrig hatten sie ihnen ängstliche Blicke zugeworfen. Eines hatte schließlich auch noch seinen mit einem gefährlich aussehenden Gebiss ausgestatteten Mund aufgerissen und gellend hohe, spitze Schreie ausgestoßen. Die allerdings durch die dicke Scheibe praktisch unhörbar blieben, was sie aber nicht minder unheimlich machte. Jedenfalls hatte Yanik mit vor Schreck geweiteten Augen zurückgestarrt, und es war offensichtlich, dass er sich vor den kleinen Kobolden mit den langen Krallen gruselte.

Die exotischen Pflanzen erinnerten an den Regenwald, und unwillkürlich hatte sie an ihren eigenen Aufenthalt in Südamerika denken müssen. Vor vielen Jahren war sie in Bolivien und Peru gewesen. Monate mit Höhen und Tiefen. Sie war in der Ausbildung zur Lehrerin gewesen und hatte in ihrem Zwischenjahr ihr Sozialpraktikum in einem

Kinderheim in La Paz absolviert. Nachmittags hatte sie jeweils zusätzlich für ein paar Stunden das Colegio besucht, um Spanisch zu lernen. Es war eine entscheidende und in gewissem Sinn auch wegweisende Zeit für ihr Leben gewesen. Damals hatte sie Philippe kennengelernt.

*

»Dammi, die sollen mal vorwärtsmachen. Langsam wird's ungemütlich hier.« Stump schlug seine Arme um den Körper. Andrea betrachtete den nörgelnden Kollegen. Tja, kein Wunder, dass er fror, ohne Jacke und nur mit dem Rollkragenpullover bekleidet. Allerdings war auch ihm kalt, die Temperatur war empfindlich gesunken. Bereits mischten sich erste Schneeflocken unter die Regentropfen. Hörte dieser verdammte Winter denn niemals auf?

»Entweder soll sie jetzt springen oder endlich runterkommen.«

»Wie lange steht ihr schon hier?«

»Mindestens eine Stunde.«

»Wenn sie sich wenigstens eine andere Gegend für ihren Abschied ausgesucht hätte.« Damit hatte Tanja, Stumps Kollegin aus der Regionalwache Industrie, recht. Sie befanden sich mitten im Ausgehbezirk und es war unmöglich, unbeobachtet zu agieren. »Ich geh dann mal rein.« Mit diesen Worten bewegte sie sich in Richtung Haus. Kaum war sie außer Hörweite, erklang in Andreas Rücken eine neue, ihm aber wohlbekannte Stimme: »Mann, die ist ja fett geworden. Schwingt mindestens eine Vierzimmerwohnung. Die war doch mal heiß.« Gysin schüttelte angewidert den Kopf und wandte sich dann an Andrea: »Na, Bernardi, alles klar, du Superstar?«

Gysin, dieses Arschloch. Andrea hatte mit dem großgewachsenen Uniformierten die Polizeischule besucht und leiden hatten sie sich da schon nicht können. Was Tanja betraf, hatte Gysin allerdings nicht unrecht. Auch Andrea hatte mit Enttäuschung den gewaltigen Hintern diagnostiziert, den die Kollegin gegenwärtig mit sich trug. Freilich war sie nicht die Einzige, die im Verlaufe der Jahre bei der Polizei auseinandergegangen war. Viele Kollegen legten an Gewicht zu und füllten mit den Jahren immer größer werdende Dienstbekleidungen aus. Schuld daran war vermutlich der ungesunde Lebenswandel. Der regelmäßige Nachtdienst verursachte einen energiezehrenden Schlafmangel, den man mit einem Zuviel an Naschereien wieder wettzumachen versuchte. Ihm ging es ja ganz ähnlich, wenn er müde war, kämpfte er ständig gegen diese Lust aufs Essen.

»Gysin, gibt's dich auch noch.«

»Ja. Und im Gegensatz zu dir stecke ich noch immer in der Uniform. Du bist ja schon seit Jahren Deckel… bravo.« Der Sarkasmus in seiner Stimme war nicht zu überhören. Dennoch trat Andrea nicht darauf ein, sondern fragte stellvertretend: »Alles im Griff hier?«

»Was denn sonst.« Als wollte er den Polizisten Lügen strafen, torkelte in diesem Moment ein Betrunkener laut grölend um die Ecke. In einem Sprachgemisch und mit stark englisch gefärbtem Akzent wandte er sich an die Uniformierten: »I need some help. Die haben mich aus dem Club geworfen, aber ich will da wieder rein!«

»Fuck, der schon wieder. Den haben wir doch schon vor einer halben Stunde aus einem Club holen müssen und weggeschickt. Macht heute nichts als Probleme.« Gysin ging dem Dunkelhäutigen ein paar Schritte entgegen und sagte: »Ja, die Geschichte kennen wir schon. Ich denke, Sie sollten jetzt nach Hause gehen.«

»No! I wanna go back, ich will tanzen!« Der Afrikaner versuchte, einige Moves auszuführen, was ihm allerdings nicht gelang, stattdessen landete er auf dem Boden. »Shit. Man.« Langsam kam er auf die Knie und streckte dem Polizisten hilfesuchend seine Hand hin. Gysin ignorierte sie geübt und wiederholte seine Aufforderung: »Geh heim. Für dich ist hier Schluss.« Inzwischen war der Mann auch ohne fremde Hilfe auf die Beine zurückgekommen, ließ sich aber nicht so rasch abwimmeln. »No. Kommt überhaupt nicht infrage.« Mit diesen Worten versuchte er, die Tür des Streifenwagens zu öffnen. Was er damit bezweckte, war nicht ganz klar. Erhoffte er sich eine Taxifahrt? Die Absicht allein genügte, um Gysin etwas bestimmter auftreten zu lassen. »Hör zu, wenn du jetzt nicht verschwindest, müssen wir dich einpacken. Verstanden?« Der Schwarze schaute ihn verständnislos an und sagte: »I just wanna dance. Darf man hier denn nicht einmal mehr das?«

»Nein. Du nicht.« Gysin packte ihn am Jackenkragen, drehte ihn von sich weg und gab ihm einen Schubs.

»Hey, fuck you! That's just because I'm black! Rassistisches Nazischwein!« Erstaunlich, dass er die letzten Ausdrücke auf Deutsch kannte, weniger überraschend hingegen, dass er die Rassismuskarte zog. Der Mann begann zu brüllen und spannte seine Muskeln, im Wissen, dass sich die Passanten in der Umgebung sofort mit ihm solidarisieren würden. Aus den Augenwinkeln sah Andrea, wie die Vorbeigehenden stehen blieben und zu ihnen herüberstarrten. Er meinte Bemerkungen wie: »Ist ja klar, die Bullen haben sich wieder einen Dunkelhäutigen ausgesucht.« – »Rechtsradikales Pack.« – »Typisch Schmier« und Ähnliches herauszuhören. Bereits zückten die Ersten ihre Handys und begannen zu filmen und zu fotografieren. Gysin, mit seinem Klienten sehr unglücklich exponiert, ließ sich nicht provozieren. Als Streifenpolizist im Kreis 5 war er solche Anfeindungen gewöhnt. Ungerührt meinte er nur: »Da sind sie ja wieder, die Schmeißfliegen, die von der Scheiße angezogen werden.« Andrea versuchte, sich schützend vor ihn zu stellen, und bestellte über Funk vorsorglich Verstärkung. Er wusste nur zu gut, dass die Stimmung oft innert Kürze kippen konnte und rasch Flaschen oder Steine geflogen kamen. Bevor sich ganze Menschentrauben bildeten, ging er mit zwei Kollegen vom Spezial zu den Passanten rüber und forderte sie zum Verlassen des Schauplatzes auf: »Bitte gehen Sie weiter, es gibt hier nichts zu sehen.«

»Ja, natürlich wollt ihr keine Zeugen, wenn ihr Schwarze ungerecht behandelt.«

»Bitte.«

»Nein, wir sind freie Bürger und wir dürfen uns aufhalten, wo wir wollen.«

»Das ist so nicht ganz richtig. Wenn wir Ihnen sagen, Sie sollen weggehen, dann müssen Sie das.«

»Aber ich bin ein unbescholtener Bürger und ich kenne meine Rechte.«

»Offenbar nicht.« Wie ihm diese naseweisen Hosenscheißer auf den Sack gingen. Von Tuten und Blasen hatten sie keine Ahnung, aber die Klappe aufreißen und der Polizei sagen, wie sie zu arbeiten hatte, das konnten sie.

»Hören Sie, Sie gehen jetzt weiter, und wir haben alle unseren Frieden.«

»Kommt doch überhaupt nicht infrage.«

»Dann muss ich Sie verzeigen wegen Nichtbefolgen einer polizeilichen Anweisung.«

»Was? Das ist ja wohl die Höhe. Die Bullen haben wieder das Gefühl, sie seien allmächtig. Ich lass mir von dir doch nicht vorschreiben, wann ich wohin zu gehen habe.«

»Tja, dann bleibt mir wohl nichts anderes übrig.« Andrea zückte sein schwarzes Büchlein und das reichte immerhin, um den aufsässigen Kerl loszuwerden. Natürlich nicht, ohne dass er weiterhin auf die Scheißschmier geflucht hätte.

Andrea ging zurück und sah, wie inzwischen Unterstützung eingetroffen war. Zwei Wagen von der Soko mit je vier Mann standen bereit. Gut. Offenbar wollte man den betrunkenen Schwarzen zur Ausnüchterung mitnehmen und wartete nur noch auf den Kastenwagen. Er war arretiert worden und stand schimpfend und schreiend an einer Hauswand. Mit seinem Lärm hatte er bereits neue filmende Gaffer angelockt.

Nun wusste er wieder, warum ihm die Arbeit auf der Straße verleidet war, er hatte auf der Zunge, zu rufen: »Haut ab, macht jetzt die Fliege und lasst uns einfach unsere Arbeit tun«, aber er konnte sich beherrschen und hörte stattdessen, wie Gysin cool sagte: »Was ist, noch nie einen Rassisten gesehen? Geil, die Macht, die wir haben. Wenn dir dein Job zu langweilig ist, komm doch auch zu uns. Und ansonsten darf man verschwinden. Gehen Sie.« Wenigstens einige der Glotzer zogen sich beschämt zurück. Die meisten allerdings blieben stehen und ein besonders Mutiger rief: »Na, hör mal, wie redest du denn mit mir? Ich werde mich über dich beschweren. Das muss ich mir nicht bieten lassen! Und was hat der Herr überhaupt getan? Warum steht er in Handschellen?« Er kam näher und wollte sich zum Arretierten gesellen. Gysin ging dazwischen. »Ich hab gesagt, Sie sollen verschwinden. Und wenn ich Ihre Visage noch länger hier sehen muss, verzeige ich Sie wegen Hinderung einer Amtshandlung.«

»Wie kommst du dazu! Ich behindere gar niemanden. Du verhältst dich nicht richtig!«

»Wenn ich sage, Sie sollen hier weggehen, dann ist das kein Wunsch oder eine Bitte, sondern ein Befehl. Verstanden?«

»Das kommt doch überhaupt nicht infrage. Ich werde die Presse informieren. Wie heißt du noch mal?« Er beugte sich vor, um einen Blick auf Gysins Namensschild zu erhaschen.

Der machte es ihm einfach und sagte: »Gysin. Aber bitte mit Y.«

In diesem Moment raste der Kastenwagen mit quietschenden Reifen, Blaulicht und heulender Sirene um die Ecke.

»Na endlich, wurde aber auch Zeit.« Gysin packte den Gefesselten mit festem Griff am Ellbogen, der Schwarze stieß einen letzten Schrei des Aufbegehrens aus, bevor er unsanft in den Kawa gestoßen wurde. »Wir sehen uns.« Gysin winkte Andrea lässig zum Abschied, stieg zu seinem Kollegen ins Auto und folgte dem blauen VW in die Regionalwache City.

»Ja.« Leider. Auf diese Gegenwart konnte Andrea verzichten. Obwohl man Gysin durchaus einen gewissen Unterhaltungswert zugestehen konnte. Und vielleicht sogar noch ein bisschen mehr. Ruhig zu bleiben und polizeiliche Überlegenheit nicht auszunützen, obwohl man tagtäglich bis aufs Blut provoziert wurde, war schon höhere Schule.

Noch immer stand der gaffende Pöbel filmbereit da und hoffte auf eine Sensation.

»Kann mal jemand dem Gerber auf dem Dach sagen, er soll sich beeilen?«

Als hätte er auf diesen Satz gewartet, trat ein Uniformierter aus dem Hauseingang und winkte Andrea zu sich. Erleichtert trat er zu ihm und folgte ihm in den dunklen

Hausflur. Es ging einen Moment, bis er das Mädchen verloren in einer Ecke stehen sah. Zusammen mit Tanja, der Polizistin. Marc Gerber entdeckte Andrea und kam auf ihn zu.

»Hi, Bernardi.«

»Hallo, Gerbi.«

Er drückte die kräftige Hand des Kollegen.

»Lara ist 16. Ich denke, das mit dem Selbstmord war nicht ganz ernst gemeint. Sie hat ein bisschen was getrunken. Ihr Vater will ihre Mutter verlassen, und mit der versteht sie sich nicht. Die Aktion auf dem Dach war wohl ein Hilferuf. In ihrer Not wusste sie keinen anderen Ausweg. Sie hat eingewilligt, mit dem Notfallpsychiater zu reden und anschließend für eine Weile in die Klinik zu gehen.«

»Okay. Gut gemacht.«

»Danke.«

Gemeinsam gingen sie zum Mädchen, das ihnen stumm entgegenblickte. Gerber stellte ihr Andrea vor. »Lara, das ist Herr Bernardi, er übernimmt deinen Fall. Er ist in Ordnung. Du kannst ihm vertrauen. Und vergiss nicht, was wir besprochen haben. Es geht immer weiter. Alles nur halb so schlimm. Mach's gut.« Er drückte ihre Hand und blickte ihr ein letztes Mal aufmunternd in die Augen. Sie nickte nicht einmal. Gerber verabschiedete sich von Andrea, indem er ihm ebenfalls die Hand drückte und gleichzeitig auf die Schulter schlug. »Damit übergebe ich dir den Fall.« Andrea nickte zustimmend und wandte sich anschließend an das eingeschüchterte Mädchen. Er stellte sich noch einmal kurz vor und erklärte ihr das weitere Vorgehen. Sie werde jetzt in einem bereitstehenden Kastenwagen in die Regionalwache City gefahren und könne dort mit einem Psychiater reden. Die ersten Worte, die sie sagte, kamen leise, fast zögernd: »Müssen Sie meine Eltern informieren?« Nach einem Blick in sein Gesicht fuhr sie weiter: »Bitte rufen Sie meinen Vater an. Ich möchte nicht, dass meine Mutter etwas hiervon erfährt.« Sie schaute ihn flehend an. Er musterte sie aufmerksam, dann nickte er. »Klar. Wenn du das willst.« Es reichte, wenn erst einmal ein Elternteil Bescheid wusste. Sie wirkte eine Spur erleichtert.

»Meine Mutter ist schwierig. Und jemand muss sich um meinen Bruder kümmern.«

Mütter waren immer schwierig, das hatten die so an sich. »Also, dann wollen wir mal.« An niemand Bestimmtes gewandt, fragte er: »Hat das Haus auch einen Hinterausgang?« Jemand nickte und deutete noch weiter den Korridor entlang. »Gut. Gehen wir da raus.« Er schob das Mädchen vor sich her.

2.

Philippe war ihr schon in der ersten Pause in der Sprachschule in La Paz aufgefallen. Schien der einzige richtige Mann zu sein, zwischen all den Milchbubis, die sich sonst auf dem Gelände tummelten. Ja, Philippe hatte ihr imponiert, er war sechs Jahre älter als sie und damals schon sehr zielstrebig und ehrgeizig gewesen. Daheim verdiente er sich nebst dem Jusstudium einen ganz schönen Batzen in einer internationalen Firma mit Sitzen in Südamerika. Er hatte bereits das Cambrigde Advanced English Certificate in der Tasche und benutzte nun die Semesterferien, um sein Spanisch aufzubessern. Für drei Monate hatte er sich eine eigene kleine Wohnung mitten in der Stadt gemietet. Etwas, worum sie ihn glühend beneidete, kein Vergleich zu ihrer jämmerlichen Unterkunft im Kinderheim. Er hatte sich zu alt gefühlt, um bei einer einheimischen Familie als zusätzliches »Kind« ein und aus zu gehen. Dieses kleine Einzimmerapartment war zwar spartanisch eingerichtet gewesen, schlecht isoliert und wurde auch nie wirklich warm, dennoch war es ihr wie das Paradies erschienen, und sie war auf diese Insel geflüchtet, sooft es ihr möglich gewesen war. Auch sie hatte Philippe beeindruckt, vornehmlich wohl mit ihrem guten Aussehen. Jedenfalls waren sie rasch ein Paar geworden und nach dem Abschluss der Sprachschule und ihrer Arbeit im Kinderheim hatten sie sich dazu entschlossen, gemeinsam zu reisen. Genau genommen hatte sie sich Philippe ganz einfach angehängt. Er hatte vier Wochen, bevor es für ihn nach Brasilien weiterging, wo er zusätzlich Brasilianisch lernen wollte. Von Brasilien hatte man sich wirtschaftlich damals schon einiges versprochen, was sich ja in der Zwischenzeit bewahrheitet hatte. Und so hatten sie sich die wichtigsten Sehenswürdigkeiten in Peru und Bolivien im Eilzugstempo reingezogen. Waren von La Paz nach Oruro gefahren und von da mit der Bahn nach Uyuni. Der Salzsee war eindrücklich gewesen, stundenlang waren sie durch eine weiße Wüste von der Größe der Schweiz gefahren, und sie hatte zum ersten Mal in ihrem Leben eine Fata Morgana gesehen. Weiter ging's mit dem Bus nach Potosì, wo sie die Minen im Cerro Rico besuchten. Philippe hatte sich darüber amüsiert, wie furchtbar ineffizient Edelmetall abgebaut wurde, in einem Berg, der längst völlig ausgehöhlt schien. Während ihr vor allem die Armut und der Aberglaube auffielen, konnte er sich über die Langsamkeit und fehlende Wirtschaftlichkeit aufregen. In Potosì mussten sie dem Schutzgott Kokablätter bringen, damit er ihnen wohlgesonnen war und den Arbeitern reiche Erzadern zeigte. Sie waren auch nach Sucre, der Hauptstadt Boliviens, gefahren. Der Ort hatte ihr gefallen, schneeweiß und gut erhalten. Aber sie konnten nicht lange bleiben, Philippe drängte weiter, und so flogen sie erneut nach La Paz, von wo sie nach Huatajata am Titicacasee reisten. Hier hatten sie die Farben beeindruckt. Die Luft war so rein und kalt und klar gewesen. Der Himmel strahlte in einem Dunkelblau, das ihr unwirklich erschien. Mit einem Schnellboot fuhren sie nach Copacabana. Dann ging es wieder mit dem Bus weiter bis nach Puno in Peru, wo sie die schwimmenden Inseln der Uros besuchten. Oh Gott. Diese Menschen hausten auf Schilfinseln mitten auf dem See und das sommers wie winters. Sie konnte und wollte sich nicht ausmalen, wie das Leben hier sein musste. Es war nicht die Kälte allein, die Welt war auch so schrecklich klein und wenig abwechslungsreich. Was musste man anspruchslos sein, wenn man auf diese Weise leben konnte. Etwas besser ging es den Menschen auf Taquile. Eine Insel, die sie an Griechenland denken ließ. Hier strickten die Männer und die Frauen durften nur flüstern. Auch nicht gerade das, was sie sich unter einem Paradies vorstellte. Von Juliaca fuhren sie in einer über zwölfstündigen Zugfahrt nach Cusco. Hier hatten sie dann endlich etwas Zeit gehabt, sich diverse Inka Ruinen angeschaut und waren natürlich auch nach Machu Picchu gelangt. Magisch war ihr das allerdings nicht erschienen, dafür hatte es viel zu viele andere

Touristen und Ramschverkäufer auf dem Gelände gehabt. Cusco war schließlich auch das Ende ihrer Reise gewesen, aber nicht ihrer gemeinsamen Zeit. Während Philippe sich auf Brasilia freute, war sie allein nach Hause geflogen und hatte nach den Sommerferien wieder dankbar und brav selbst die Schulbank gedrückt. Dankbar dafür, in einem sicheren Land zu leben, sich nur um ihre Zensuren sorgen zu brauchen, Kleider in Hülle und Fülle zur Verfügung zu haben und vor allem, weder frieren noch Hunger haben zu müssen. Vielleicht hatten sie die Monate in Südamerika in erster Linie gelehrt, auf die Zähne zu beißen. Sie hatte gemerkt, dass sie nicht gleich starb, nur weil sie fror, Hunger hatte oder nicht auf eine saubere Toilette konnte. An die Kurzfristigkeiten, das Chaos und das Ineffiziente allerdings hatte sie sich nicht gewöhnen wollen. Sie hatte festgestellt, wie wichtig ihr Sicherheit, Sauberkeit, Kontrolle und Verlässlichkeit waren.

Als Philippe wieder in der Schweiz war, hatten sie quasi da weitergemacht, wo sie in Peru aufgehört hatten. Sie waren ein attraktives Paar. Gleich nach ihrer Ausbildung heirateten sie jung, und die erste Zeit war sehr schön gewesen. Was hatte sie es genossen mit ihrem begehrenswerten Ehemann. Er hatte sie verwöhnt und auf Händen getragen. Von Rucksacktourismus hatte er genug gehabt, seine Abenteuerferienlust war mit diesen Monaten in und durch Südamerika gestillt gewesen. Von jetzt an ließ er es sich gutgehen. Man logierte nur noch in den besten Hotels. Ob es nun in Dubai das Burj Al Arab oder auf Mauritius das Dinarobin war. Natürlich hatten sie auf den Malediven im Four Seasons gewohnt. Waren in Thailands Khao Lak im Sarojin ein und aus gegangen und auf Bali im Amanusa. Seychellen, Fiji, es gab kaum eine der paradiesischen Inselgruppen, weder in der Südsee noch im Indischen Ozean, die sie nicht besucht hatten. Philippe arbeitete viel, und alles, was er sich von einem Urlaub wünschte, war entspannen, sich um nichts kümmern zu müssen, Wärme und eine schöne Umgebung. Da kam ihm die asiatische Mentalität sehr entgegen. Die Bediensteten hatten stets ein Lächeln im Gesicht, verhielten sich unaufdringlich und unsichtbar, solange man nichts brauchte, aber sobald ein Wunsch erfüllt werden musste, tauchten sie wie aus dem Nichts auf. Alles war mit viel Liebe zum Detail angerichtet, sorgfältig und aufmerksam. Philippe schlief während dieser Tage sehr viel. Manchmal versuchte er, ein Buch zu lesen, was nach ein paar Seiten aber nur zum nächsten Schlummer führte. Nicht, dass er in den Ferien inaktiv gewesen wäre. Natürlich ging er tauchen und ins Fitness, aber das interessierte sie nicht. Sie fanden keine gemeinsamen Aktivitäten. Sobald er sich irgendwo hinlegte, sei es die Liege am Strand, am Pool oder sein Bett, nickte er sogleich ein und war oft kaum wieder wach zu kriegen. In der ersten Zeit hatte sie den Luxus genossen und sie war sich wichtig vorgekommen. Sie konnten sich alles leisten, wovon sie immer geträumt hatte. Aber mit der Zeit langweilte sie sich nur noch. Da lag sie auf diesen mit weichen Kissen belegten Holzliegen und bohrte ihre nackten Zehen links und rechts davon krampfhaft in den feinkörnigen Sand. Während ihre krebsrote Haut versuchte, unter einer schmierigen Schicht Sonnencreme zu atmen, blickte sie in das von Regen und Sonne ausgebleichte rosa Stoffdach, das der aufgespannte Sonnenschirm über ihr bildete. Nicht einmal das Herumbefehlen der Bediensteten machte mehr Spaß. Man gewöhnte sich an alles. Selbst an den schönsten Hochglanzferienprospekt. Sie fühlte sich eingeklemmt, ja, gefangen. Im Traum vom tiefblauen Meer, gefüllt mit süßen Mußestunden, feudalen kulinarischen Genüssen und vermeintlicher romantischer Zweisamkeit. Was hatte sie sich als Mädchen ausgemalt, wie schön es wäre, mit ihrem Traumprinzen am Strand in den roten Abendhimmel zu spazieren. Morgens in der prickelnden Meeresbrise gemeinsam zu joggen, später die wärmenden Sonnenstrahlen und das Dolcefarniente der Verwöhnten zu genießen. Ihr fast nackter Körper sollte sich im smaragdgrünen Pool auf der Luftmatratze aalen und ihren Begleiter anturnen. Abends wollte sie sich in einer vom Duft des Gebratenen geschwängerten Luft am mit fantasievollen Kreationen ausgestatteten Buffet laben. Und nachts unter einem samtenen, von Millionen glitzernder Sterne übersäten Himmelszelt den einen oder anderen Verehrer abblitzen lassen, um dann in brennender Leidenschaft Sex mit ihrem Ehemann zu haben und danach selig in seinen Armen den Schlaf der Erfüllten zu schlafen. Nichts davon war je eingetreten. Eine Schnarchwanze hatte sie geheiratet, einen Mann, der sie tödlich langweilte.

Aber wenigstens hatte er ihr Kinder geschenkt.

Plötzlich wurde sie wütend. Philippe war im Begriff, alles zu zerstören. Alles kaputt zu machen, was sie erarbeitet hatte. Erst wollte er sich von ihr trennen und nun ging er auch noch ins Ausland. Obwohl sie so tüchtig war und immer alles im Griff gehabt hatte. Hatte sie etwa nicht versucht, stets zu seiner Zufriedenheit zu handeln? War das jetzt der Dank für ihre Bemühungen?

Als Lara gehört hatte, dass Philippe nach Los Angeles ziehen würde, hatte sie natürlich mitgehen wollen. Aber das kam überhaupt nicht infrage. Und vermutlich lag es auch nur daran, dass im Kopf ihrer Tochter sofort Bilder dieser Beach-Apartments, in welchen Sam und Addison aus »Private Practice« wohnten, herumspukten. Zugegeben, die waren natürlich traumhaft, lagen mit ihren riesigen Terrassen direkt am Meer. Und offenbar hatten bei Philippe tatsächlich Unterlagen von Häusern in Long Beach und Malibu herumgelegen. Wen konnte es also wundern, dass der Teenager sich blenden ließ und von Baywatch Rettungsschwimmern, Schauspielern und anderen Illusionen zu träumen begann. Nein, Lara machte sie keinen Vorwurf. Aber dass Philippe ihr diese Fantastereien nicht austrieb, konnte sie nicht verstehen. Obwohl es sie eigentlich nicht zu wundern brauchte. Hatte er sich nicht immer davor gedrückt, sich bei seinen Kindern unbeliebt zu machen?

Ach was, im Grunde war sie doch besser dran ohne ihn. Sie brauchte keinen Mann. Sie hatte ohnehin keine Zeit für einen Partner und sie würde dafür sorgen, dass Philippe ihr genug zahlte, dass sie weiterhin ein sicheres und schönes Dasein führen konnten. War das Leben ohne Mann im Prinzip nicht sowieso viel einfacher? All die Energie und die Zeit, die er verschlang und die nun den Kindern zugutekämen.

Umsichtig zog sie die Decke über Yanik zurecht und stopfte sie an den Seiten fest, damit sich das Kind im Schlaf nicht gleich wieder freistrampelte. Der Stoffbär war unter seiner Hand hervorgerutscht. Sie legte ihn auf den weißblau gestreiften Deckenbezug. Bevor sie das Licht löschte und auf leichten Schritten lautlos das Zimmer verließ, warf sie einen letzten Blick auf das Köpfchen mit dem glatten blonden Haar. Die Tür ließ sie einen Spalt breit offen, sollte ihr Sohn weinen oder nach ihr rufen, musste sie ihn hören.

*

Die neue Weisung passte ihm nicht. Es tat ihm leid, das Mädchen in die Zentrale Ausnüchterungsstelle bringen zu müssen. Aber es blieb ihm nichts anderes übrig. Seit kurzem bestand die Vorschrift, jeden, der vom Notfallpsychiater abgeklärt werden musste, in die ZAS zu bringen. Jugendlich oder nicht, traurig oder gefährlich, eingeschüchtert oder wahnsinnig. Man machte da keinen Unterschied. Wie hatte die Presse die Stelle genannt? »Hotel Suff«? Er fand den Begriff unpassend. Die Zentrale Ausnüchterungsstelle – seit ziemlich genau drei Jahren in Betrieb – war im Zellenbau des Amtshauses I untergebracht. Und genau so sah sie natürlich auch aus. Wenig anheimelnd. Ein Gefängnis. Gedacht dafür, berauschte Personen, die sich und andere gemäß Paragraph 25 Polizeigesetz ernsthaft oder unmittelbar gefährdeten, in polizeilichen Gewahrsam zu nehmen und bis zu ihrer Entlassung unter professioneller medizinischer und sicherheitstechnischer Aufsicht zu betreuen und auszunüchtern.

Ja, Besoffene gehörten hierher, wie der Kerl, den Gysin vorhin abtransportiert hatte und der hier wohl ebenfalls hinter einer der grünen Türen jammerte. Vielleicht hatte man ihn in die pinke Zelle gesperrt? Damit er sich beruhigte. Jedenfalls war hier draußen nichts zu hören. Für einen Teenager, der noch vor wenigen Stunden so verzweifelt gewesen war, dass er bereit gewesen wäre, sich von einem Dach zu stürzen, hielt er diese Umgebung für unangebracht.

Er war dem Kastenwagen in seinem Dienstgolf bis zum Hintereingang der Hauptwache gefolgt und parkte ihn draußen. Zu Fuß folgte er ihm in die Garage und stieg später mit Lara in den Lift, der sie hinaufbeförderte. Wie üblich hatte er sich vorher telefonisch angemeldet und sie wurden bereits erwartet. Diesmal empfand er aber alles anders als üblich. Zum ersten Mal seit Jahren sah er die Räumlichkeiten wieder einmal durch die Augen einer anderen Person. Mit dem Blick eines unschuldigen jungen Schulmädchens, das noch nie vorher mit der Polizei zu tun gehabt hatte, geschweige denn je in Polizeigewahrsam genommen worden war. Und was er sah, war wenig ermutigend. Willkommen geheißen wurden sie von einem sterilen Gang, der gesäumt war von schweren Türen, die in die einzelnen Zellen führten. Hinter diesen Türen lauerten sechs Quadratmeter Eingeschlossensein. Zwei mal drei Meter mit weißen und grünen Wänden, grauem Boden, einem an der Wand befestigten Betonbett, mit Matratze und einer Wolldecke belegt. Dazu die Toilette und das Lavabo. Um diesen Empfang noch unfreundlicher und abstoßender zu machen, wurde das Mädchen, kaum im Raum, einer Leibesvisitation unterzogen, die von der Angestellten einer Sicherheitsfirma übernommen wurde. Das medizinische Personal entschied anschließend, ob Lara hafterstehungsfähig war. Sie war es.

3.

Bevor sich Daniela ins Bett legte, machte sie sich eine Tasse Pfefferminztee. Pfefferminze, das hatte sie damals nicht trinken dürfen, als sie noch stillte. Der Pflanze sagte man nach, dass sie die Milchproduktion hemmte. Unweigerlich wanderten ihre Gedanken zurück.

Das Drama hatte seinen Lauf genommen, als sie nach vier Tagen aus dem Krankenhaus nach Hause entlassen worden war. Dabei hatte sie doch wirklich alles in ihrer Macht Stehende unternommen, um gerüstet zu sein. Philippe und sie hatten sich dafür entschieden, dass sie im Unispital gebären sollte. Nicht, dass sie sich nicht eine Privatklinik hätten leisten können, aber am Unispital war die Neonatologie gleich angeschlossen und falls irgendetwas schieflaufen sollte, war man da am besten und schnellsten mit Hilfe zur Hand. Die Geburt war so weit gut verlaufen, ja, es hatte wehgetan und zwischendurch hatte sie geglaubt, es nicht zu schaffen. Aber Philippe war ja da gewesen und genug Ärzte und Hebammen, die sich alle um sie kümmerten. Es war vorbeigegangen, und schließlich hatte sie dieses winzige Wesen in den Armen halten können. Sie hatte Lara sooft bei sich haben dürfen, wie sie wollte, und die Schwestern hatten dafür gesorgt, dass auch sie genug Schlaf bekam, gut aß und sich generell wie in einem Hotel fühlte.

Und dann kam sie heim und war urplötzlich alleine verantwortlich für diesen Wurm. Und hatte nichts mehr unter Kontrolle. Philippe war ihr keine Hilfe. Nicht, dass er zu Beginn nicht den guten Willen gezeigt hätte, aber er wusste ganz einfach nicht, wie mit dem Winzling umgehen. Immer und immer wieder musste sie ihn daran erinnern, dass Lara ihren Kopf noch nicht selbst halten konnte und er ihn zu stützen hatte. Noch nie in seinem Leben hatte er eine Windel gewechselt, geschweige denn ein Neugeborenes gebadet. Nein, Philippe war von keinerlei Nutzen. Er schaffte es sogar, dass Lara sofort wieder zu weinen begann, sobald er sie nur aufnahm. Er hatte sich nicht wohlgefühlt, und das hatte seine Tochter gespürt. So war er froh gewesen, als seine vier Tage Vaterschaftsurlaub vorbei waren und er wieder ins Büro abrauschen konnte. Sie machte ihm deswegen keinen Vorwurf, sie selbst war ja oft genug in Panik verfallen, wenn das Kind nie ruhig wurde, obwohl sie längst alles ausprobiert hatte. Dieses hilflose Wesen, es schrie, es schlief, es trank und es machte die Windeln voll. Ihr Verhältnis zu Lara war von Anfang an gespannt gewesen. Ihre Tochter hatte von Geburt an einen schwierigen und eigenwilligen Charakter gehabt. Es begann damit, dass sie einfach nicht begreifen wollte, wann Tag und wann Nacht war. Tagsüber schlief sie mehrere Stunden am Stück, dafür war sie nachts putzmunter. Daniela hatte sehr bald ein enormes Schlafmanko beisammen und war mit den Nerven völlig am Ende. Stundenlang trug sie Lara durch die dunkle Wohnung, tappte endlos halb im Delirium durch die stillen Zimmer, bis sie endlich, endlich das Gefühl hatte, ihre Tochter sei eingeschlafen. Aber von wegen, kaum lag Lara in ihrem Bettchen, riss sie ihre Augen auf und schaute hellwach in die Welt. Es vergingen Monate, bis Lara den Tag-Nacht-Rhythmus intus hatte. Aber auch danach schlief Daniela schlecht. Bei jedem Mucks, der aus dem Babybettchen kam, erwachte sie und konnte danach trotz Erschöpfung nicht mehr einschlafen. Und dieses Baby machte ständig irgendwelche Geräusche. Schließlich hatte Philippe darauf bestanden, dass Lara in ein eigenes Zimmer kam und sie die Schlafzimmertür schlossen. Aber im Grunde half das nichts, sie erwachte trotzdem häufig, weil sie meinte, etwas gehört zu haben. Selbst heute war das nicht besser geworden.

Und nicht einmal das mit dem Stillen hatte richtig geklappt. Eine Stresssituation für sie beide. Lara nahm die Brust nicht schön, was zu einem Milchstau geführt hatte. Und Daniela schwer erkranken ließ. So hatte sie es schon bald mit der Flasche versucht, was wenigstens einigermaßen funktionierte. Aber diese innige Verbundenheit zwischen Mutter und Kind war niemals aufgekommen. Ihre Situation hatte mit den Bildern der entrückt lächelnden Mutter und ihrem dankbar saugenden Kind nichts gemein. Stillen, die natürlichste und einfachste Sache der Welt? Zweifellos nicht für sie. Ihre Brustwarzen waren innert Kürze offen gewesen, die Haut weggesaugt und übrig geblieben war rotes, rohes Fleisch. Weil Lara, wenn sie dann mal trank, viel zu lange daran herumnuckelte. Mit der Zeit hatte sich jede Berührung angefühlt, als würde ihr jemand ein Messer direkt in die Brust jagen. War es da ein Wunder, dass sie alles andere als entspannt war, wenn Lara zu weinen begann? Überhaupt weinte sie so oft. Dabei tat sie doch alles, damit es dem kleinen Erdenbürger wohl sein musste. Sie hatte ein wunderbares Babyzimmer in Hellgelb und Weiß eingerichtet. Kleine, bunt gemusterte Vögel tanzten als Mobile über dem Wickeltisch. Das ovale Holzbettchen – nagelneu gekauft in einem exquisiten Babyladen – konnte mit dem Kind mitwachsen, indem man seitlich Verlängerungen einbaute. Ein federleichter Vorhang in zartem Zitronengelb spannte sich über das Kopfende, ein hellblauer Schlafsack sah behaglich und warm aus. Das Kuscheltier und eine Spieldose lagen am gepolsterten Rand. Süße Kleidchen, ökologische Windeln und ein topmoderner Kinderwagen, alles bereit. Schoppenwärmer, Spieldecke, gedämpfte Lichtquellen, Vitamin E-Tropfen, Puder, Salben, Babywanne, Windeleimer, nichts, das sie nicht besorgt hatte. Alles aus der Apotheke und den teuersten Kindereinrichtungshäusern. Aber das Baby schrie nach mehr. Schrie nach ihr. Und sie war furchtbar unzulänglich. Ihre Angst vor dem Versagen war allgegenwärtig und erdrückend.

Während sich für sie alles von Grund auf änderte, hatte Philippe sein Leben im gleichen Takt weitergelebt wie bisher. Sie war ganz allein. Allein daheim mit diesem Wesen. Allein mit ihren Ängsten, ihrer Unsicherheit, ihrer Hilflosigkeit. Sie hatte bisher alles geschafft. Und ein Baby, das hatte sie doch gewollt und das schafften alle. Und war sie nicht stets sogar noch besser gewesen als alle? Wie konnte es sein, dass sie dieses kleine Ding derart an ihre Grenzen brachte?

Und was hatte ihr dieses Fremdbestimmtsein Mühe bereitet! Muttersein bedeutete in erster Linie, dass sie nie mehr das tun konnte, was sie wollte. Wonach ihr der Sinn stand, ständig wurde sie unterbrochen. Weder konnte sie in Ruhe ein Telefonat führen, noch gelöst unter der Dusche stehen. Immer, immer, immer war da dieser Störenfried in ihren eigenen vier Wänden. Ein Quälgeist in ihrem Leben, für den sie die Verantwortung trug. Ja, ihr Start war nicht rosig gewesen und mehr als einmal hatte sie sich gefragt, was sie sich da aufgehalst hatte.

Sie musste unwillkürlich lächeln, wenn sie jetzt daran zurückdachte. Im Nachhinein konnte man manchmal gar nicht mehr verstehen, wie an sich nichtige Dinge hatten so riesengroß werden können und unbewältigbar erschienen. Heute war es ganz anders. Heute hatte sie alles im Griff und unter Kontrolle.

In diesem Moment fiel ihr ein, dass das nicht stimmte. Lara war bei ihrem Vater, und sie hatte gar nichts unter Kontrolle. Ihre Wut auf Philippe war grenzenlos. Wie konnte er nur seine Familie verlassen? Das würde sie ihm nie verzeihen, er hatte das arme Kind völlig aus dem Gleichgewicht geworfen. Am liebsten wäre es ihr ja sowieso, wenn ihre Kinder Philippe gar nicht mehr zu Gesicht bekämen. Sie wurden hin- und hergerissen. Das Beste war, sie strichen ihren Vater so rasch wie möglich aus ihrem Leben. Zum Glück hatte dieser unselige Zustand bald ein Ende. Philippe zog in die USA, und dann würde es ihnen gelingen, ihn zu vergessen. Da war sie sich sicher. Und sie würde auch dafür sorgen, dass keine Bilder an ihn erinnerten und dass sein Name nie erwähnt wurde. Bei Yanik hatte sie leichtes Spiel, Lara war natürlich schwieriger, aber auch das würde sie schaffen.

Ihr Tee war kalt geworden, sie schüttete ihn aus und ging zu Bett.

*

Das Mädchen wirkte erbärmlich. Ein jämmerliches Häufchen Elend. So hatte sie sich das alles bestimmt nicht vorgestellt. Sie sah aus, als wäre ihr kalt. Mit angezogenen Beinen saß sie auf der Pritsche und umklammerte ihre Knie. Unwillkürlich musste er an die Worte eines Arztes denken, der sinngemäß einmal gesagt hatte: »Kaum ein Mensch will sich tatsächlich umbringen, und Suizidale suchen daher nicht wirklich den Tod, sondern sie halten ihr Leiden nicht mehr aus. Unsere Aufgabe ist es, ihnen behilflich zu sein, besser damit umzugehen.« Ja, das Mädchen sah leidend aus, aber bisher war es ihnen gewiss nicht gelungen, dieses Leiden zu verringern. Zum Glück war bei Teenagern jedoch oft noch viel zu retten. Diese zu Tode betrübten Kreaturen konnten im nächsten Moment wieder himmelhoch jauchzend sein. Er allerdings fühlte sich überfordert, und fast schmerzlich fiel ihm der Fall Felice Pult ein, die Schülerin, die eine Amoktat am Gymnasium geplant hatte. Schon damals hatte er die pubertäre Nuss nicht knacken können. Er fand es schwierig, zu Seelen von Teenagerinnen einen Zugang zu finden.

»Frierst du? Willst du noch eine Decke?«

»Nein. Danke.«

Auch auf die Frage, ob sie etwas trinken wolle, schüttelte sie nur den Kopf. Es blieb ihm nichts anderes übrig, als sie allein zu lassen. Er verließ die Zelle und die dicke Tür fiel mit einem satten Schmatzen ins Schloss. Nun musste er den Fall mit dem Chef ZAS besprechen und vor allem einen Notfallpsychiater informieren, um das Mädchen möglichst bald aus seiner deprimierenden Situation zu befreien.

Der Arzt war schnell bestellt, aber es würde dauern, bis er hier wäre. Das wusste Andrea aus Erfahrung. Bevor er die Verhaftsakten erstellte, beschloss er, den Vater der Kleinen anzurufen.

Nach einigen wenigen Klingelzeichen wurde der Anruf entgegengenommen. Philippe Landolt befand sich in einem Hotel in London. Andrea stellte sich vor, klärte den Vater über den Verlauf des Abends auf, wie sie seine Tochter angetroffen hatten und wie es im Moment um sie stand. Verständlicherweise erschrak Landolt, war entsetzt und besorgt. Und statt der Antworten, die Andrea sich von ihm erhofft hatte, lieferte er vorerst weitere Fragen. Nein, er konnte sich Laras Verhalten nicht erklären, niemals wäre er auf die Idee gekommen, seine Tochter könnte sich ernsthaft etwas antun wollen. Wie um Himmels willen es dazu hatte kommen können? Was er tun müsse? Wie sie Lara helfen wollten?

Andrea bat ihn, ihm die letzten gemeinsamen Stunden mit Lara zu schildern. Und allmählich ergab sich daraus ein Bild vom Tag des Mädchens, es kristallisierte sich heraus, warum sie so gehandelt hatte. Laras Eltern hatten sich erst vor kurzem getrennt und der Vater lebte seit einigen Tagen im Hyatt in Zürich. Natürlich war das nur vorübergehend, bis er wieder ein neues Zuhause hatte. Lara war den ganzen Samstag bei ihm gewesen. Nachdem er sie am Vormittag abgeholt hatte, waren sie kurz in seinem Hotelzimmer gewesen und gegen Mittag bei Sam's an der Dreikönigstraße Pizza essen gegangen. Danach hatte er, zurück im Hotel, dringend etwas Berufliches erledigen müssen, Lara hatte derweil im Nebenraum an ihren Hausaufgaben gearbeitet und in einem Buch gelesen. Anschließend war er mit ihr im Niederdorf gewesen, wo sie sich ein Paar neue Schuhe hatte aussuchen dürfen. Sie war wie immer gewesen. Oder jedenfalls so, wie er dachte, sei sie immer. Für gewöhnlich verbrachte er nicht viel Zeit mit seinen Kindern, dafür war seine Frau zuständig. Er klang entschuldigend und gleichzeitig hilflos. Ja, er erinnerte sich daran, dass Lara ihn gebeten hatte, sie zu sich zu nehmen. Er plante, in die USA zu ziehen und für eine Weile aus geschäftlichen Gründen in Los Angeles zu leben. Aber er konnte seine Tochter nicht mitnehmen, das war ganz und gar unmöglich. Selbstverständlich wusste er, dass Lara sich nicht besonders gut mit ihrer Mutter verstand. Dennoch gab es keine bessere Lösung. Die Kinder sollten in ihrer angestammten Umgebung bleiben, wenigstens das musste Konstanz haben. Zudem würde er keine Zeit finden, sich um seinen Nachwuchs zu kümmern. Dafür war er zu sehr in seinen Job eingespannt und arbeitete viel zu viel. Lara schien das einzusehen. Jedenfalls war sie nicht mehr weiter auf dem Thema herumgeritten. Sie war enttäuscht gewesen, das hatte er sehen können. Es aber für eine ganz natürliche Reaktion gehalten und erwartet, dass sie bald darüber hinwegkäme. Die heutige Geschäftsreise nach London war kurzfristig hereingeflattert, und Landolt hatte noch keine Gelegenheit gehabt, seine Frau darüber zu informieren. Lara hatte ihm versprochen, das für ihn zu übernehmen, und er hatte seiner Tochter vertraut. Zu Unrecht, wie er jetzt einsah. Und die Schwierigkeiten zwischen seiner Tochter und seiner Frau hatte er offenbar ebenfalls völlig unterschätzt. Da die Eltern im Moment nicht gut aufeinander zu sprechen waren und gewöhnlich nur via Kinder kommunizierten, hatte er es vermieden, seiner Frau gegenüberzutreten, und Lara stattdessen am späteren Nachmittag an der Gartenpforte abgesetzt. Es hatte ihm zwar leidgetan, seine Große einfach so stehen zu lassen, aber sie hatte ihm versichert, es sei in Ordnung. Er hatte sich von ihr verabschiedet, und es war ihm nichts aufgefallen, das anders als sonst gewesen wäre. Er war abgefahren, und sie hatten sich zugewinkt. Beim letzten Blick in den Rückspiegel wäre er nie auf die Idee gekommen, Lara könnte jetzt nicht ins Haus gehen. Aber offensichtlich hatte er sich geirrt. Lara hatte weder Garten noch Haus betreten, sondern war mit dem Tram zurück in die

Stadt gefahren. Die Mutter vermisste ihre Tochter nicht, sie nahm an, Lara verbringe das ganze Wochenende bei ihrem Vater.

Das schien Philippe Landolt Sorgen zu bereiten. »Meine Frau ist ein Kontrollfreak. Sie wird die Situation nicht gut aufnehmen.«

Na ja, welche Mutter würde es schon gut aufnehmen, wenn man sie darüber informierte, dass ihr Kind in die Kinderpsychiatrie wollte? Unsicher fuhr der Vater fort: »Meine Tochter muss Medikamente nehmen. Sie leidet an einer Aufmerksamkeitsdefizit-Hyperaktivitätsstörung. Und zudem hat meine Frau kürzlich gemeint, Lara könnte magersüchtig sein. Aber vielleicht unterhalten Sie sich besser mit Daniela, ich bin nicht wirklich auf dem Laufenden.«

»Wir werden sehen. Lara wird medizinisch betreut, machen Sie sich darüber keine Gedanken.«

Nach zusätzlichen zehn Minuten, in denen sich Landolt nach dem weiteren Verlauf erkundigte, verabschiedeten sich die beiden Männer. Alles in allem machte ihm Philippe Landolt einen ganz vernünftigen Eindruck. Wie die Mutter wohl war? Jedenfalls waren bei Landolts die Rollen traditionell verteilt, es war klar, wer für das Finanzielle zuständig war und wer sich um Heim und Kinder kümmerte.

Andrea beschloss, noch einmal nach Lara zu sehen. Dazu ging er zurück in den Zellentrakt und öffnete die Tür. Sie saß noch genauso da, wie er sie verlassen hatte. Hängende Schultern, hoffnungsloser Blick, völlig in sich zusammengesunken, als wollte sie sich am liebsten unsichtbar machen.

Er erzählte ihr vom Gespräch mit ihrem Vater. Für einen kurzen Moment erwachte sie und etwas wie Hoffnung blitzte in ihren Augen. Als ihr aber klar wurde, dass der Vater nicht auf einem weißen Schimmel angeritten beziehungsweise in einem silbrigen Flugzeug angeflogen käme, um sie zu retten, fiel sie sofort wieder in sich zusammen. Und es schien sie nichts mehr anzugehen. Allmählich wusste er nicht mehr, was er ihr noch sagen konnte, und so begann er, über das Wetter zu plaudern. Wenn überhaupt, gab sie ihm nur einsilbige Antworten und langsam versandete das Gespräch erneut. Wo blieb nur der Notfallpsychiater? Er wollte sie nicht alleine lassen.

Just in diesem Moment hörte er, wie sich draußen jemand nach ihm erkundigte. Na endlich, das wurde auch Zeit. Mit den Worten: »Ich bin gleich zurück« ging er hinaus.

Erleichtert begrüßte er den Arzt und klärte ihn über den Sachverhalt auf. Ein vertrauenerweckender Mann mit grauen Haaren, grauen Augen und einem gemütlichen Bäuchlein. Er hörte Andrea aufmerksam zu und ging dann zu Lara in die Zelle. Andrea zog sich in ein Schreibzimmer zurück, um endlich den nötigen Rapport zu erstellen.

Das Gespräch zwischen dem Psychiater und dem Mädchen dauerte eine gute halbe Stunde, Zeit genug, die Verhaftsakten abzuschließen. Und wie erwartet, kam der Arzt zu dem Schluss, dass die Kinderpsychiatrie an der Neumünsterallee zurzeit das Beste für den Teenager war. Allerdings verzichtete man auf eine FU – fürsorgerische Unterbringung –, da das Mädchen freiwillig in die Klinik wollte, aber er schrieb dennoch eine Einweisung, damit ihr Aufenthalt medizinisch begründet und verfügt werden konnte.

So weit, so gut. Lara ließ alles teilnahmslos über sich ergehen, selbst als ihr Andrea erklärte, dass zwei Mitarbeiter sie jetzt an die Neumünsterallee fahren würden und sie beide sich nicht mehr sähen. Beim Abschied drückte er eine schlaffe Hand, und sie schien sich überwinden zu müssen, ihren Kopf so weit zu heben, dass sie ihm ins Gesicht blicken konnte.

In der Kinderpsychiatrie würden sie sie schon wieder hinbekommen. Das waren Profis. Für ihn war der Fall erledigt.

Aufgeräumt verließ Andrea die Wache und trat auf die Straße. Die Kälte der Nacht empfing ihn. Der Regen war definitiv in Schnee übergegangen. Sachte fielen die Flocken vom dunklen Himmel und zergingen auf der schwarzen Straße. Noch immer hatte es erstaunlich viel Verkehr, überall blinkten Lichter und ganze Fußgängergruppen flanierten am Limmatquai. Es fehlte nur die Brückenbeleuchtung und er hätte an Weihnachten denken müssen. Langsam ging er um das Amtsgebäude zu seinem Wagen. Die Nacht hatte ihm noch keine einzige Verschnaufpause gegönnt. Es war Zeit für einen Kaffee. In diesem Moment rebellierte sein Magen leise und ihm fiel ein, dass er auch noch kein Nachtessen gehabt hatte. Er beschloss, einen Halt beim Türken einzulegen und sich einen Kebab zu genehmigen.

Als er nach einer halben Stunde ins HDB kam, herrschte da angenehme Ruhe. Zwei der vier Detektive waren unterwegs und der Chef saß mit Bettina im Aufenthaltsraum. Er hörte die beiden leise miteinander reden und entschied, sich jetzt den Kaffee aus der Maschine zu lassen und sich eine Weile zu ihnen zu gesellen. Wer wusste, was die Nacht noch bereithielt und wann oder ob er überhaupt noch einmal zu einem gemütlichen Schwatz käme.

SONNTAG

4.

Irgendetwas hatte sie geweckt. Angestrengt lauschte sie in die Nacht. Sie hörte nichts. Nein, Yanik war ruhig. Was war es denn sonst gewesen? Narrte sie einmal mehr ihre Fantasie, spielten ihr ihre Nerven einen Streich und sie hatte sich wieder etwas eingebildet? Wie meistens? Sie erwachte nachts oft und hatte das Gefühl, jemand habe nach ihr gerufen. Lag sie dann aber horchend in der Finsternis, war da nichts. Meistens konnte sie lange, manchmal stundenlang nicht mehr einschlafen. In der Stille des Zimmers kamen die Schatten und sie begann, Gedanken zu wälzen. Wenn es ihr nicht gelang, rechtzeitig das Kopfkino einzuschalten und sich an etwas Erfreulichem festzuhalten, wuchs die Angst ins Unermessliche. Am meisten fürchtete sie sich davor, die Kontrolle zu verlieren. Nicht so sehr über Yanik, ihn hatte sie fest im Griff, aber Lara, ihre Tochter, entglitt ihr immer mehr. Und sie wusste einfach nicht, was sie dagegen unternehmen konnte. Die Kin der zu behüten wurde schwieriger und schwieriger, je älter sie wurden. Sie hasste Laras wachsende Eigenständigkeit und die damit verbundene Loslösung. Es belastete sie und bereitete ihr Sorgen, dass sie ihre schützende Hand kaum noch über ihr Kind halten konnte.

Hinzu kamen die Schuldgefühle. Das schlechte Gewissen hockte ihr im Nacken und lauerte nur auf eine Gelegenheit, hervorzukriechen. Festgekrallt, ließ es niemals los. Immer gab es Situationen, die sie anders, besser hätte meistern müssen. Versagensängste überrollten sie und fraßen sie zuweilen fast auf. Etwas, wogegen die meisten Mütter kämpften, wie sie wusste. Dennoch war ihr das selten ein Trost. Die Verantwortung, die einem als Mutter aufgebürdet wurde, empfand sie als übermenschlich. Wie konnte sie diesen Erwartungen gerecht werden? Geduld, Verständnis, konsequentes, aber liebevolles Handeln, Geborgenheit, Konstanz, Förderung, um nur ein paar Reizworte aus der Kindererziehung aufzuzählen. Wie sollte sie das schaffen? Sie spürte, wie es in ihrem Innern zu klumpen begann. Und wie dieser Klumpen an Gewicht gewann, je länger sie wartete. Er würde sie unweigerlich nach unten ziehen, immer tiefer und tiefer, bis nichts als diese schlechte Mutter übrig blieb. Sie war ungenügend und die krankhafte Furcht vor dem Scheitern plagte sie so stark, dass sie ohne ein Schlafmittel keinen Frieden mehr finden konnte.

Und dabei hatte sie doch nur zwei Kinder. Wieder fiel ihr die Zeit in diesem Kinderheim in Bolivien ein. Es war einer der Pädagogen im Lehrerseminar gewesen, der sie auf die Idee mit diesem Praktikum gebracht hatte. Der Dozent hatte ihr immer gefallen, und als er diesen Vorschlag gemacht hatte, war sie sofort begeistert gewesen.

Ihre Ankunft in Bolivien allerdings war ernüchternd gewesen. Der Anflug auf La Paz noch eindrücklich und imposant. Im Hintergrund erhoben sich die Anden, weiß und dunkelblau und erhaben. Die Stadt wiederum lag in einer Mulde, als hätte ein Riese mit kräftiger Faust auf die platte Hochebene gehauen, um den Häusern ein geborgenes Bett zu schaffen und sie vor allzu garstigen Winden zu schützen. Erschlagen von all dem Fremden, fuhr sie in einem Taxi ins Heim. Es war das erste Mal in ihrem Leben, dass sie alleine unterwegs war und dann auch noch in einer völlig anderen Kultur und unter so vielen anders aussehenden Menschen landete. Schuhputzer, Sammeltaxis, Bauchläden, alles schien Jahrzehnte hinter Europa zurück zu sein. Und was war sie sich riesig vorgekommen. Die Leute waren winzig, die Frauen kamen ihr teilweise kaum bis zu den Schultern. Aber es war nicht nur die Größe, die sie zuweilen an Minderjährige denken ließ, auch der weit verbreitete Aberglaube kam ihr kindlich vor. Lamaföten, Pülverchen in Fläschchen, Püppchen, Steinfiguren, alles Mögliche sollte Schlimmes fernhalten oder Gutes bewirken. An jenem ersten Abend war ihr übel gewesen, das war die Höhe – die Stadt lag auf über 3.500 Metern über Meer – und sie war unendlich müde gewesen. Die Übel- und auch die Müdigkeit hatten sich jedoch bald gelegt. Anders war das mit den Lebensumständen, daran gewöhnte sie sich nicht.

Vor gut vierzig Jahren hatten Ordensfrauen aus Menzingen erfahren, dass eine kleine Indio-Schule am Rande von La Paz nach dem Tod der Gründerin dem Untergang geweiht war. Kurzerhand beschloss man, eine Handvoll Schwestern hinzuschicken, um die hilflosen Kleinen zu retten. Kinder aus sozial schwachen oder zerrütteten Familien, arme Indios und die Nachkommen der Sklaven. Zuweilen auch Waisen oder »Gefängniskinder«, Kinder, deren Eltern aus irgendwelchen Gründen im Gefängnis saßen. Da sie kein Schulgeld bezahlen konnten, gelang es den Ordensschwestern, durch Spenden aus der Heimat, verwaltet durch das Kloster in der Schweiz, ein kleines Colegio aufzubauen.

Im Nachhinein musste sich Daniela eingestehen, dass sie völlig überfordert gewesen war mit der Situation und dem Schicksal der Kleinen. Ihre Ankunft war das gewesen, was man einen Kulturschock nannte.

Zum ersten Mal in ihrem Leben begegnete sie der brutalen Realität. Bisher hatte sie in einer Art geschützter, wohltätiger Illusion gelebt. Ihre Welt hatte aus Stundenplänen, einem geordneten Familienleben in einer sauberen Kleinstadt bestanden. Und nun wollte sie etwas Gutes tun und mit ihrer geschätzten Hilfe einigen Waisenkindern Wichtiges beibringen. Mit malerischem Idealismus hatte die herbe Wirklichkeit aber nichts gemein. Das Bild der fröhlich spielenden Kinder in einer zwar ärmlichen, aber doch irgendwie heilen Welt, das sie daheim noch vor Augen gehabt hatte, erwies sich als inexistent. Die bittere Armut hatte, von nahem betrachtet, keinerlei romantischen Schimmer. Die einfachen Hütten im Staub – in ihrer Fantasie idyllisch wirkend – und die simplen Spielzeuge aus Holz oder anderem recyceltem Material, als kreativ und somit pädagogisch wertvoll abgetan, hatten sich als schrecklich unzureichend herausgestellt. Die Kinder schliefen auf nackten Matratzen am Boden in reizlos eingerichteten Zimmern, die weder mit Bildern noch Pflanzen, geschweige denn Büchern bestückt waren. Einzig kaputtes Plastikspielzeug brachte etwas Farbe ins graubraune Einerlei. Der Staub verwandelte sich bei Regen in Schlamm, der beim Trocknen hart wie Beton wurde und unerbittlich festsaß, wo immer man ihn hintrat.

Die Armut und das damit verbundene einfache Leben waren das eine gewesen. Daran hätte sie sich, nach dem ersten Erwachen, ja vielleicht noch gewöhnen können.

Aber viel schlimmer als diese äußeren Umstände war ihre Aufgabe mit den Kindern gewesen. Im Prinzip hatte sie noch nie mit Kindern gearbeitet, sondern war bisher stets selbst Tochter, Schülerin und Bevormundete gewesen.

Die lachenden Sonnenscheine hatten sich bei genauer

Betrachtung in rotzende, plärrende kleine Ungeheuer verwandelt. Mindestens ein heulendes Elend hing ihr immer am Rockzipfel. Das war nervenzehrend und aufreibend gewesen. Seltsamerweise hatten weder Tränen noch Schluchzer der aufgelösten Schreihälse sie erweichen können. Sie hatte diesem Jammerspiel jeweils aus reinem Egoismus ein Ende gesetzt und den Wurm nicht aus Nächstenliebe oder Mitleid auf den Arm genommen, sondern ganz einfach, weil sie den Klotz am Bein los sein wollte.

Ihr Entsetzen über die ganze Situation hatte sie sich aber nie anmerken lassen, sondern sie hatte stets gute Miene gemacht. Und ihre Bewunderung für die Ordensfrauen war grenzenlos gewesen. Wie hielten sie dieses Leben nur tagtäglich aus? Wie ertrugen sie die Aussicht darauf, niemals von hier wegzukommen, womöglich in diesem Heim zu bleiben bis zu ihrem Tod?

*

Es war noch stockdunkel und verdammt kalt, als er um 6.15 Uhr das HDB an der Zeughausstraße verließ und auf sein Fahrrad stieg. Die Kälte bewirkte immerhin, dass er wieder hellwach wurde. Im warmen Büro vorhin hatte er sich bleischwer gefühlt und sich kaum vorzustellen vermocht, dass er noch nach Hause zu radeln hatte. Ein gefüllter Biber und ein weiterer Kaffee hatten immerhin so viel Energie geliefert, dass er hatte wach bleiben können, bis die lang ersehnte Vormittagsablösung endlich erschienen war.

Nach dem Fall Lara Landolt und seiner Fahrt von der Regionalwache City zurück ins Hauptdetektivbüro war die Nacht ruhig geblieben. Es war gewesen, als hätte jemand einen Schalter gekippt und für Frieden auf der Straße gesorgt. Das war ja an und für sich sehr gut und sehr schön, aber wenn er nichts zu tun bekam, zogen sich die frühen Morgenstunden jeweils unerträglich in die Länge.

Nun, jetzt war Feierabend. Oder Morgen? Hm, er mochte nicht mehr studieren. Mechanisch traten seine Füße in die Pedale und fuhren ihn in Richtung Hauptbahnhof. Die geparkten Autos waren mit einer feinen Zuckerschicht überzogen, aber aktuell schneite es nicht mehr. Er fror und sehnte sich nach seinem warmen, molligen Bett. Urplötzlich machte sich erneut Schwere in seinem Körper breit. Die durchgearbeitete Nacht hockte ihm in den Knochen und ließ die Bewegungen seiner Beine langsamer werden.

Die Stadt schlief in dieser Gegend am Sonntagmorgen tief und fest. Die Ampeln blinkten in regelmäßigem Orange und die Ruhe war so allgegenwärtig, dass es kaum vorstellbar war, wie im angrenzenden Kreis noch immer die Hölle los sein sollte. Und vor 10.00 Uhr würde der »Spaß« auch kaum aufhören. Wenn die vom Sonntagsdienst wollten, konnten sie jetzt locker vor dem Frühstück bis weit in den Vormittag hinein Verzeigungen verteilen – wegen Betäubungsmittelkonsums, Fahren in angetrunkenem Zustand oder Drogeneinfluss, bestimmt gäbe es auch noch die eine oder andere Schlägerei, die Liste hätte er beliebig erweitern können. Stellte man sich vor dem richtigen Club auf, war es wie Fischen im Forellenteich. Aber das ging ihn nichts mehr an. Sollten die Kollegen fleißig sein oder auch nicht. Er wollte nur noch in eine warme Höhle und schlafen, nichts mehr denken. Genau wie die Menschen in den Häusern rundherum.

Wohin fuhr er eigentlich? Die Entscheidung, zu Blums

zu gehen, war unbewusst gefallen. Automatisch hatte er den Weg an ihre Adresse eingeschlagen und war bereits auf dem Seilergraben. Damit hatte er schon beinahe die Hälfte der Strecke zurückgelegt und der Umweg auf die andere Seeseite schien ihm jetzt unüberwindlich. Manchmal verfluchte er sein Verantwortungsbewusstsein. Ihm hatte er es zu verdanken, dass er jetzt nicht längst an der Steinhaldenstraße in der Waagrechten lag. Warum hatte er nicht diesen sauberen Strich gezogen, damals, als Cornelia ihn vor die vollendete Tatsache gestellt hatte, dass sie ihn verließ?

Die Straße war leer, und er hörte einzig seine Fahrradpneus, die über den Asphalt surrten. Seit sechs Monaten war Cornelia weg, und trotzdem war sie nicht aus seinem Leben verschwunden. Er schüttelte seinen Kopf. Eigentlich hätte er jetzt vogelfrei sein müssen. Vor über zwei Jahren war seine große Liebe getötet worden und mittlerweile war er so weit, dass er an Rebecca denken konnte, ohne dass sich gleich ein Elefant auf seine Brust setzte. Er versuchte nach wie vor, sich möglichst wenig an sie zu erinnern. Zwar zog sich das Band um seine Brust noch gelegentlich zusammen, aber nicht mehr so, dass er keine Luft mehr bekam. Geholfen, über den Verlust hinwegzukommen, hatte ihm die Beziehung zu Cornelia. Wie ein Sturm war sie in sein Leben gefegt, hatte alles in die Hände genommen, bestimmt und organisiert und er hatte es nur zu gern geschehen lassen. Selbstständig hatte er grade mal seine Arbeit auf die Reihe gekriegt, zu mehr hatte seine Energie nicht gereicht. Und da war die dominante Cornelia genau richtig gekommen. Sie hatten tolle Monate gehabt, ihre Kraftreserven hatten spielend auch für ihn ausgereicht und er hatte sich gern mitreißen lassen. Cornelia hatte nie ein Geheimnis daraus gemacht, dass sie verheiratet war. Mitt war Amerikaner und in stillem Einvernehmen gönnten sich die Eheleute ihre Affären, so lange sie räumlich getrennt waren, aber jetzt, da Cornelia wieder in die Staaten gezogen war, lebten sie zusammen. Sie hatte Andrea nie etwas vorgemacht und er hatte nichts gegen das Arrangement gehabt. Ganz im Gegenteil. Er hatte sich in seiner damaligen Situation gar nichts Besseres wünschen können. Der Schmerz über Rebeccas Verlust war da, aber Cornelia war das Pflaster gewesen, das die Wunde vom ständigen Bluten abhielt. Dass die Beziehung irgendwann vorbei sein würde, war praktisch von Anfang an klar gewesen. Und so war sein Herz auch nicht in tausend Stücke gebrochen, als Cornelia bekanntgab, dass sie die Schweiz und damit auch ihn in naher Zukunft verlassen wollte. Er übernahm ihren tollen Sportwagen, hätte wieder ungebunden sein sollen und alles hätte ganz wunderbar sein können. Die Sache hatte nur einen Haken. Alessia. Cornelias und Mitts Tochter.

Dieses 18-jährige Mädchen machte allen einen Strich durch die Rechnung. Eine Rechnung, an die er momentan aber nicht gewillt war zu denken. Dafür war er zu müde.

Die Strecke auf den Zürichberg zog sich dahin, und er verfluchte die feudal erhabene Adresse des Hauses seiner Exfreundin. Natürlich lag sie traumhaft. Von der Terrasse aus sah man über die Stadt, den See und an klaren Tagen bis in die Innerschweizer Alpen. Und im Sommer hatten sie Sonne bis lange über den Durchschnitt der Stadtbewohner hinaus. Das Haus war modern, viel Glas, Sichtbeton und klare Formen. Eingerichtet war es zweckmäßig, teuer und schlicht. Fast schon spartanisch. Ihm gefiel es nicht besonders, aber das musste es auch nicht. Er kam nicht wegen der Möbelstücke.

Wann kam dieses verfluchte Haus denn endlich ins Gesichtsfeld? Er konnte nicht mehr. Er wollte schlafen. SCHLAFEN! Nur schlafen.

*

Wäre sie ehrlich gewesen, hätte sie sich und ihrer Umwelt schon in Südamerika eingestehen müssen, dass ihr die Arbeit mit Kindern überhaupt nicht entsprach. Sie hatte festgestellt, dass es sie ganz einfach langweilte, sich mit den Kleinen abgeben zu müssen. Sie konnten nichts, begriffen nichts, und alles brauchte so unglaublich viel Geduld und Energie.

Aber sie war immer angepasst gewesen, und das änderte sich auch als junge Erwachsene nicht. Sie hatte stets funktioniert, die Erwartungen erfüllt und es kam nicht infrage, dass sie den eingeschlagenen Weg aufgab. Das war ihr gar nie ernsthaft in den Sinn gekommen. Dabei hasste sie den Lärm, den die Bälger ständig veranstalteten. Nachmittage, an welchen das Wetter schlecht war und sie nicht nach draußen konnten, waren der reinste Horror, etwas, was sie nicht ihrem ärgsten Feind wünschte. Ständig dieses Geschrei, die Streitereien und das Gequengel. Irgendjemand flennte immer und nebst dem allgemeinen Dreck und Schmuddel gab es auch noch die, die dauernd einnässten. Ganz normal waren die Kinder sowieso nicht, sie bekamen natürlich alle zu wenig Zuwendung und Aufmerksamkeit. Jedes war irgendwie verhaltensauffällig. Zwar gaben sich die Menzingerschwestern alle Mühe und sie waren auch lieb und nett und machten ihre Sache so weit ganz gut, aber es war einfach unmöglich, den Kindern gerecht zu werden. Es waren zu viele und die Mutterliebe konnte ihnen niemand ersetzen.

Sie hatte sich von Anfang an eine gewisse Distanz bewahrt, und die Kleinen nie zu nah an sich herangelassen. Die großen Gefühle hatten sich ohnehin nicht eingestellt. Sie wusste ja, dass sie nur ein paar Monate in La Paz bleiben würde. Das Praktikum hatte sie als ein notwendiges Übel betrachtet und die Tage bis zu seinem Ende gezählt. Eine Angelegenheit, die zwar nicht gewollt war, aber zur Lehrerinnenausbildung gehörte und überstanden werden musste, wie so vieles im Leben. Allerdings war es doch schwieriger gewesen, als sie erwartet hatte. Und sie war oft an ihre Grenzen gestoßen.

Zuweilen hatte Daniela als Assistentin in einem Klassenzimmer mithelfen dürfen. Diese Stunden hatten ihr gefallen. Die Kleinen hatten merkwürdigerweise plötzlich ruhig sitzen können und ganz ansehnlich gehorcht. Das hatte sie darin bestärkt, dass Lehrerin und nicht Erzieherin ihr Ding war. Dass es dann in der Schweiz und als Pädagogin vor einer Klasse noch einmal ganz anders aussah, hatte sie ja nicht ahnen können.

Und es sollte nicht das letzte Mal bleiben, dass sie die falschen Bilder im Kopf gehabt hatte.

Nebst diesen Stunden im Schulunterricht waren das Beste an der Zeit im Kinderheim die Nachmittage gewesen, die sie beim Arzt oder im Spital verbringen durfte. Die kleine Benita hatte an Keuchhusten gelitten und innerhalb kurzer Zeit einige der anderen Kinder angesteckt. Kein Wunder bei den hygienischen oder besser unhygienischen und beengten räumlichen Verhältnissen.

Eines der Kinder bekam schließlich nicht überraschend eine Lungenentzündung und über Wochen war sie regelmäßig mit mindestens einem Patienten ins nächste Spital gepilgert. Mit Hilfe starker Antibiotika hatten sie die Krankheit schlussendlich in den Griff bekommen. Natürlich hatte sie ständig die Angst vor der Ansteckung begleitet, aber das Interesse am Krankheitsverlauf und der medizinischen Versorgung hatte dennoch überwogen. Sie hatte tatsächlich einen Moment mit dem Gedanken gespielt, ob sie die Ausbildung zur Lehrerin nicht zugunsten eines Medizinstudiums aufgeben sollte. Es war aber nur ein kurzer Gedankenblitz gewesen, den sie daheim nie verwirklicht hatte. Alles, was von diesen hochtrabenden Träumen übrig geblieben war, war die Ausbildung zur Rotkreuzpflegefachfrau, die sie später während der Semesterferien absolviert hatte.

Wieder fiel ihr Philippe ein. Dank ihm hatte sich das Leben in Südamerika ertragen lassen. Allein der Gedanke an ihn hatte ihr jeweils geholfen. Wenn es ganz schlimm gewesen war, hatte sie sich einfach vorgestellt, wie sie bald frei sein würden und sie mit ihm auf Reisen wäre. Und sie hatte ihre Geschichte noch weitergesponnen, von einer Märchenhochzeit, einer Villa, einer Familie … geträumt. Allem, was sie jetzt hatte.

Damals hatte ihr Philippe noch zugehört, aber interessiert für ihr Leben hatte er sich schon in jenen Tagen nicht. Wieder wurde sie wütend, wenn sie an Philippe dachte. Vor einigen Tagen war er ausgezogen und hatte sie vor die Tatsache gestellt, dass er beabsichtige, in die USA zu ziehen. Wie es ihr und den Kindern dabei ginge, war natürlich nicht zur Sprache gekommen.

Yanik wimmerte leise im Schlaf. Daniela schüttelte die Erinnerungen wie ein lästiges Insekt ab und war fast dankbar für die Unterbrechung durch ihren Sohn. Rasch schlug sie die warme Decke zurück und stieg aus dem Bett.

5.

Es war kurz nach 11.00 Uhr und allmählich sollte sie sich ans Mittagessenkochen machen. Yanik aß zwar selten mit viel Appetit, dennoch gab sie sich Mühe, ein schmackhaftes und gut bekömmliches Essen zuzubereiten. Ihren Kindern durfte es an nichts mangeln. Sie sorgte dafür, dass sie genug Schlaf und gesunde Nahrung bekamen. Jeden Tag mehrmals frisches Gemüse und Obst, täglich Milchprodukte oder Eier und zwei- bis dreimal in der Woche kam Fleisch auf den Teller. So hatten es schon ihre Eltern gehalten, sie allerdings hatten sich im Gegensatz zu ihr selten teure Stücke leisten können. Und es war bei Gehacktem, Geschnetzeltem oder Wurst geblieben.

Für heute hatte sie Saftplätzli mit Äpfeln vorgesehen, dazu Vollkornteigwaren und einen grünen Salat. Das Fleisch des Wasserbüffels enthielt im Vergleich zum Rind ein Viertel weniger Fett und halb so viele Kalorien, 10 Prozent mehr Eiweiß und über 40 Prozent weniger Cholesterin. Gedankenverloren holte sie alle Lebensmittel aus dem Kühlschrank und den Schmortopf aus der Schublade. Dann heizte sie den Backofen auf 180 Grad vor. Sie faltete das Papier auseinander, die Büffelplätzli lagen rot und feucht da. Mit dem Silikonpinsel begann sie, sie beidseitig mit Senf zu bestreichen. Nun kam die Zwiebel an die Reihe. Das scharfe Messer schnitt ins glatte Fleisch und sofort bildeten sich Saftperlen. Mechanisch hackten ihre Hände auf die Ringe ein. Plötzlich klingelte das Telefon. Das passte nun wirklich schlecht. Dennoch wischte sie ihre Hände an der Schürze trocken und ging ins Wohnzimmer. Auf der Digitalanzeige erkannte sie die Nummer ihrer Mutter. Die hatte ihr gerade noch gefehlt.

Ihr Vater war Bahnbetriebsdisponent bei der Schweizerischen Bundesbahn, SBB, gewesen. Sein stolzer Leitspruch »Pünktlich wie die Schweizer Eisenbahn. Dann funktioniert es auch« kam daher nicht von ungefähr und hatte sie durch ihre ganze Kindheit begleitet. Zuverlässigkeit und Vertrauen in Schweizer Qualität waren Eckpfeiler ihrer Erziehung gewesen. Ebenso Predigten darüber, wie wichtig ein guter Service war und dass man dafür allenfalls bereit sein musste, etwas mehr zu bezahlen und zu leisten. Sie nahm den Hörer und meldete sich mit: »Ja, Mama?«

»Hallo, Daniela. Geht's euch gut?« Was sollte diese Frage? Ihre Mutter musste doch wissen, dass sie an der Zubereitung des Mittagessens war, warum störte sie ausgerechnet jetzt? Aus reiner Höflichkeit fragte sie zurück: »Ja, es geht uns gut. Und dir?« Ihr Vater war schon vor Jahren gestorben und die Mutter wohnte alleine in der Nähe der jüngsten Schwester. Chantal lebte ein Leben demjenigen ihrer Eltern so ähnlich, dass sie sich manchmal dabei ertappte, wie sie aus dem Mund ihrer Schwester die gleichen Sätze zu hören meinte, die einst schon ihre Mutter von sich gegeben hatte. Peter, ihr Mann, erinnerte sogar entfernt an ihren Vater. Dieselbe sich bereits lichtende Haarmisere, die spitze Nase und vor allem die bünzlige Genügsamkeit gepaart mit der spießigen Zuverlässigkeit. Die beiden hatten drei Kinder und das vierte war unterwegs. Was sie Peter zugutehalten musste, er schien sich tatsächlich mit seinem Nachwuchs abzugeben, und das sogar mit einer gewissen Freude. Was sie an Philippe nie hatte erkennen können. Ihr Mann war stets lieber bei der Arbeit als daheim.

Die großen Sprünge ließen sich mit Peters Gehalt als Radio- und Fernsehtechniker, heute Informationselektroniker genannt, nicht machen. Chantal war Arztgehilfin geworden und arbeitete einen Tag in der Praxis, in welcher sie schon die Ausbildung abgeschlossen hatte. Das konnten sie natürlich nur schaffen, weil ihre Mutter gleich nach Vaters Tod in ihre Nähe gezogen war, sich um die Kinder kümmerte und den beiden auch sonst fleißig unter die Arme griff, sobald irgendwie Not am Mann beziehungsweise der Frau war. War ja klar, dass das Nesthäkchen diese Unterstützung bekommen hatte. Die Frage, ob die Mutter nicht auch in ihre, Danielas, Nachbarschaft hätte ziehen können, war gar nie gestellt worden. Von ihr erwartete man ganz selbstverständlich, dass sie alles im Griff hatte und auf keinerlei Hilfe angewiesen war. Dabei waren ihre Kinder mehr als anstrengend, beide krank, brauchten sie mehr Kraft und Aufmerksamkeit als »gewöhnliche«. Aber eben, es durfte sie nicht erstaunen, dass es so gekommen war. Seit jeher war der Jüngsten alles in den Schoß gelegt worden und die Mutter hatte Chantal immer bevorzugt.

»Danke, es geht mir auch gut. Ich wollte fragen, ob du heute Nachmittag nicht mit den Kindern vorbeikommen möchtest. Ich könnte Yanik sogar ein paar Tage bei mir behalten.« Was war das für eine Idee? So einen Vorschlag hatte sie noch nie aus dem Mund ihrer Mutter gehört.

»Chantal ist mit ihrer Familie in den Ferien und ich habe Kapazität.« Aha, daher die Großzügigkeit. Aber das kam nicht infrage. Sie lehnte ab mit den Worten: »Danke, Mama, aber das ist nicht nötig.« Sie der Lückenbüßer? Nein, mit Sicherheit nicht. Sie hatte ihre Eltern mit Topleistungen verwöhnt, alles richtig gemacht und sich stets vorbildlich verhalten. Waren die Eltern einmal abwesend, so hatte sie ganz selbstverständlich die Verantwortung für ihre Schwestern übernommen und dafür gesorgt, dass alles zur Zufriedenheit lief. Der Preis dafür war, dass sie ein ernsthaftes und reifes Kind gewesen war. Nadine und Chantal hatten ein ganz anderes Leben geführt als sie. Unbeschwert segelten sie in ihrem Schatten durch die Kinderjahre und unbelastet begeisterten sie sich für alles Mögliche. Während sie eine unnahbare Miene aufsetzte und ihre wahren Gefühle hinter einer desinteressierten Maske kaschierte, tat sie, als stünde sie über dem Mädchenkram. Mit der Zeit wusste sie selbst nicht mehr genau, ob sie es war, die es hasste, sich unter das »gewöhnliche« Volk zu mischen, oder ob sie sich einfach die Erwartungen ihres Vaters zu eigen machte. Er hatte nie einen Zweifel daran gelassen, dass sie sein ganzer Stolz war und dass auf ihr alle väterlichen Hoffnungen ruhten. Chantal und Nadine gegenüber waren die Eltern großzügig und tolerant. Und sie hatte sie oft um die daraus resultierende Sorglosigkeit beneidet. Eifersüchtig war sie auf die unbekümmerte Gelassenheit, mit der die Schwestern auch mal schlechte Noten oder eine kaputte Hose mit nach Hause brachten. Sie brauchten nicht jedes Wort auf die Goldwaage zu legen, denn auf ihr unbefangenes Geplapper hörte ohnehin nur die Mutter. Ganz im Gegensatz zu ihr, von der immer erwartet wurde, dass sie etwas Gehaltvolles von sich gab und ihre Aussagen Hand und Fuß hatten. In ihrem Innern hörte sie die beiden stets gleichen Sätze: Du musst perfekt sein. Du musst alles unter Kontrolle haben. Dennoch hatte sie niemals die Liebe erfahren, die die Großeltern Yanik und Lara entgegenbrachten. Und sie ertrug es nur schlecht, wenn sie Lara oder Yanik verwöhnten, knuddelten und küssten, etwas, was sie bei ihr nie getan hatten. Sie war immer kurzgehalten worden und ihr Nachwuchs bekam jetzt quasi all das, was man ihr nie gegönnt hatte. Sie hielt die Kontakte mit ihren Eltern daher auf einem Minimum.

Ihre Mutter schien gekränkt zu sein, jedenfalls fragte sie leicht pikiert: »Warum denn nicht? Ich habe meine Großkinder schon lange nicht mehr zu Gesicht bekommen.« Wollte ihre Mutter etwa Ansprüche stellen? Ausgerechnet ihre Mutter? Die hatte sich doch immer zurückgehalten. Ihr Vater hatte so viel verdient, dass seine Angetraute daheim bleiben konnte als Hausfrau und Mutter. Die Eltern hatten das wohl beide so gewollt, und damals war diese Rollenverteilung üblich gewesen. Teilzeitarbeit war praktisch unbekannt, und wenn die Frau Geld verdienen ging, dann bestimmt nicht aus freien Stücken, sondern weil sie gezwungen war. Aus finanziellen Gründen, sei es, weil der Mann nicht Manns genug war, seine Familie alleine zu ernähren, oder weil er inexistent war. Aber bei ihnen daheim war alles bestens, kein Gedanke, dass die Mutter nicht zu Hause geblieben wäre. Und man nahm ganz selbstverständlich an, dass sie sich nichts anderes wünschte, als für die Familie da zu sein. Daniela wusste noch heute nicht, ob das tatsächlich so gewesen war oder ob Mama vielleicht etwas anderes gewollt hätte. Wenn sie ehrlich war, hatte sie sich nie gefragt, ob ihre Mutter zufrieden war oder ob sie heimlich von einem anderen Dasein träumte. Fraglos nahm man an, dass sie mit einem Ehemann und drei Töchtern ihre Lebensaufgabe gefunden hatte und damit glücklich war. Es war natürlich eine andere Zeit gewesen und abgesehen von einem Kind, dessen Eltern geschieden waren, und einem Tschechen, dessen Mama und Papa arbeiteten, war es bei all ihren Klassenkameraden wie bei ihr daheim gewesen.

»Es tut mir leid, Mama, aber es passt im Moment schlecht.«

»Was hast du denn? Ist etwas nicht in Ordnung?«

Ach, ihre Mutter. Ja, die äußeren Umstände waren gegeben und ihre Eltern bemühten sich darum, dass sie von allem genug bekamen. Im Gegenzug galt für sie und ihre Schwestern, dass man tat, was die Eltern wünschten. Ihre Mutter und ihr Vater wollten gehorsame, nicht kritische Kinder. Kontrolle und Pflichtgefühl wurden in ihrer Familie groß geschrieben und waren wichtiger als Fantasie, Individualität und Lebensfreude. Überhaupt ging es immer darum, was »man« tat, sagte, dachte, für richtig hielt. Völlig uninteressant, was der Einzelne wollte. Man orientierte sich an den Nachbarn und dem Pflichtenheft des Normalbürgers. Aufzufallen in irgendeiner Form wurde um jeden Preis vermieden, und Extrawürste kamen nicht in die Tüte. Man fügte sich und war angepasst. Sie hatte das bis zur Perfektion geschafft. Höflich, ruhig, nett, liebenswürdig und wohlerzogen, immer eifrig bemüht, zu gefallen. Sie war beliebt gewesen bei Lehrern und Verwandten. Natürlich hatte sie nie gelernt, Nein zu sagen. Mit der Zeit kannte sie ihre eigenen Grenzen nicht mehr. Sie weinte nicht, wenn sie traurig war, und sie schrie nicht, wenn sie wütend war. Selbstaufgabe bedeutete für sie aber kein Opfer, sondern war ganz normal. Sie antwortete daher: »Nein, Mama, es ist alles bestens. Aber ich bin am Kochen und habe einfach keine Zeit.«

»Wie du meinst. Dann will ich dich nicht länger stören.« Jetzt war Mama vollends eingeschnappt. Es war ihr egal. Ihr Vater war stolz auf seine drei intelligenten, hübschen und sportlichen Töchter. Alle hatten sie Skifahren gelernt und ihre Schwestern waren im Hand- beziehungsweise Volleyballclub gewesen. Sie hingegen wollte keinen Mannschaftssport mit grobem Körpereinsatz. Und so hatte sie sich für Tischtennis entschieden. Ein Einzelsport, bei dem der Gegner in sicherem Abstand hinter einem großen Tisch stand. Zudem eine Randsportart, für die sie sehr bald Begabung gezeigt hatte. Was dem Trainer Gelegenheit gegeben hatte, sie unter seine speziellen Fittiche zu nehmen.

Sie spürte, wie eine ungesunde Bitterkeit in ihr aufsteigen wollte. Geübt unterdrückte sie sie jedoch sofort, bevor sie mehr Raum einnehmen konnte.

»Also, Mama, melde dich, wenn du etwas brauchst.«

»Ja. Ich wünsche euch einen schönen Sonntag und grüß bitte die Kinder von mir.«

»Das mache ich. Auf Wiederhören, Mama.« Ihre Mutter legte auf. Bevor ihr ihre Kurzangebundenheit leidtun konnte, dachte sie über ihr gestörtes Verhältnis zu ihrer Mutter nach. Sie war das, was man eine »Vatertochter« nannte. Ihre Mutter verpackte ihre Forderungen in unpersönliche Aussagen, war nicht fassbar, und Daniela fragte sich, was für ein Mensch sich hinter dieser Frau verbarg. Sie war nie für sie da gewesen, interessierte sich nicht für sie und ihre Anliegen oder Probleme. Im Gegenteil schien sie ganz froh zu sein, wenn Vaters Aufmerksamkeit allein Daniela galt, so konnte sie sich ungestört den beiden jüngeren Töchtern widmen. Als sie noch klein gewesen war, hatte sie das traurig gemacht und sie hatte eine Mama vermisst. Eine, die sie tröstete, in den Arm nahm und der sie ihre Geheimnisse anvertrauen konnte. Später war die Traurigkeit Wut gewichen. Und zuweilen hatte sie sogar einen unglaublichen Zorn auf ihre Mutter verspürt. Hätte diesen drei Frauen in der Familie, die sie immer ausschlossen, am liebsten ins Gesicht geschlagen und ihnen alles kaputt gemacht. Es gelang ihr aber, diese Aggressionen erfolgreich zu unterdrücken, und sie fand andere Kanäle, um ihre Frustrationen loszuwerden. Sie blieb nach außen das brave Mädchen, erbrachte ausgezeichnete Leistungen, erhielt Bestnoten und ihr Selbstbewusstsein baute auf diesen positiven Rückmeldungen auf. Ihre Einsamkeit und ihre Kümmernisse behielt sie für sich, sie passten nicht zur strahlenden Vorzeigerolle.

Erst in der Psychologie-Ausbildung im Lehrerinnenseminar war ihr aufgegangen, dass sie im Grunde einen kleinen Selbstwert besaß und sich nur über Leistung definierte. Man hatte sie stets angeschaut und bewundert, aber wirklich gesehen hatte sie keiner. Niemand hatte sich je für sie als Person interessiert.

Sie wusch sich die Hände.

Ihre Augen tränten, gut, dass sie mit dem Zwiebelhacken fertig war. Nun kamen die Äpfel an die Reihe. Automatisch begann sie, sie zu schälen und in Schnitze zu schneiden.

Im Leben ihres Vaters war es stetig bergauf gegangen. Begonnen auf einem kleinen Bahnhof, brachte er es mit den Jahren bis zum Chef in einer mittelgroßen Schweizer Stadt. So waren sie nach Jahren des ständigen Umziehens schließlich aus den Mietwohnungen in ein eigenes kleines Häuschen gezogen. Das mochte der Traum ihrer Eltern gewesen sein. Ihrer war es nicht. Es war ihr Schicksal, stets an erster Stelle zu stehen. Und mit Ehrgeiz hatte sie dieses Ziel verfolgt und erreicht. Den ganzen engen, geizigen, kleinbürgerlichen Mief hatte sie hinter sich gelassen. Sie hatte immer mehr gewollt und tatsächlich mit Abstand die beste Partie gemacht. Sie war nach wie vor sozusagen Klassenbeste. Wohnte am Zürichberg in dieser fantastischen Villa und konnte sagen: Geld spielt keine Rolle. Niemandem gelang es, sie zu übertrumpfen.

So, die Äpfel waren fertig. Wenig Paprika und Pfeffer über das Fleisch. Und dann abwechselnd mit den Zwiebeln und Apfelstücken in den Topf schichten. Noch etwas Salz und einige Butterflocken darüber verteilen. Zudecken und ab in den Ofen, für eineinhalb Stunden. In diesen neunzig Schmorminuten blieb ihr genug Zeit für Salat und Teigwaren und um den Tisch zu decken. Weil Sonntag war, holte sie die weiße Tischdecke aus dem Schrank.

Es war schon bei ihnen daheim Tradition gewesen, dass man sich am Sonntag speziell Mühe gab. Samstagabend besuchte man den Gottesdienst, sonntags zog man sich schön an, es wurde ausgiebig gefrühstückt und danach eine Familienaktivität gestartet. Ja, alles war gut und sie hätte absolut zufrieden und glücklich sein müssen. Aber das gelang ihr nicht. Sie hatte sich immer als unzureichend empfunden. Als hübsches Mädchen mit hellblondem Haar und strahlend blauen Augen war sie herausgestochen.

Ihre Schwestern waren nicht über eine fade Alltäglichkeit herausgekommen und das verwunderte sie überhaupt nicht. Unverständlich war ihr nur, dass sie damit so unverschämt zufrieden waren. Andererseits war das vielleicht gar nicht so erstaunlich, Durchschnitt war ja immer ihre Maxime gewesen. Und ihr war es gelungen, dafür zu sorgen, dass ihre Schwestern in ihrem Mittelmaß blieben. Nebst der absoluten Funktionskontrolle waren ihr nämlich auch des Schweizers Eigenschaft des Verhinderns in Fleisch und Blut übergegangen. Allzu hochtrabende Träume ihrer Schwestern von Prinz, Karriere und Traumhaus verstand sie sofort zu ruinieren. Sobald die

Fantasie Purzelbäume schlagen wollte, begann ihr Verstand unmittelbar, alle Wenn und Aber zu finden und die Vorstellungen als unrealistisch und unrealisierbar abzutun. Ihre Schwestern hatte sie diesbezüglich im Griff und wenn sie ihre Mädchenschwärmereien träumten, kam sie mit der scharfen Schere und schnitt schnipp, schnapp die imaginären Luftschlossfäden ab. Die Enttäuschung in den Augen ihrer jüngeren Geschwister hatte ihr bewiesen, dass sie Macht über die beiden besaß. Sie schaffte es immer wieder, ihnen ihre Freude zu zerstören, Zweifel zu säen und sie in die Wirklichkeit zurückzuholen. Vielleicht war ein klein wenig Schadenfreude mit dabei, aber grundsätzlich hielt sie es für ihre Pflicht, allzu hohe Erwartungen zu dämpfen und gleich im Keim zu ersticken, was ohnehin nicht zu erreichen war. Sie tat das so raffiniert, dass ihre Schwestern niemals an ihrer gut gemeinten Absicht zweifelten. Ja, lähmen und klein machen, das waren Begabungen, die sie fraglos beherrschte. Noch besser verstand sie sich auf die Manipulation. Sie sah nichts Schlechtes darin, anderen zu ihrem Glück zu verhelfen. War es nicht gut, die Menschen auf den richtigen Weg zu führen? Ihnen aufzuzeigen, was das Beste für sie war? Oft genug waren sie unfähig und zu einfältig, das selbst zu erkennen. Außerdem, hatte ihr die Zeit nicht recht gegeben? Waren ihre Schwestern etwa nicht glücklich?

Der Tisch war gedeckt. Das Fleisch würde in einer halben Stunde gar sein. Sie machte sich an den Salat und die Teigwaren.

6.

Kurz vor 13.00 Uhr stieg er die Wendeltreppe ins Wohnzimmer hinunter. Es war leer. Trotzdem stahl sich sofort das Bild von Cornelia, wie sie mit einem Latte macchiato auf dem Sofa saß und in die Sonntagszeitung vertieft war, vor sein inneres Auge. Manchmal vermisste er sie. Er sah sie vor sich, wie ihr die schwarze Lesebrille ein strenges Aussehen gab, aber sobald sie ihn hörte, hatte sie jeweils aufgeblickt, gelächelt und gleichzeitig das Gestell von der Nase genommen.

Er setzte sich und warf einen Blick durch die Panoramascheibe. Heute war der pastellblaue Himmel mit vereinzelten Zirren überzogen, wie sie sonst eigentlich nur der Herbst zauberte. Er spannte sich über eine frisch herausgeputzte Stadt. Auf den Dächern lag eine feine Schneeschicht, die die Sonne vermutlich im Verlaufe des Nachmittags zerstören würde.

Die Aussicht erinnerte ihn an einen anderen Sonntag. Cornelia, wie sie den letzten Schluck aus der Tasse getrunken, sich erhoben und gemeint hatte: »Du kommst gerade richtig, ich habe für 14.00 Uhr ein Flugzeug reserviert. Willst du mit?«

Es gab wohl nichts, was die Frau nicht konnte. Und sie hatte ständig diese Energie versprüht. Selbst wenn er sich auf einen gemütlichen Sonntagnachmittag mit Zeitung und Espresso eingestellt hatte, gelang es ihr, ihn von anderem zu überzeugen.

In der Küche fand er einen übrig gebliebenen Frühstücksgipfel, der vorerst gegen den Hunger genügte. Er hörte kein Geräusch und nahm an, dass das Haus leer war. Ob Alessia die Nacht überhaupt hier verbracht hatte? Eigentlich mochte er sich darüber nicht den Kopf zerbrechen.

Erneut wanderten seine Gedanken zurück zu jenem ersten Flug, auf dem er Cornelia begleitet hatte.

Sie hatte bereits draußen auf ihn gewartet und ungeduldig gehupt. Im Wagen saß sie in einer speckigen Lederjacke, hatte die Pilotenbrille aus der Tasche gefischt und scharf ausgesehen. Er war in ihr schwarzes BMW Sportcoupé gestiegen und der Ledergeruch war ihm sofort in die Nase gestochen. Unwillkürlich fielen ihm die Attribute ein, mit denen die Werbung jeweils solche Wagen anpries. Eleganz, Dynamik, Adrenalin und Intensität. Alles sehr passend, sowohl auf das schöne Auto wie auch die attraktive Frau. Kaum hatte er die Tür zugeschlagen, war Cornelia sportlich aus der Ausfahrt gebraust und in die Susenbergstraße eingebogen. Den Berg hinunter hatte es meist wenig Verkehr, das änderte sich erst in den unteren Gefilden der Stadt. Hier war man gezwungen, sich in die Lackschlangen einzureihen und vor dem Rotlicht zu warten.

»Jetzt fehlt nur noch Musik. Was willst du hören? Such dir was aus.« Cornelia hatte auf die CDs unter dem Handschuhfach gedeutet, die sich über Jahre angesammelt haben mussten. Sheryl Crow, Iggy Pop, Lou Reed, Red Hot Chili Peppers, Zucchero, Alanis Morissette, Johnny Cash, Nora Jones, R.E.M., U2, ABBA, Neil Young, Cyndi Lauper, sogar Klassik fand sich in der wilden Mischung. Schließlich hatte er aus dem bunten Potpourri zum Spaß spontan Toto Cutugno ausgewählt. L'italiano. Schon bei den ersten Takten hatte Cornelia laut zu lachen begonnen. »Sehr schön. Die habe ich seit Jahren nicht gehört. Das passt.« Und sie hatte gleich begonnen mitzusingen: »Buongiorno Italia, … Na los, sing auch mit!«

Er war in den Refrain eingefallen und im Chor hatten sie geträllert: »Lasciatemi cantare con la chitarra in mano …«

Gut gelaunt hatten sie die Stadt hinter sich gelassen und waren in flottem Tempo durch die Landschaft geflitzt. Vorbei an Dörfern und Wiesen. Durch den Wald. Die Autobahn war dicht befahren gewesen, aber der Verkehr flüssig. Linkerhand hatte sich das Panorama über den See ausgebreitet, eine spiegelglatte Fläche, rundum von einer durchgehenden Häuserkette eingefasst. Manchmal waren die Perlen dieser gesprenkelten Kette größer, manchmal kleiner, manchmal attraktiver, manchmal bunt und manchmal auch einfach nur gewöhnlich. Das Prunkstück bildete mit Abstand das Schloss in Rapperswil.

Nach einer halben Stunde hatten sie die Autobahn verlassen und waren durch flaches Gelände bis an den See und den kleinen Flugplatz in Wangen-Lachen gefahren. Er nannte sich auch Flying Beach, weil die Startbahn nur durch einen Schilfgürtel vom Wasser getrennt war. Hier war kein Schnee gelegen. Das Restaurant war winterhalber geschlossen gewesen. Ausgebleicht war der orange Windsack in der Luft gehangen. Es hatte nach Flugbenzin gerochen. Ein paar Kinder waren auf dem Steg gestanden und hatten die Enten gefüttert.

Sie hatten das Vorbereitungsbüro betreten, wo Cornelia sofort geschäftig Formulare ausgefüllt, irgendetwas am Computer gecheckt – das Wetter? – und ein paar Worte mit einem der anwesenden Piloten gewechselt hatte. Er hatte sich derweil die große Karte an der Wand angeschaut. Die Flugräume und -plätze Europas. Schließlich waren die Formalitäten erledigt gewesen und sie waren erneut ins Freie getreten. Hier hatte er Cornelia beim Öffnen der riesigen Hangar-Rolltüren geholfen, und sie hatte die einmotorige Cessna von Hand aus ihrer Garage gezogen, um sie erst einmal pflichtbewusst zu umrunden. Zufrieden mit ihrer Kontrolle, war sie eingestiegen und hatte strikt nach Checkliste gearbeitet. Hübsch hatte die blauweiß gestreifte Maschine ausgesehen. Auch die anderen »Vögelchen« hatten ihm gefallen.

»So, wir können.« Er hatte den einen Tritt in die zweiplätzige Kabine erklommen. Ganz schön eng war es gewesen. Sie hatte ihm das Headset gereicht, und er hatte sich auf das weiche grüngraue Polster geschnallt.

»Verstehst du mich?«

»Klar und deutlich.«

»Sehr gut. Also, ready for take off?«

»Yes.« Er hatte genickt und seinen rechten Daumen in die Höhe gestreckt. Cornelia hatte den Motor gestartet, der Propeller hatte sich zu drehen begonnen, bald so schnell, dass er die einzelnen Rotorblätter nicht mehr hatte erkennen können. Dann hatten sie begonnen, auf die Startbahn zu rollen. Der Hüpfer war schneller, schneller geworden, ein kleiner Ruck und schon waren sie in der Luft gewesen. Cornelia hatte den Steuerknüppel langsam weiter nach oben gezogen. Nach einem kurzen Stück geradeaus über die vertäuten Boote der Hafenanlage Franzrüti waren sie in einem eleganten Bogen weiter in Richtung Ostschweizer Alpen geflogen. Wie aufgeräumt, ordentlich und sauber alles ausgesehen hatte. Puppenhaft. Die kleinen Straßen, Häuschen, Gärten. Im Hintergrund die imposanten, verschneiten Berge. Plötzlich hatte er so etwas wie Freude gefühlt. Freude daran, dass er in einem landschaftlich so schönen Staat daheim war. Ja, er war zuweilen eng und klein und machte vielleicht auch die Menschen engstirnig und kleinkariert. Aber von hier oben sah es wunderschön aus.

Cornelia hatte ihn aus seinen Gedanken gerissen. »Ich habe Karten für ›Così fan tutte‹ heute Abend. Willst du mitkommen?« Oper? Heute? Er hatte sich erneut überrumpelt gefühlt. Eigentlich hatte er schon genug Programm gehabt. Wenigstens der Abend hätte friedlich daheim ausklingen können. Ihm hatte ein guter Film im Fernsehen vorgeschwebt.

»Così fan tutte«. War das nicht diese heitere Verwechslungskomödie, in der Mozart beweisen wollte, dass alle Frauen untreu waren? Cornelia war dabei ja das beste Beispiel. Aber er war natürlich keinen Deut besser, immerhin war er ihre Affäre.

»Ich liebe Mozart. Seine verspielte Leichtigkeit. Zudem war er kein Moralist und man spürt, dass er den Sinnesfreuden selbst nicht abgeneigt war.«

Damit hatte sie zweifellos recht gehabt. Das Schöne an Cornelia war, dass sie keinerlei Forderungen an ihn gestellt hatte. Genauso wenig Erwartungen. Er hatte gewusst, dass er mitgehen konnte, wenn er wollte, aber wenn er keine Lust hatte, so wäre sie auch nicht enttäuscht gewesen. Sie konnte alleine gehen, eine Freundin anrufen oder einen Kollegen. Er war ersetzlich, und das hatte dieser Beziehung jeglichen Druck, aber vermutlich auch alle Tiefe genommen. Es war ihm egal gewesen.

Die Frage war stets gewesen, wollte er oder wollte er nicht?

Es war lange her gewesen, seit er zum letzten Mal im Opernhaus gewesen war. Warum sich also nicht wieder einmal in eine amüsante Geschichte, weichen Samt und warme Dunkelheit lullen lassen? Des Italienischen mächtig, brauchte er sich nicht mit Untertiteln abzumühen. Außerdem war ihm als Italiener der Sinn für Drama und Ästhetik sozusagen in die Wiege gelegt worden. Für die Oper würde es allerdings nötig sein, sich in einen Anzug zu zwängen und darin an Cornelias Seite vorgeführt zu werden. Denn selbstverständlich würde man diverse Bekannte treffen. Er hatte trotzdem zugestimmt und sie hatte sich gefreut. »Schön.« Sie hatte ihn angelächelt. »Willst du auch mal steuern?«

Oh Gott. Hatte er eben noch gedacht, die Frau habe nichts von ihm gefordert? Eigentlich hatte sie permanent gefordert. Er hatte den Steuerknüppel so fest gepackt, dass seine Knöchel weiß hervorgetreten waren, dazu hatte er gesagt: »Klar.« Und schon hatte sie ihren losgelassen und ihm erklärt, was er zu tun hatte.

Vielleicht war er doch ganz froh, dass sie weit weg auf der anderen Seite des Atlantiks weibelte und er hier in Frieden seinen Kaffee trinken und seine Zeitung lesen konnte.

7.

Sie hörte, wie die Tür hinter ihr ins Schloss fiel. Und fühlte sich sofort isoliert. Die Einsamkeit legte sich wie ein schwerer schwarzer Vorhang auf sie nieder. Sie war allein. Und niemand kam mehr. Niemand. Niemals mehr.

Was hatte sie nur angerichtet? Wie hatte es überhaupt so weit kommen können? Sie hatte doch eine Familie gehabt. Und jetzt? Jetzt war sie allein. Mutterseelenallein.

Warum hatten sie alle verlassen? Oh Gott. Sie war allein. So allein. Wäre es doch wenigstens schon wieder Montag. Da hatte sie immerhin ihre Arbeit. Und Yanik. Der Junge war das Einzige, was sie noch eine Spur motivieren konnte.

Sie blickte zum Fenster hinaus. Alles, was sie sah, war eine graue Häuserwand, aber ihre Gedanken waren sowieso anderswo. Besa war abgereist. Heute Morgen. Und sie kam nicht mehr zurück. Jedenfalls für eine lange Zeit. Sie hatte sie zurückhalten wollen, es war ihr nicht gelungen, sondern im Gegenteil in einen hässlichen Streit ausgeartet, mit welchem sie ihre Tochter womöglich für immer verloren hatte.

Das Herz wurde ihr schwer, wenn sie an ihr Mädchen dachte, das jetzt nach Albanien zog und das sie vielleicht nie mehr sehen würde. Natürlich freute sie sich für ihren Schwiegersohn, dass es geklappt hatte mit dem Job. Aber warum war Besa mit Daris mitgegangen? Sie hatten es in der Schweiz doch viel besser. Zudem war sie, die Mutter und Großmutter, hier. Besa hätte weiterhin arbeiten können und sie hätte zu Daris geschaut. Aber nein, Besa musste ja unbedingt mitgehen mit Mersad. Das war doch nur leichtsinnig und damit warf sie so viel weg. Ihre gute Ausbildung, ihre Sicherheiten, ihre Freunde. Aber alles, was sie in die Richtung gesagt hatte, schien Besa noch mehr in ihrem Entschluss zu stärken, und am Ende waren böse Worte gefallen. Sie hatte ihren Schwiegersohn schlechtgemacht. Das war eine Riesendummheit gewesen und wenn sie könnte, würde sie jedes Wort zurücknehmen. Sie war so verzweifelt gewesen, dass sie nicht mehr gewusst hatte, was sie tat und sagte. Bis Besa sie kalt angeschaut hatte und gegangen war. Diesen Blick würde sie nicht vergessen, ebenso wenig wie ihre Worte: »Dann mach's gut, Mutter. Wir sind geschiedene Leute.« Oh Gott. Es tat so schrecklich weh. Mehr noch als der Verlust von Genc.

Den Tod ihres Mannes hätte sie vielleicht noch verkraften können, aber dass sie nun auch noch ihre Tochter und ihr Enkelkind verlor, das schien zu viel.

Das Unglück hatte begonnen, nachdem man Genc seine Arbeitsstelle gekündigt hatte. Das hatte ihn verändert.

Sie konnte ja verstehen, wie schwierig es für ihn gewesen war und dass er eine Aufgabe gebraucht hätte.

Dankbar dachte sie daran, dass sie morgen wieder zur Arbeit gehen konnte. Und zu Yanik. Aber womit sollte sie die Stunden dieses dunklen Sonntags füllen?

Sie nahm ein Buch vom Gestell und versuchte, sich in die Geschichte zu vertiefen. Es gelang ihr nicht. Immer wieder schweiften ihre Gedanken ab.

Vielleicht war es besser, die Hände zu beschäftigen. Sie konnte einen Kuchen backen und ihn morgen Yanik mitbringen. Sie wusste, was er besonders gern mochte. Es war auch Gencs Lieblingskuchen gewesen. Spontan musste sie an die Zeiten denken, die voller Hoffnung auf ein gutes

Leben gewesen waren. Damals, als sie selbst noch jung gewesen waren. Besa ein kleines liebes Mädchen, Genc ein stattlicher Mann und sie eine attraktive Frau. Die Erinnerungen machten sie nur noch trauriger.

Die Firma hatte lange Zeit einen guten und sicheren Arbeitsplatz geboten. Und Genc war jeden Tag hingegangen. Über Jahre. Alles war gut gewesen. Natürlich hatte er nicht viel verdient und war es nicht die Erfüllung gewesen, aber es hatte gereicht. Und dann kam die Krise. Man hatte erst Kurzarbeit eingeführt, was eine Weile geholfen hatte, aber irgendwann wurde Genc schließlich doch entlassen. Und das nach all der Zeit, in welcher er loyal zur Firma gehalten, kaum je einen Tag gefehlt hatte oder den kleinsten Anlass zur Unzufriedenheit geboten hätte. Es war schrecklich gewesen. Für Genc ein Schock. Ohne Arbeit fühlte er sich nutzlos. Er schämte sich, das wusste sie. Und hasste es, dass sie jetzt das Geld nach Hause brachte und er von ihr abhängig war. Sie machte ihm daher auch keinen Vorwurf, dass er manchmal so aggressiv wurde. Das war nicht mehr der Genc, den sie einst geheiratet hatte. Dieser große, starke, positive Mann. Er war unberechenbar geworden und wusste manchmal nicht mehr, was er tat.

Sie hätte ihm so gern geholfen. Aber was er brauchte, konnte sie ihm nicht geben. Eine Arbeit, eine Aufgabe, die Möglichkeit, Geld zu verdienen. Natürlich hatte sie gemerkt, wie deprimiert er gewesen war, aber so verzweifelt, dass er sich schließlich umbrachte, damit hatte sie nicht gerechnet.

Ihre Arbeitsstelle war auch nicht die Verwirklichung ihrer Träume, aber immerhin hatte sie ihren Lohn und sie mochte die Kinder gern. Und jetzt waren sie alles, was sie hatte. Lara, die Große, sah sie ja nur selten, aber den kleinen Yanik liebte sie. Manchmal machte sie sich ein bisschen Sorgen, er war so ein ruhiges und zurückgebliebenes Kind. Krank, sagte seine Mutter. Er freute sich immer, wenn sie ihm etwas Süßes mitbrachte. Selbst wenn Frau Landolt das nicht gern sah, verstohlen gab sie ihm dennoch zuweilen etwas, kleine Kinder brauchten auch einmal etwas Ungesundes.

Diese Kinder waren das Einzige, was noch ein winziges Licht in ihren Alltag brachte. Andere Sozialkontakte hatte sie ja nicht. Ihre Familie war immer das Wichtigste gewesen und hatte ihr genügt. Aber Genc war tot. Und Besa, Besa in Tirana mit ihrer eigenen kleinen Familie.

Sie ging in die Küche, suchte das Rezept und schlug das Buch an der richtigen Stelle auf. Ein Fettklecks über der Seitenzahl ließ ihr das Herz noch schwerer werden. Besa hatte ihr immer gern geholfen. Die Eier aufgeschlagen und die Schüssel ausgeleckt. Ach, warum musste die Tochter nur so weit weg und so stur sein? Würde sie Daris je wiedersehen? Kleine Kinder vergaßen so schnell. Und er war noch so klein. Rasch wischte sie sich eine Träne von der Wange und zwang sich dann, die Zutaten zusammenzusuchen. Eigentlich kannte sie das Rezept ja auswendig. Sie heizte den Ofen vor, nahm eine Teigschüssel aus der Schublade und die Butter aus dem Kühlschrank.

8.

Die Küche war sauber. Alles aufgeräumt und versorgt. Natürlich hatte es Reste gegeben, sie würde sie nächste Woche aufwärmen oder der Putzfrau mitgeben. Sollte sich die Salovic auch einmal gesund ernähren können. Ach ja, darum musste sie sich auch noch kümmern. Die Frau hatte nun zwei Jahre für sie gearbeitet. Aber sie wollte sie nicht mehr. In letzter Zeit war sie nicht zufrieden gewesen. Sie war langsam, schaffte es in ihren wöchentlichen Stunden nicht einmal, die Wäsche zu bügeln und schrankfertig zu machen. Zudem war ihr schon ein paarmal aufgefallen, dass sie völlig unkonzentriert war, Gläser fallen ließ und zu wenig genau unter den Möbeln reinigte. Das alles wäre ja noch zu ertragen gewesen, aber sie mischte sich viel zu sehr in die Kinderbetreuung ein. Das ging überhaupt nicht und war untolerierbar. Sie war zu wichtig geworden für den Jungen. Sie sah doch, wie er sie anhimmelte. Was kein Wunder war. Sie hatte den Verdacht, dass die Salovic Yanik immer wieder Süßigkeiten zusteckte, obwohl sie es ihr strikt verboten hatte. Sie roch es am Atem ihres Sohnes. Und wer wusste denn, was die Frau sonst noch tat? Sie vertraute ihr nicht mehr. Es war Zeit, sich nach jemand anderem umzuschauen und der Salovic zu kündigen. Indem sie ihr die Essensreste gab, würde der Schlag etwas abgemildert werden, das passte.

Mit diesen Gedanken ging sie runter ins Kinderzimmer. Als sie es betrat, traf sie fast der Schlag. »Yanik! Warum kannst du nicht einmal einfach mit den Legos spielen?

Komm her!« Der Junge blickte schuldbewusst aus einem Haufen bunter Kleider und begann zu weinen. Oh Gott, den ganzen Kleiderschrank hatte er ausgeräumt. All die gebügelten und fein säuberlich zusammengefalteten Teile lagen verstreut zwischen Spielsachen, auf dem Gestell, unter dem Bett. Was hatte er denn hier veranstaltet? Ihr wurde beinahe übel. Nun konnte sie wieder von vorne beginnen. Alles noch einmal bügeln und falten, womöglich sogar noch einmal waschen. Wann sollte sie das denn noch schaffen? Sie packte Yanik und stellte ihn ins Gitterbett. Anschließend begann sie frustriert, die Kleider vom Boden aufzusammeln. Ihr Sohn schaute ihr mit großen Augen dabei zu, dann setzte er sich hin und nahm seinen Teddy in den Arm. Sie war wütend und überlegte sich, was sie heute Nachmittag mit ihm machen sollte.

Das Telefon schrillte und riss sie aus ihren Gedanken. Sonntag, 15.00 Uhr. Erst ihre Mutter und nun noch ein Anruf? Was war nur heute los? Sie eilte ins Wohnzimmer und blickte auf die Anzeige. Philippe? Was wollte der denn? Es war doch wohl nichts mit Lara? Sie nahm den Hörer und drückte auf den Knopf.

»Hallo, Daniela.«

Automatisch antwortete sie: »Hallo, Philippe«, und schob sofort nach: »Wo ist Lara? Es geht ihr doch gut?«

»Daniela, versprich mir, nicht gleich auszuflippen. Es ist etwas passiert.«

»Was soll das heißen? Nun sag schon, was los ist! Himmelherrgott noch mal! Was ist mit Lara?«

»Lara ist in der Kinderpsychiatrie. Aber hör mir bitte zu …«

»Ja bist du denn wahnsinnig? Was hat Lara in der Kinderpsychiatrie verloren? Was fällt dir ein? Warum hast du sie nicht zu mir gebracht?« Sie hatte es ja schon immer gewusst, Philippe war ein unnützer Vater. Aber Kinderpsychiatrie, das konnte doch nicht wahr sein?

»Lara hat versucht, sich das Leben zu nehmen.«

»Um Gottes willen! Was hast du mit dem Kind gemacht?«

»Daniela!« Er schrie ihren Namen ins Telefon und befahl ihr laut: »Sei ruhig! Ich werde dir jetzt alles der Reihe nach erzählen.« Sie ließ ihn ausreden, obwohl es ihr außerordentlich schwerfiel und sie ihm am liebsten an den Kopf geworfen hätte, wie unfähig er sich wieder benommen hatte und dass alles seine Schuld war. Aber das hatte ja jetzt ohnehin keinen Sinn mehr, dafür war es zu spät. Resigniert sagte sie daher einmal mehr: »Ich kümmere mich darum.« Und ohne ein weiteres Wort oder eine Verabschiedung unterbrach sie die Verbindung.

Das war ja ungeheuerlich. Lara in der Kinderpsychiatrie. Das war sogar skandalös. Ihre Tochter gehörte auf gar keinen Fall in die Kinderpsychiatrie. Sie würde sie sofort nach Hause holen. Sie schaffte das daheim. Sie konnte ihr helfen. Eine Mutter war das Beste, was ein Kind haben konnte. Lara durfte nicht eingewiesen bleiben. Das kam überhaupt nicht infrage! Sie bekam das wieder hin. Niemand kannte ihre Tochter so gut wie sie.

Ohne noch weiter zu überlegen, suchte sie die Telefonnummer der Kinderpsychiatrie heraus und rief gleich an.

Wie versteinert saß sie auf dem Sofa. Was sie da zu hören bekommen hatte, war unfassbar. Sie hatten sie nicht einmal mit Lara sprechen lassen. Und wie sie mit ihr umgegangen waren. Ihr mitgeteilt hatten, dass es für Lara das Beste sei, wenn sie erst einmal zur Ruhe käme, und man müsse sie jetzt in Frieden lassen. Als ob sie nicht wüsste, wie Lara zur Ruhe käme und was für sie das Beste sei!

Wie konnte man ihr das antun. Einer Mutter das eigene Kind wegnehmen. Ein Verbrechen. Das Schlimmste überhaupt.

Und Schuld, Schuld war einzig Philippe. Sie spürte, wie sie innerlich zu kochen begann und sich unermesslicher Zorn auf ihren Mann ausbreitete. So eine bodenlose Frechheit. Nur weil Philippe versagt hatte, durfte sie ihre Tochter jetzt nicht daheim haben? Am liebsten wäre sie in die Klinik gefahren und hätte sie eigenhändig herausgeholt. Aber so vernünftig konnte sie immerhin noch überlegen, dass ihr klar war, was für ein sinnloses Unterfangen es gewesen wäre. Wenn man sie nicht einmal am Telefon mit Lara sprechen ließ, würde man sie erst recht nicht zu ihr lassen. Sie bemerkte erst, wie sehr sie ihre Zähne aufeinanderpresste, als ihr Kiefer zu schmerzen begann.

War Philippe eigentlich je in der Familie anwesend gewesen? Zuweilen vielleicht körperlich, wenigstens dann, wenn er nicht gerade beruflich unterwegs war, was er ja so oft und immer öfter war. Aber geistig oder emotional? Ha, da war er doch ständig abwesend. Immer war alles an ihr hängengeblieben, was die Familie betraf. Interessierte er sich für die Kinder oder sie? Nein. Sie spielten nur die zweite Geige oder die dritte oder vierte. Alles, was zählte, war seine Karriere, sein Job, war er.

Hatte er je einen Krampfanfall von Yanik beobachtet? Nein. Hatte er sie zum Kinderarzt oder ins Kinderspital begleitet? Ja, woher denn. Alles hatte sie alleine gemanagt, organisiert und getragen. Eine Hilfe war er ihr nie gewesen.

Überhaupt gab es zwischen ihnen beiden keinen Austausch. Hatte es vermutlich gar nie einen gegeben. Aber in ihrer Gefallsucht hatte sie Philippe natürlich viel zu lange gewähren lassen und ihm vorgespielt, was er sehen wollte.

Aber war das ein Grund, alles zu zerstören?

Es war nicht mehr nur Zorn. Sie hasste Philippe.

Und sie war selbst schuld, wenn sie sich hatte überraschen lassen. Im Grunde wusste sie es doch. Philippe war ein Egoist. Mehr als das. Ein Narziss. Ständig ging es nur um ihn. Ich, ich, ich. Sein Leben war ein einziger Ego-Trip. Und sie hatte längst festgestellt, dass seine maßlose Selbstliebe krankhafte Züge zeigte. Sie brauchte keinen Arzt, um die Diagnose zu stellen. Macht, Anerkennung und Ruhm waren Philippes erklärte Ziele. Und er hatte immer alles darangesetzt, sie zu erreichen. Mit jeder seiner Gesten demonstrierte er, dass er keine Angst hatte und nichts für ihn unmöglich war. Natürlich war auch sie auf diese Masche hereingefallen. Er konnte ja so überzeugend, so einnehmend sein. In Südamerika hatte er ohnehin leichtes Spiel gehabt. Sie war empfänglich gewesen für seinen Charme. So alleine und völlig aus ihrer gewohnten Umgebung gerissen, wäre sie vermutlich jedem auf den Leim gekrochen. Und daheim hatte ihr sein Porsche imponiert, auch dass er sie weiterhin stürmisch umwarb und in die besten Lokale ausführte, gefiel ihr. Erst später hatte sie begriffen, dass sein entwaffnender Schwung und seine eloquente Überlegenheit aus der tiefen Überzeugung kamen, dass er tatsächlich etwas Besonderes, etwas Besseres war. Er gehörte nicht zur grauen Masse, nein. Und er war ja gut, unbestritten, hatte sein Jurastudium mit Bestnoten abgeschlossen und sah zudem auch noch umwerfend aus. Wobei sein Glaube an die eigene Großartigkeit seltsamerweise mit einem zerbrechlichen Selbstwertgefühl einherging. Er forderte dauernd Bestätigung von ihr ein, und sie musste ihm bekräftigen, wie toll er war. Im Gegenzug bekam sie nichts. Einfühlungsvermögen kannte er nur, wenn sie sich in seinen Seelenzustand versetzen sollte, ihr gegenüber zeigte er keinerlei Empathie. Und schon längst war ihr aufgegangen, dass ihr Mann nicht grandios war, sondern gierig und gefühlskalt. Aber war das verwunderlich? Wo hätte er denn Sozialkompetenz lernen sollen? In seinem kühlen Elternhaus, wo nur Leistung zählte? Unmöglich. Da war der unstillbare Hunger nach Wertschätzung erst geweckt worden. Wie oft hatte sie seinen Vater zu Philippe sagen hören: »Das wirst du nie erreichen.« Oder: »In deinem Alter war ich schon viel weiter.« Wenn er ihn heute sehen könnte, Philippe hatte es viel weiter gebracht als sein Vater. Aber die kleinen Entwertungen und Demütigungen, in der Fachsprache »Mikrotraumen« genannt, hatten ihren Schaden schon angerichtet. Sie hatten Philippe zu dem gemacht, was er war. Ein überforderter Vater und talentloser Ehemann. So wenig seine Eltern ein echtes Interesse an ihm gezeigt hatten, so wenig zeigte er es an seinen Kindern und seiner Frau.

Das war schwierig für sie. Sie, die immer viele Verehrer gehabt hatte und begehrt gewesen war. Noch bis zu dem Zeitpunkt, als sie Mutter geworden war, aber von da an hatte sie kein Mann mehr angeschaut, nicht einmal ihr eigener. Und ihr Vater, der sich immerhin nach ihrem Leben erkundigt hatte, war vor Jahren gestorben. Diese Aufmerksamkeiten vermisste sie.

Sie war nur noch Philippes Anhängsel. Niemand sah sie. Oder wusste um die Defizite ihres Mannes. Man nahm nur diesen charismatischen, witzigen Mann und seine demonstrierte Selbstsicherheit wahr. Das hatte sich erst wieder ein Stück weit geändert, als sich die Krankheiten der Kinder zeigten. Da war sie endlich wieder wer gewesen. In der Nachbarschaft erkundigte man sich bei ihr, wie es den Kindern ging, was sie hatten. Und die Ärzte unterhielten sich mit ihr über mögliche Therapien, brachten Vorschläge und diskutierten sie mit ihr. Endlich war sie wieder wichtig geworden.

9.

»Nein danke, Mamma. Für mich kein Dolce mehr.«

»Ma Paula. Ich habe extra für dich Cassata gemacht! Die magst du doch so gern!«

»Das ist lieb, Mamma. Danke. Aber nein, danke. Certo.« Und auf Andreas überraschten Blick, so kannte er seine kleine Schwester gar nicht, antwortete sie: »Du glaubst ja nicht, wie schwierig es in Italien ist, sich in Selbstdisziplin zu üben. Besonders wenn einen die eigene Schwiegermutter vollstopft wie eine Mastgans.« Paula seufzte theatralisch. »Und weißt du eigentlich, dass der Mensch 7.000 Kilokalorien verbrennen muss, um ein einziges Kilo Körperfett loszuwerden?«

Nein, das hatte er nicht gewusst und auch von den folgenden Ausführungen, die Paula anfügte, hatte er höchstens am Rande mal etwas gehört.

»Ich versichere dir, ich habe lange genug gebraucht, um wieder meinen gewünschten BMI zu erreichen.« Da kam er immerhin noch mit und wusste, dass der Body Maß Index die bekannteste Methode war, um das Normalgewicht zu bestimmen. Als seine Schwester aber dann noch von »Waist to Hip Ratio«, dem »Broca Index« oder dem »Body Adiposity Index« anfing, hängte er ab. Das interessierte ihn alles nicht. Mamma war die Cassata hervorragend gelungen, und das war das Einzige, was zählte. Das Biskuit schmeckte nach Marsala und die Füllung zerging auf der Zunge, perfetto.

»Espresso?« Paula nickte, und er ging in die Küche, um das belebende Getränk aufzusetzen. Die Einladung fürs Nachtessen war überraschend gekommen und er hatte Alessia allein daheim gelassen. Aber so wie es jetzt aussah, wäre es auf dem Zürichberg wohl ruhiger zu- und hergegangen, womöglich kam es nun zu einem Drama, auf das er gern verzichtet hätte. Als er nämlich zurück ins Wohnzimmer trat, geriet er in einen erneuten Streit zwischen Mutter und Tochter. Regina hatte keinerlei Verständnis dafür, dass Paula bereits wieder arbeitete. Sie hielt es für das Beste, wenn die Mutter bei den Kindern daheim blieb. Was für Paula nicht infrage kam. Warum sollte sie eine gut bezahlte Arbeit freiwillig aufgeben? Gerade jetzt, wo alle über die Krise jammerten und sie in Italien allgegenwärtig schien. Es war alles andere als selbstverständlich, überhaupt einen Job zu haben. Reginas Wangen leuchteten rot und sogar ihre sorgsam frisierten Haare waren durcheinandergeraten. Wie konnte Paula die Arbeit über das Wohl ihres Sohnes stellen? Was fiel ihr ein, den kleinen Salva im Stich zu lassen? Von »im Stich lassen« konnte überhaupt keine Rede sein, Francos Eltern kümmerten sich voller

Hingabe um den kleinen Stammhalter, verteidigte sich Paula. Dem Baby mangelte es an nichts, im Gegenteil, es wurde wie ein kleiner Prinz behandelt. Oder war es gar das, was Regina aufregte? Dass die Schwiegereltern so viel mehr von ihrem Enkel hatten als sie selbst? Vielleicht.

Ob sich Paula denn nie überlegt hatte, in die Schweiz zurückzukehren? Zu ihnen?

Aha, jetzt kam's. Natürlich hatte Mama noch einen Trumpf im Ärmel. Regina zauberte einen Zeitungsartikel hervor, den sie Paula aufdringlich unter die Nase rieb. Das Forschungsinstitut EIU der britischen Zeitschrift »The Economist« hatte eine Rangliste veröffentlicht mit der Bezeichnung »Where-to-be-born-Index«. Dieser sollte aussagen, in welches Land man 2013 am besten geboren wurde, damit man im Jahr 2030 ein Leben in Wohlstand, Sicherheit und bei guter Gesundheit führen durfte. Triumphierend deutete Mama mit spitzem Finger auf Platz eins, wo die Schweiz aufgeführt war.

»Mamma! Was fällt dir ein? Ich kann doch nicht alles aufgeben in Italien!«

»Aber warum denn nicht? Wir sind doch hier! Und hattest du etwa keine schöne Kindheit?«

»Mamma. Das kommt überhaupt nicht infrage. Und zu meiner Kindheit, nein, die war nicht besonders schön.« Nun schien die Mutter persönlich beleidigt zu sein und sagte kein Wort mehr. Er hasste diese Streitereien zwischen den zwei Frauen in der Familie. Die beiden konnten sich gnadenlos zerfleischen. Andrea wusste, dass Paula als Kind unter ihrem Übergewicht gelitten hatte und in der Schule oft gehänselt worden war. Er hingegen hatte es eigentlich ganz gut gehabt und fand Zürich immer noch einen guten Platz zum Leben. Die Schweiz grundsätzlich. Natürlich liebte er Italien. Aber vor allem wohl das, was es einmal gewesen war und was er von den Ferien kannte. Manchmal schien es ihm, Italien werde von seinem Gesetz, dass die Dinge vor allem schön sein mussten und das Funktionieren eine andere Sache war, eingeholt. Viel Schein und wenig Sein. Die Schweiz, im Norden vom tüchtigen Deutschland überschattet, das genau umgekehrt zum südlichen Nachbarn der Schweiz zu funktionieren schien, wo es in erster Linie um Leistung ging und die Ästhetik zweitrangig blieb, wurde von beidem beeinflusst. Man gab sich die größte Mühe, von beiden das Beste zu übernehmen. Manchmal gelang es, zuweilen wurden faule Kompromisse geschlossen und bei anderen Gelegenheiten befriedigende Konsense gefunden. Er war nicht der Typ fürs Drama, das überließ er lieber anderen, und daher fühlte er sich wohl in der pragmatischen Schweiz, obwohl auch hier bei weitem nicht alles Gold war, was glänzte. Zudem hatte er manchmal das Gefühl, mit pfiffiger Bauernschläue machten sie sich rundherum nur Feinde.

Sollte er Paula zu Hilfe kommen und von der Studie erzählen, die er kürzlich gelesen hatte? Dass nämlich italienische Secondos in der Schweiz keine allzu hohe Lebenserwartung hatten? Während noch seine Eltern, also Auswanderer der ersten Generation, einem längeren Leben als die Einheimischen entgegenblickten, starben deren Kinder angeblich früher als die schweizerischen Bürger. Wie das nun für ihre Nachkommen wiederum aussah, wusste er zwar nicht, aber dazu gab es ja auch noch keine Untersuchungen, und im Grunde war's ihm sowieso egal. Er beschloss, sich nicht einzumischen. Zu oft schon hatte er so ungeschickt Partei ergriffen, dass sich Schwester und Mutter gegen ihn verbündeten, plötzlich wieder ein Herz und eine Seele waren und gemeinsam auf ihn losgingen. Darauf konnte er bestens verzichten.

Seine Mutter kämpfte mit Leidenschaft um ihr Enkelkind, so sehr, dass sie weiterhin Werbung für die Schweiz machte. Das war ganz neu. Denn wirklich integriert war seine Mutter im Grunde nicht. Ans Bel Paese kam ihrer Meinung nach nichts heran, und la famiglia kam an allererster Stelle. Ihre Bindungen nach Apulien waren immer das Wichtigste für sie gewesen und ihren Geburtsort trug sie wie ein Banner mit sich herum. Sobald sie in Cisternino ankamen, verfiel sie in den einheimischen Dialekt beziehungsweise ihre wahre Muttersprache, als wäre sie nie weggewesen. Natürlich hatten seine Eltern beide einen Akzent im Deutschen. Sein Vater sprach aber immerhin leidlich Deutsch, hatte es bei der Arbeit lernen müssen. Ganz im Gegensatz zu seiner Mutter, die immer noch fürchterliche Fehler machte und das, obwohl sie seit bald vierzig Jahren in Zürich lebte. Aber sie sprach ja so gut wie nie Deutsch. All ihre Freundinnen und Bekannten waren Italienerinnen oder Spanierinnen, und daheim sprachen sie untereinander sowieso Italienisch. Sie hatte gar nie eine Veranlassung gesehen, die Sprache zu erlernen. Und da es für sie bisher ohnehin klar gewesen war, dass sie nach der Pension wieder nach Italien zögen, gab es jetzt ganz bestimmt keinen Grund mehr, dem noch Abhilfe zu leisten. Umso erstaunlicher war zuweilen ihre politische Einstellung. Seine Mutter wetterte über Ausländer, wie er es von Schweizern höchst selten hörte. Während sein Vater seit jeher den Kommunisten näher gestanden hatte, meinte er zuweilen, aus dem Mund seiner Mutter die Hardliner der Schweizerischen Volkspartei reden zu hören. Erleichterte Einbürgerung für Ausländer? Auf keinen Fall. Denen sollte es doch nicht besser gehen als ihnen seinerzeit. Nein. Und überhaupt musste man jetzt endlich mal die Grenzen dicht machen. Da kamen doch viel zu viele aus dem Osten rein.

»Paula, du würdest mit Sicherheit wieder einen guten Job in Zürich finden, und Franco bestimmt auch!«

»Gina. Finito e basta.« Endlich kam das Machtwort seines Vaters. Für den Moment würde Ruhe einkehren, aber das Thema war damit noch lange nicht erledigt. Davon war Andrea überzeugt. Er beschloss, dass er genug für heute hatte. Bevor er sich verabschiedete, ging er ins Nebenzimmer, um einen letzten Blick auf Salva mit den runden roten Backen, dunklen Locken und langen Wimpern zu werfen. So klein und unschuldig und sorgte dennoch schon für Streit zwischen den Frauen. Das konnte ja heiter werden.

Plötzlich spürte er etwas um seine Beine streichen. »Ach, der Tiger. Sieh mal einer an.« Er streichelte über das seidige Fell des Katers. »Sind sie dir auch zu laut und zu giftig?« Das Tier blickte vorwurfsvoll zustimmend. »Weißt du, Paula reist bald ab, dann hast du wieder deinen Frieden.« Befriedigt legte sich die Katze auf ein Kissen in der Ecke neben dem Heizkörper. Bevor sie ihre Augen ganz schloss, blinzelte sie ein paarmal verschwörerisch und machte dann ihr Nickerchen. Andrea wandte sich wieder seinem Patenkind zu: »Du hast es gut, kleiner Mann. Wirst von so vielen Menschen bereits geliebt, und niemand will dir etwas Böses.« Er streichelte über die warme Kinderwange und Salvatore bewegte seine Fäustchen im Schlaf.

Die Kälte der Nacht empfing ihn unangenehm, als er aus dem warmen Haus trat und in Richtung 4er marschierte. Unwillkürlich zog er den Kopf ein und steckte seine Hände in die Jackentaschen. Während er den Abend noch einmal Revue passieren ließ, begann er zu lächeln.

Paula war schon eine Nummer, und der kleine Salva ein Wonneproppen, die vollen Backen hatte er von der Mutter, die schwarzen Haare vielleicht eher vom papà, und …

»Achtung, Polizei, nehmen Sie Ihre Hände aus den Taschen und bleiben Sie stehen.«

Witzbolde. Natürlich kannte er die Späßchen durch den Lautsprecher des Streifenwagens, sie hatten auch zu seinem eigenen Repertoire gehört. Dennoch war es den Kollegen gelungen, ihn zu überraschen, und er war im ersten Moment nicht schlecht erschrocken. Folgsam spielte er mit, zog seine Hände langsam aus der Jacke und streckte sie in die Höhe. Ein Wagen rollte im Schritttempo neben ihn, und er hörte das Surren der heruntergehenden Scheibe. »Dacht ich mir doch, dass ich den Verdächtigen kenne.« Es war Remo, sein ehemaliger Streifenpartner aus dem Kreis 4. »Brauchst du ein Taxi?«

»Wenn du mich so fragst, ja. Ich muss an die Susenbergstraße.«

»Liegt doch am Weg, hüpf rein.«

Er öffnete die Tür hinter dem Beifahrer, schob die Einsatztasche zur Seite und ließ sich schwer ins Polster fallen. Das kam ihm ganz recht. Dieses Fortbewegungsmittel zog er den ÖV natürlich tausendmal vor. Vor allem, da zwischen dem Grünauring und dem Zürichberg eine beachtliche Strecke lag, die er nur mit mehrmaligem Umsteigen hätte bewältigen können.

»Und, wie geht's?«

»Gut, sind zufrieden. Und selbst? Seit wann wohnst du im Kreis 7? Bist ja ganz schön aufgestiegen.«

»Jaja. So könnte man denken.«

»Hey, seht ihr auch, was ich sehe?« Dave, der Fahrer, riss das Steuer herum und hielt gleich darauf mit quietschenden Bremsen vor einer der öffentlichen Toiletten der Stadt. Zwei Kerle mit offenen Hosenschlitzen, aus denen der Urinstrahl noch weiter gegen die Wand zielte, hoben überrumpelt ihren Blick. Remo und Dave stiegen aus dem Wagen, kaum, dass er zum Stillstand gekommen war.

»Guten Abend, Stadtpolizei Zürich, Linder. Ich hätte gern einen Ausweis von Ihnen.«

»Hä?« Der eine Pinkler stand offensichtlich auf der Leitung und vergaß im Schreck, sein Vermächtnis zu versorgen, derweil es dem anderen gerade noch gelang, seinen Reißverschluss hochzuziehen, ohne etwas Wichtiges einzuklemmen.

»Ja, öffentliches Urinieren ist verboten und kostet Sie 80 Schweizer Franken.«

Statt einer Antwort starrte ihn der Kerl immer noch mit offenem Mund und Hosenladen an. Offensichtlich lähmte ihn die Überraschung und verschlug ihm zudem die Sprache. Der andere, eindeutig etwas vifer und vielleicht auch weniger alkoholisiert, versuchte es mit einer lahmen Ausrede: »Wir hatten dermaßen Druck auf der Leitung, da war keine Zeit mehr …«

»So ein Blödsinn. Was Sie da machen ist einfach nur eine Sauerei. Ich würde ja nichts sagen, wenn Sie sich eine Toilettenanlage fürs Erleichtern ausgesucht hätten. Haben Sie die 80 Franken dabei oder wollen Sie einen Einzahlungsschein?«

»Was? Scheiße, das ist doch wohl nicht dein Ernst? Für ein bisschen Pissen bekommen wir eine Buße?« Endlich schien der Typ aus seiner sprachlosen Starre zu erwachen.

Ungerührt antwortete Dave: »Doch, mein voller Ernst. Also, was ist, haben Sie genug Bargeld dabei oder wollen Sie einen Einzahlungsschein?«

»Nee, jetzt hört's aber wirklich auf. Du willst uns doch nicht tatsächlich Geld abknöpfen?« Ein Blick in Daves Gesicht genügte, um zu erkennen, dass der im Moment keinen Spaß verstand.

Fluchend sagte der Mann: »Verdammte Scheißbullen. Ist das wirklich alles, was ihr zu tun habt? Zwei arme Schweizer wegen so was büßen?« Wieder folgte ein Fluch und er meinte: »Ihr solltet stattdessen lieber mal all die kriminellen Albaner in der Stadt kontrollieren.«

»Witzig, gerade habe ich im Wagen zu meinem Partner gesagt, komm, die zwei Albaner da drüben schnappen wir uns. Ich konnte ja nicht ahnen, dass Sie Schweizer sind. Stimmt's Remo?« Der Angesprochene feixte nur, und Dave fuhr weiter: »Na ja, selbst ein Scheißbulle irrt sich manchmal. Das macht dann, wie gesagt, 80 Franken.«

Zähneknirschend holten die beiden ihre Portemonnaies hervor und bezahlten die Buße bar auf die Hand. Dave stellte ihnen je eine Quittung aus und stieg mit einem netten Abschiedsgruß wieder in den Wagen. Andrea konnte sich ein Grinsen nicht verkneifen.

»Ich hoffe, du bist nicht in Eile?«

»Nein, von mir aus können wir die Stadtkasse durchaus noch etwas aufbessern.« Dave startete den Motor und wendete, um den Weg in Richtung Kreis 7 fortzusetzen. Sie waren keine 200 Meter weit gefahren, als der Alarmruf aus dem Funk ertönte. Verdacht auf Einbruch an der Susenbergstraße. Der Funkspruch ging an Limmat 7, der auch sofort quittierte. Da die Streife aber weiter vom Überfallort entfernt war als sie, meldete sich Remo ebenfalls, bot Unterstützung an und haute gleichzeitig Blaulicht und Sirene rein. Schon rasten sie den Rosengarten hoch. Andrea hatte für einen Moment aufgehört zu atmen. Und während Remo fragte: »Susenbergstraße? Sind das deine Nachbarn?«, überschlugen sich bereits die Gedanken in seinem Kopf. Das war Cornelias Adresse. War Alessia daheim? Oder ausgegangen? Er hatte keine Ahnung. War der Alarm womöglich scharf? Im Lärm der Sirene hätte er beinahe das Handy überhört. Er fischte es aus der Hosentasche und erkannte Cornelias Nummer. Sie rief ihn regelmäßig an, um sich zu erkundigen, wie er mit Alessia zurechtkam. Aber er befürchtete, dass das hier kein Zufall war. »Ja, was ist?« Während er sich das Telefon ans rechte Ohr presste, hielt er sich mit der anderen Hand das linke zu. Dennoch konnte er Cornelia kaum verstehen. »Andrea, bitte entschuldige, aber Alessia hat mich völlig aufgelöst angerufen, sie hat angeblich Schatten in unserem Garten gesehen und fürchtet sich schrecklich. Kannst du mal nachschauen? Ich mache mir Sorgen!«

»Ja, klar, sind schon unterwegs. Ich melde mich wieder.«

»Danke! Bist ein Schatz. Bis dann.«

In der Zwischenzeit hatten sie ihr Ziel fast erreicht und bogen in die Susenbergstraße ein. Von der anderen Seite kam der 7er und praktisch zeitgleich stiegen beide Patrouillen vor der Villa aus dem Wagen. Noch während der Begrüßung hörten sie einen lauten Knall und gleich noch einen. Fuck, was war das? Schoss da jemand? Aus den Augenwinkeln sah Andrea, wie einer der Uniformierten ins Gebüsch hechtete. Hatte er etwas gesehen oder war das Panik? Verdammte Scheiße, was lief hier falsch? Remo übernahm sofort das Kommando und dirigierte Dave und das, was von der Limmat 7-Besatzung übrig war. Andrea deutete er mit zwei Fingern, hierzubleiben, und Dave und der Kollegin nickte er zu, ihm zu folgen. Er selbst zog seine Waffe und öffnete mit der anderen Hand vorsichtig das schmiedeeiserne Tor zum Eingangsweg. In diesem Moment bog der Wagen des Spezials um die Ecke. Noch während Andrea die drei Angekommenen über die Situation aufklärte, erschien ein junger Mann am Fenster im oberen Stock der Villa. Er fuchtelte mit einer Waffe. Um Himmels willen, was war mit dem Kind? Wo war Alessia?

»Hilfe! Bitte kommen Sie! Ich habe geschossen.«

»Polizei! Legen Sie sofort die Waffe weg!« Der Angesprochene befolgte den Befehl, verschwand vom Fenster und kurz darauf hörten sie, wie jemand die Eingangstür aufsperrte. Heraus kamen eine aufgelöste Alessia und ein nervöser Junge, der verdächtig süßlich roch. Aha, Marihuana.

»Gott sei Dank, dass du da bist, Andrea!« Alessia warf sich in seine Arme und der Knabe erklärte einem der anwesenden Polizisten verstört, was eigentlich vorgefallen war.

Derweil inspizierten die anderen Uniformierten den Garten, konnten allerdings nichts Ungewöhnliches entdecken. Fehlalarm.

Alessia war bei den Nachbarn zu Hause gewesen und hatte mit dem Sohn einen Film geschaut. Dabei hatten sie plötzlich das Gefühl gehabt, etwas Verdächtiges zu hören, und als sie sich auf den Balkon im Obergeschoss gestellt hatten, meinten sie, Bewegung im Nachbarsgarten zu sehen. Statt die Polizei oder die Eltern zu rufen, kam Jan auf die glorreiche Idee, selbst nachzuschauen, ob alles in Ordnung war. Beherzt hatte er nach dem Sturmgewehr seines Vaters gegriffen, und die beiden Jugendlichen hatten sich, so bewaffnet, auf den Weg gemacht, um nach dem Rechten zu schauen. In der Aufregung vergaßen sie, die Alarmanlage bei Blums auszuschalten, worauf die Sirene losgegangen war und die Polizei auf den

Plan gerufen wurde. Mittlerweile hatten sich Alessia und Jan dermaßen in einen Verfolgungswahn hineingesteigert, dass es Jan für angemessen hielt, einfach mal präventiv in die Luft zu feuern und damit vermeintliche Einbrecher in die Flucht zu schlagen.

Andrea schüttelte den Kopf. Hatte er nicht immer gesagt, Hasch mache blöd? Zum Glück kümmerte sich Remo um Jan.

Er hatte genug mit Alessia zu tun. In diesem Moment klingelte Alessias Handy. Sie rollte mit den Augen, sagte kurz: »Cornelia«, und nahm den Anruf entgegen. Andrea verstand, wie sie ihrer Mutter den Verlauf des Abends schilderte, und hörte durch den Apparat Cornelias entsetzten Schrei: »Ja seid ihr denn wahnsinnig? Mit einem Sturmgewehr einfach so in den Himmel raufzuballern? Ihr seid doch in der Schweiz, nicht im Nahen Osten!«

»Mutter, relax. Wir haben's ja begriffen.« Alessia war schon wieder ganz die Alte und fühlte sich als Herrin der Lage.

Cornelia hatte sich so weit beruhigt, dass sie in normaler Lautstärke und damit für Andrea unhörbar weitersprach. Vermutlich machte sie ihre Tochter darauf aufmerksam, in welche Gefahr sie sich gebracht hatten und dass die Polizei, wenn sie sie mit einer Waffe am Fenster gesehen hätte, auf sie hätte schießen können. Auf Alessia machte das alles wenig Eindruck. Lässig meinte sie: »So ein Quatsch.«

Schließlich reichte sie ihr Telefon an Andrea weiter: »Mutter will mit dir reden.«

»Andrea, es tut mir so leid. Ich wollte dir mit meiner Tochter keine Mühe machen. Aber ich bin ja so dankbar, dass du da bist!«

»Ist schon okay.«

»Nein, ist es nicht, aber wir reden ein andermal darüber. Könntest du wohl meinem ignoranten ›Kind‹ klarmachen, dass seine Mutter recht hat und sie sich mit dieser bodenlosen Dummheit in Lebensgefahr gebracht hat?«

»Ja. Natürlich.«

»Du hast etwas gut bei mir. Ich stehe in deiner Schuld. Und wenn es gar nicht geht, lass es mich wissen, dann komme ich nach Zürich.«

»Das ist nicht nötig. Ich kriege das schon hin.«

»Du bist unbezahlbar. Ich melde mich bald wieder. Danke.«

»Bitte. Und schönen Abend.« Wenn er richtig rechnete, musste es in Boston jetzt ungefähr 17.00 Uhr sein. Damit hängte er auf. Und wandte sich dem »ignoranten Kind« zu.

»Deine Mutter hat völlig recht. Das alles hätte hässlich ausgehen können. Beinahe hättet ihr mehr als ein Stück Blei im Leib gehabt.«

Noch immer schien Alessia nicht zu begreifen, wie nah sie an einer Katastrophe vorbeigeschrammt waren. Mit hochgezogenen Augenbrauen fragte sie: »Ernsthaft jetzt?«

»Darauf kannst du Gift nehmen. Glaubst du, die Polizisten tragen ihre Waffe zum Spaß und schießen mit Farbpatronen?«

»Nee, aber gleich losballern?«

»Wenn ein Sturmgewehr am Fenster steht? Aus dem geschossen wurde?«

»Mann, ihr Rambos.«

Mamma mia. Eigentlich hatte er an diesem Abend schon genug Gezicke gehabt. Was war nur heute los? Alles, was er sich wünschte, waren ein bisschen Harmonie und sein Frieden, war das zu viel verlangt?

Cornelias Plan hatte damals im letzten Sommer so einleuchtend und einfach geklungen. Sie hatte ein tolles Jobangebot in den USA bekommen, Alessia machte ihren Schulabschluss, sollte in den Staaten studieren und die Familie wäre glücklich und zufrieden vereint gewesen. Aber eben, Alessia war 18 und hatte andere Vorstellungen als ihre Mutter. Sie hatte sich ganz einfach geweigert, mitzugehen. Stattdessen hatte sie ihre Mutter vor die Tatsache gestellt, dass sie sich einen Praktikumsplatz bei einer der erfolgreichen Werbefirmen in Zürich ergattert hatte und in der Schweiz bliebe. Cornelia hatte es mit Zuckerbrot und Peitsche versucht, beides gleich erfolglos. Schließlich hatte sie zähneknirschend eingesehen, dass ihre Tochter mindestens so genau wusste, was sie wollte, wie sie selbst und hatte ihr ihren Willen gelassen. Damit war Andrea ins Spiel gekommen. Händeringend hatte ihn Cornelia gebeten, ab und zu ein Auge auf das »Kind« zu haben. Alessia hatte so weit nie gravierende Probleme verursacht, er hatte daher gutmütig eingewilligt und eigentlich war es bis jetzt auch ganz gut gegangen. Cornelia war ihm grenzenlos dankbar, hatte ihm ihren BMW praktisch geschenkt und jetzt verbrachte er jeweils ein paar Nächte an der Susenbergstraße und dann wieder einige bei sich daheim an der Steinhaldenstraße. Nicht, dass er viel von Alessia mitbekam. Es war ein bisschen wie in einer gut funktionierenden Wohngemeinschaft. Jeder ging seines Weges, sorgte für sich und seine Bedürfnisse und was sie nicht erledigten, übernahm die Putzfrau. Das Mädchen zeigte sich gewöhnlich ziemlich reif und vernünftig und wenn sie nicht grade mit dem Haschbruder aus dem Nachbarhaus abhängte, machte sie ihm keine Schwierigkeiten. Abgesehen davon, dass er sich etwas angebunden fühlte, war die

Situation unkompliziert. Weihnachten und Neujahr hatte Alessia außerdem bei ihren Eltern in Boston verbracht und danach hatte alles wieder seinen gewohnten Gang genommen. Sie waren keine Freunde, aber man kam miteinander oder besser nebeneinander aus. Offenbar musste er jetzt andere Saiten aufziehen.

»Glaub mir, die Polizei weiß, was sie tut, und sie arbeitet nicht mit Spielzeugen.«

»Okay. Ich glaube dir ja. Es wird nicht mehr vorkommen. Beim nächsten Mal rufe ich gleich die 117.«

»Das will ich hoffen.«

»Versprochen.« Grinsend hielt sie ihre Hand in die Höhe und er schlug ein.

MONTAG

10.

Sie hatte schlecht geschlafen. Was mit dieser Polizeisirene und dem ganzen Auflauf in der Nachbarschaft zusammenhängen musste. Was das nur gewesen war? Sie hatte sogar gemeint, Schüsse gehört zu haben.

Gewöhnlich begann sie eine neue Woche mit Lebensmitteleinkäufen. Mit dem Kinderwagen und Yanik war sie in wenigen Minuten am Toblerplatz, wo sich Migros und Spar gegenüberstanden. Sie war ein Migros-Kind gewesen. Und eigentlich entschied sich ja dadurch, ob man sein Leben als Coop- oder Migros-Anhängerin fristete. Sie aber hatte auch das hinter sich gelassen und kaufte für gewöhnlich im Spar ein. Er hatte hier zwar nur ein bescheidenes Angebot, aber für Lara, Yanik und sie reichte es. Musste es einmal etwas Spezielles sein, nahm sie das Tram bis ans Bellevue und kaufte im Globus ein. Da ließen sich an unkomplizierten Ständen qualitativ hochwertige Speisen finden. War das Wetter schön, konnte sie zudem eine Weile draußen in der Sonne sitzen, feine Häppchen essen oder an der Seepromenade entlangschlendern und die Menschen beobachten. Jedenfalls solange die Kinder mitmachten, sich einigermaßen ruhig verhielten und sie nicht ablenkten. Zürich am See hatte stets etwas verspielt Leichtes. Vermutlich, weil die zu jeder Jahreszeit anzutreffenden Touristen die Aura des genießenden Schlendrians verströmten. Es tat ihr gut, sich ab und zu in diesen Ameisenhaufen der Innenstadt zu begeben. Im Kreis 7 war sie von all dem so weit entfernt und konnte dabei vergessen, dass sie in einer Stadt mit Hundertausenden anderer Menschen lebte. Und dabei liebte sie an Zürich doch eigentlich genau diese Größe und die damit verbundene Abwechslung und Anonymität. Man kannte sie nicht.

Nur ungern erinnerte sie sich daran, wie mühsam das Einkaufen mit ihrer Tochter jeweils gewesen war. Entweder war sie ihr davongerannt, hatte die Gestelle ausgeräumt oder ihr den Wagen mit irgendwelchen unnützen Dingen gefüllt. Später hatte sie die unmöglichsten Produkte immer unbedingt haben wollen. Fürchterlich anstrengend war das gewesen, und sie hatte es, wann immer möglich, vermieden. Wie anders war das mit Yanik, der lieb und artig in seinem Wagen saß und mit dem Bärli im Arm geduldig darauf wartete, bis sie fertig war. Auf Fragen wie: »Was meinst du, Yanik, wollen wir wieder einmal Tomatensuppe kochen? Die magst du doch so gern« reagierte er meist nicht einmal. Der Kleine träumte so oft vor sich hin.

Mit einem kurzen Gedanken streifte sie noch einmal Lara. Was das Mädchen wohl jetzt machte? Hätte sie daheim geschlafen, wäre sie bereits weg und in der Schule. Von dem her war jetzt eigentlich alles wie immer. Nur, dass sie nicht hatte aufstehen und kontrollieren müssen, wie Lara sich anzog, ein anständiges Frühstück, bestehend aus einem nahrhaften Müesli mit frischen Früchten und Joghurt oder selbst gebackenem Vollkornbrot zu sich nahm und rechtzeitig aus dem Haus kam.

Sie brauchte einen Termin beim Kinderarzt, das war das Wichtigste heute. Sie musste Lara aus der Kinderpsychiatrie herausholen. Und zwar so schnell wie möglich.

Der Kinderarzt hatte immer auf sie gehört. Vielleicht weil sie eine minimale medizinische Ausbildung und Erfahrung vorweisen konnte? Immerhin hatte sie als

Rotkreuzpflegehelferin regelmäßig während der Schulferien im Kantonsspital gearbeitet und ihr Taschengeld mit Nachtdiensten aufgebessert. Sie hatte es geliebt, nachts durch die dunklen Gänge des Krankenhauses zu gehen, nur das Quietschen der Sohlen auf dem Linoleumboden in den Ohren. Und ab und zu die Klingel eines Patienten. Ein rotes Licht über der Türe und bei ihnen im Schwesternzimmer. Dazwischen Ruhe. Sie hatte sich wie ein Schutzengel gefühlt. Die Arbeit in der Nacht war so viel interessanter und spannender als tagsüber. Während der Nachtstunden konnte sie wirklich mit der Schwester zusammenarbeiten, durfte ihr bei allem assistieren und aushelfen. Nicht nur, wie sonst üblich, Essenswünsche entgegennehmen, Blutdruck messen, Patienten waschen, auf den Topf setzen und Mahlzeiten austeilen. Nein, in der Nacht konnte es vorkommen, dass sie Medikamente verabreichte, behilflich war beim Spritzensetzen, Temperaturmessen oder Katheter entfernen.

Einmal hatten sie einen Patienten mit einer Kopfverletzung gehabt. Nie mehr würde sie vergessen, wie er sich aufgeführt hatte. Sie hatten ihm Windeln anziehen müssen. Wie ein Berserker hatte er gewütet, die Windeln zerfetzt, geschrien und jeden angegriffen, der sich ihm nähern wollte. Noch heute konnte sie seine tierischen Schreie und das Rütteln an den Bettstäben aus Metall hören. Es war ihnen nichts anderes übrig geblieben, als ihn medikamentös ruhigzustellen und seine Arme und Beine am Bettgestell zu fixieren. Ihr Einsatz war am nächsten Tag beendet gewesen und sie hatte nicht mehr mitbekommen, ob der Patient wieder normal geworden war. Aber auf jeden Fall hatte es sie beeindruckt und zum ersten Mal hatte sie hautnah erlebt, was geschehen konnte, wenn im Kopf etwas nicht mehr richtig funktionierte, und was man dagegen unternehmen musste. Einerseits hatte sie Angst gehabt vor dieser unkontrollierten Bestie, andererseits hatte es sie fasziniert, dass sie dank der Medizin die Macht über diesen viel stärkeren Mann erlangen konnten.

Nach dem Lehrerinnenseminar hatte sie nie mehr im Krankenhaus gearbeitet. Verdient hatte sie als Pädagogin genug. Ihre Wissbegier in Sachen Medizin und das Interesse an Krankheiten aber waren groß geblieben.

Ihr Start als Lehrerin war alles andere als gelungen. Selbst die schwierige Zeit in Südamerika hatte es nicht geschafft, ihre romantischen Fantasien von der idealen Pädagogin völlig zu zerstören. So fand das böse Erwachen statt, als sie vor ihrer ersten Klasse stand. Es begann damit, dass sie es nicht gewohnt war, für jemand anderen als sich selbst Verantwortung zu übernehmen. Bisher hatte sie in ihrem Leben immer nur für sich geschaut, sie war stets nur ein kleines Glied einer größeren Kette gewesen, für die jemand anderer Sorge trug. Sich selbst kannte sie, sich hatte sie im Griff und unter Kontrolle. Aber nun war sie plötzlich die Chefin einer ganzen Horde ungebärdiger Kinder, und es hing von ihr ab, wie die Stunden, Tage, Wochen und Monate verliefen. Ob sie die Lernziele erreichen konnte und die Kinder schreiben, lesen und rechnen lernten. Sie war vernetzt mit einem Schulhaus, dessen Lehrpersonen und den Eltern der Schüler, alles unberechenbare und schwierig zu überwachende Komponenten. Ihr Handeln hatte urplötzlich viel weitreichendere Konsequenzen, betraf so viel mehr Menschen, nicht mehr nur sie allein. Wichtig war nicht, ob sie eine gute Prüfung schrieb, eine Freundin fand oder von der Dozentin gemocht wurde. Sondern es hing vielmehr von ihr ab, ob die Klasse funktionierte, die Knaben und Mädchen vorwärtskamen, ob die Eltern, der Schulrat, das Kollegium mit ihr zufrieden waren.

Irgendwie hatte sie trotz aller gegensätzlichen Erfahrungen und wider alle Vernunft erwartet, dass sie folgsame Schülerinnen und Schüler haben würde. Kinder, eifrig darum bemüht, die Worte der Lehrerin um jeden Preis umzusetzen. Ganz so, wie sie es jeweils getan hatte. Oh ja, sie war eine Bilderbuchschülerin gewesen, und wer konnte es ihr verdenken, dass sie zumindest ein bisschen an das Überleben dieser Spezies geglaubt hatte? Was war dagegen einzuwenden, dass man in die Schule ging, um etwas zu lernen und den Lehrern gefallen zu wollen?

Bei ihren Vikariaten, Übungsschulklassen und Praktikumsstellen hatte sie immer Glück gehabt. Sie war an Lehrer geraten, die ihre Zöglinge im Griff gehabt hatten. Als sie dann ihre eigenen Schüler bekam, war ihr erst aufgegangen, was da alles dahintersteckte. Es ging gar nicht um die Vermittlung des Stoffes, sondern in erster Linie um Erziehung. Die Kinder stritten, die Kinder lärmten, die Kinder konnten nicht ruhig sitzen. Sie fand es unheimlich anstrengend und fühlte sich abends völlig ausgehöhlt und leer. Am schlimmsten war es in der Turnhalle. Wenn die Primarschüler in der Halle herumtobten, war es, als hätte sie eine Schachtel voller Flöhe geöffnet, die unkontrolliert entwichen. War es ihr endlich gelungen, die Kinder für fünf Sekunden alle auf der Bank ruhig sitzen zu haben, schaffte sie es mit viel Glück, einen vollständigen Satz zu sagen, bevor die ersten erneut aufsprangen. Ihre Anweisungen kamen zu spät, die Hälfte hatte sie wieder nicht mitbekommen. Den ganzen Tag schlichtete sie, erklärte, zeigte, redete und passte auf. Trotzdem war sie gezwungen, nach der Schule noch die Lektionen für den nächsten Tag vorzubereiten, hatte Elterngespräche, Teamsitzungen, Weiterbildungen.

Außer ihr waren noch sieben weitere Lehrkräfte an der Unterstufe tätig gewesen. Aber irgendwie hatte sie nie den Draht zu den Kolleginnen gefunden. Sie waren alle so enthusiastisch und schienen den Unterricht aus dem Ärmel zu schütteln. Ob das nun die schwangere Sybille war, die ständig selbstvergessen ihren geschwollenen Leib massierte, oder Helene, die, obwohl kurz vor der Pension stehend, dennoch voller Elan neue Unterrichtsformen ausprobierte und in jeder Arbeitsgruppe dabei zu sein schien. Vielleicht lag es daran, dass sie, abgesehen von einer alten Jungfer, die Einzige war, die alleine für eine Klasse verantwortlich war. Alle anderen teilten sich ein Pensum im Jobsharing und konnten sich ständig austauschen, was mit Sicherheit einen großen Teil der Belastung entschärfte. Wie auch immer, selbst wenn sie gewollt hätte, war da niemand, dem sie sich hätte anvertrauen können, sie hatte sich allein gefühlt und am Abend war ihr beim Gedanken an den nächsten Tag oft ganz schlecht gewesen. Wie sollte es ihr gelingen, diese Horde Wilder erneut zu bändigen?

Sie hätte niemals Primarlehrerin werden dürfen. Irgendwann, viel später allerdings, sie hatte bereits eigenen Nachwuchs, war ihr aufgegangen, dass sie Kinder eigentlich gar nicht mochte. Nicht so, wie sie wirklich waren. Dieses ständige Präsent-sein-müssen machte ihr zu schaffen. Keinen einzigen eigenen Gedanken einmal zu Ende denken zu können, ohne dass man ständig unterbrochen wurde durch dieses Plärren, diesen alles durchdringenden Ruf: »Maaaaaamaa!« oder sonst ein hässliches Geräusch, das ein Unglück ankündigte. Und das rund um die Uhr, ohne

Pause und Feierabend. Tag für Tag, Woche für Woche, Monat für Monat, Jahr für Jahr. Eigene Kinder, was hatte sie es sich schön ausgemalt und wie hatte sie Sibylle um ihre Schwangerschaft beneidet.

Aber kaum war Lara da gewesen, hatte sich das unterschätzte Ausmaß des Mutterseins gezeigt. Und Lara war ja kein normales Kind gewesen. Sonst hätte sie ihre neue Rolle mit Sicherheit genossen, aber mit Lara war das unmöglich. Jedes Baby brauchte die volle Aufmerksamkeit seiner Mutter. Aber Lara nahm sie völlig in Beschlag und war von Anfang an verhaltensauffällig. Um ihr zu helfen, versuchten sie, das Kind möglichst wenig Wechsel auszusetzen und ihr viel Konstanz zu bieten. Und so hielt sie es für das Beste, wenn Lara nicht fremdbetreut wurde, sondern sie daheim bei ihrem Kind blieb. Der Gedanke, sie könnte wieder als Lehrerin arbeiten, war gar nie wirklich aufgekommen. Philippe war mit ihrer Rolle einverstanden, wie er mit allem einverstanden war, was sie die Kinder betreffend vorschlug.

Erst als Lara in die Schule kam, zog sie die Frage, ob sie wieder arbeiten sollte, noch einmal ernsthaft in Betracht. Aber sie war schwanger geworden, und so hatten sie das Thema Berufstätigkeit erneut verschoben. Allerdings war Sophia nach einem knappen Jahr am plötzlichen Kindstod gestorben.

In der darauffolgenden Zeit war sie unfähig gewesen zu arbeiten und wollte auch nicht gleich wieder schwanger werden. Philippe war damals erstaunlich verständnisvoll gewesen, hatte sie nach Peking mitgenommen und nie zu irgendetwas gedrängt. Nach zwei Jahren hatten sie es erneut versucht, es hatte aber fast ein ganzes Jahr gedauert, bis sie wieder in Erwartung kam. Und so war

Lara bereits 12 Jahre alt, als sie zum dritten Mal schwanger geworden war.

Als sich dann herausstellte, dass auch mit Yanik nicht alles in Ordnung war, war das Thema Arbeitsstelle für sie endgültig vom Tisch.

Anfangs hatte sich Yanik ganz normal entwickelt und nichts deutete auf eine Krankheit hin. Bei den ersten Untersuchungen hatten ihr die Ärzte versichert, sie habe ein kerngesundes Kind. Was sie allerdings nie ganz und gar geglaubt hatte. Als Mutter spürte sie, dass Yanik irgendwie anders war. Und ihre Ahnung sollte sich bestätigen. Kaum war der Kleine ein halbes Jahr alt, zeigten sich die ersten Symptome.

Für sie war es nicht schlimm gewesen, ein krankes Kind zu haben.

Lara war immer sehr ungestüm gewesen und Yanik das pure Gegenteil. Es ging so weit, dass sie es beinahe genoss, nach dem Wildfang dieses kleine »Phlegma« bei sich zu haben. Und geholfen hatten ihr natürlich ihre medizinischen Grundkenntnisse. Zudem konnte man heute so vieles übers Internet erfahren. Oft hatte sie besser Bescheid gewusst als die Ärzte.

Sie war stolz darauf, wie sie die Situation meisterte. Nie zimperlich oder zögerlich. Was ihr im Umgang und der Behandlung mit ihren Kindern zugute kam. Es machte ihr nichts aus, Yanik Medikamente zu geben oder ihn festzuhalten, wenn er eine Spritze bekommen musste. Es war doch alles zu seinem Besten. Da kannte sie kein falsches Mitleid.

Zuweilen bereute sie, nicht den Weg der Medizinerin oder Psychologin eingeschlagen zu haben. Vielleicht auch, weil das Lehrerinnendasein eine derart herbe Enttäuschung gewesen war. Aber vermutlich wohl eher, weil sie sich für Krankheiten und Diagnosen interessierte. Na ja, jetzt war es zu spät, aber es gab zum Glück kaum etwas, was sie sich nicht im Eigenstudium beibringen konnte.

Sie hörte, wie jemand die Treppe heraufkam. War die Salovic hier? Gut, dann konnte sie sie darauf vorbereiten, dass sie auf Ende Monat gekündigt war. Und danach würde sie sich um einen Termin beim Arzt kümmern. Ob die Praxis schon besetzt war?

11.

Es roch abgestanden in der Wohnung. Kein Wunder, er war über eine Woche nicht hier gewesen. Die Post warf er auf den Küchentisch und stellte die Einkäufe daneben. Eine Packung UHT Milch, Orangensaft und ein Tirolercake.

Desinteressiert blätterte er die Post durch. Wie erwartet, waren alles nur Rechnungen. Halt, da blitzte ein farbiges Kuvert hervor. Ohne Briefmarke und von Kinderhand beschriftet. Hm, das konnte nur eines bedeuten. Die Nachbarn hatten wieder Mitleid mit dem armen »Witwer«. Er riss den roten Umschlag auf. Richtig. Diesmal war es eine Einladung zum Schultheater. Am nächsten Donnerstag gaben die Primarschüler »Dornröschen« zum Besten. Wahrscheinlich fühlten sich Kirchners verantwortlich für ihn, vor allem Kathrin mit ihrer sozialen Ader wollte natürlich nicht, dass er vereinsamte. Das war lieb gemeint, aber er brauchte ihr Mitleid nicht, und einsam war er schon gar nicht. Es ging ihm gut. Jedenfalls meistens.

Kurzentschlossen zog er sich aus, wechselte in seine Jogginghose, ein frisches T-Shirt und eine leichte Jacke.

Ja, es tat gut, sich zu bewegen. Gleichmäßig trafen seine Füße auf den Asphalt und brachten ihn vorwärts. Zuerst hinauf in Richtung Rieterpark, vorbei an den Nobelvillen und dann die Brunaustraße runter in Richtung Allmend. Im Quartier hatte sich nicht viel verändert, seit er hier stationiert war. Die Zuwanderung in der Enge hielt sich in Grenzen. Manchmal hatte er das Gefühl, die Anzahl der Zuzügler aus dem Ausland sei leicht gestiegen. Gutbetuchte Expats, die oft nur ein paar Jahre blieben, sich teure Wohnungen leisteten, am Quartierleben so wenig teilnahmen wie er selbst, aber die Mieten in die Höhe trieben. Er erreichte den Fluss. Der Verkehr rauschte auf der Autobahnbrücke über seinem Kopf und er betrachtete das dunkle Wasser der Sihl. Allmählich wurde es stiller, er ließ die Stadt hinter sich und erreichte das Naherholungsgebiet. An der Gfellstraße standen die Autos der Hündeler in Reih und Glied. Der Straßenstrich an der Allmendstraße war seit dem Bau Sihlcitys noch ruhiger geworden, und es waren kaum je Prostituierte hier zu sehen.

In der letzten Nacht hatte es noch einmal Niederschlag gegeben und die Wiese war mit einer zentimeterdicken Schicht Schnee überzogen. Auch jetzt hingen die Wolken tief in einem dunklen Grau am Himmel. Er bog in den Laubfroschweg ein, überquerte die Sihl und sah in der Ferne einen Streifenwagen durchs Fahrverbot rollen. Das

Weiß des Polizeiautos wirkte schmutzig neben dem Weiß des Schnees. Er erinnerte sich, wie vor zwei Jahren um diese Zeit hier alles schon grün gewesen war und die ersten Blumen geblüht hatten. Stattdessen machte ihn heute der Gegenwind fertig und die Kälte tat ihm im Kopf weh.

Vielleicht sollte er ein paar Tage mit Paula in die Toskana fahren? Ach, das wäre schön. Seufzend erinnerte er sich an den letzten Urlaub bei ihr. Wie er morgens barfuß auf die nachtkalten Fliesen der Terrasse getreten war, lange bevor die Herbstsonne unbarmherzig vom Himmel knallte. Die Hände um eine Tasse heißen Kaffee geschlungen, hatte er den Blick zufrieden weit über die sanften Hügel schweifen lassen und dabei denken müssen, dass er gerne bleiben und für immer hier leben würde. Es passte alles so perfekt zusammen und wirkte wie arrangiert. Ein Hahn, der krähte, der Geruch nach Erde, die gesunden Obstbäume. Hochgewachsene Pinien, die sich schützend wie Schirme über die sandfarbenen Häuser mit dunkelbraunen Läden und gescheckten Ziegeldächer hielten. Dunkle Zypressen, die ihn an Reihen spitzer Zähne denken ließen, oder die Äste der Zedern, die im Wind wie lustig wippende Röcke wirbelten. Im Verlauf des Vormittags waren der Geruch nach Holzfeuer und das Geräusch der Traktoren dazugekommen, welche das Gurren der Tauben übertönten. Er hatte Lust darauf bekommen, mit seinen Händen zu arbeiten und abends müde von körperlicher Betätigung ins Bett zu fallen. Im Wissen, dass man sein eigener Herr war und sein eigenes Land bewirtschaftete. Was stellte er es sich befriedigend vor, den hauseigenen Wein trinken zu können, die Oliven aus eigenem Anbau zu essen, genauso wie die Tomaten oder den Käse. Die Heimreise war allzu rasch gekommen, aber er hatte sich mit dem Gedanken getröstet, dass zumindest Paulas Kind in all dieser Schönheit würde aufwachsen dürfen. Vom ersten Tag an. Und er sie alle jederzeit besuchen konnte. Die romantische Schwärmerei war längst Vergangenheit, und er hatte sich daheim wieder in seinem alten Leben arrangiert. Sich damit abgefunden, seinen Wein und die Oliven zu kaufen und statt mit den Händen, vorwiegend mit dem Kopf zu arbeiten. Aber was sprach dagegen, diesen Besuch bald zu wiederholen? Nichts. Besser gelaunt, beschloss er, die Idee bald in die Tat umzusetzen.

Ein haselnussbraunes Eichhörnchen rannte wenige Meter vor ihm wieselflink über das Sträßchen und huschte ins Gebüsch. Sollte er dem Blindschleichenweg folgen oder doch den Feuersalamander nehmen? Er entschied sich für den Molch, der weniger steil bergauf ging, und ließ die Schlange rechts liegen.

Scheiße. Einmal mehr hatte er ihn erwischt. Er war zusammengezuckt und hatte den Pinscher damit noch ermutigt. Wie er diese kleinen Köter hasste. Mit unschuldig harmlosem Gesichtsausdruck kamen sie einem entgegengetrabt, um dann im letzten Moment und aus dem Hinterhalt einen ihrer Überraschungsangriffe zu starten. Kaum waren sie nah genug, kläfften sie los und versuchten, ihn in die Knöchel zu schnappen. Jedes Mal erschrak er aufs Neue, obwohl er doch im Grunde damit hätte rechnen müssen. Es lag daran, dass er ihnen keine Beachtung schenkte, meist tief in Gedanken versunken war und die Schoßhunde gewöhnlich ganz einfach übersah. Natürlich freuten sie sich über ihre gelungenen Attacken, und oftmals hatte er gar die nichtsnutzigen Herrchen in Verdacht, dass sie ihre vergrößerten Ratten heimlich trainierten und genau solche Spielchen liebten. Ihre Worte: »Aus, Bibochen! Fertig!« Und die Erklärungen an ihn: »Er macht nichts, er will nur spielen« deuteten ja genau dies an. Es war eine Tatsache, dass diese an Putzlappen erinnernden überflüssigen Kreaturen nicht gehorchten. Und nun kam dieser kleine Heuler noch einmal, hatte wohl zum Frühstück einen Brei gekriegt, der zu übersteigertem Selbstvertrauen führte. Bevor er Andrea ein zweites Mal in den Knöchel zwicken konnte, holte er reflexartig aus und traf ihn mitten ins Gesicht. Heißa, voll in die Fresse. Das jaulende Geheul ließ die Besitzerin hysterisch aufschreien und panikartig versuchte sie, das jämmerliche Häufchen auf den Arm zu nehmen. Der würde ihn in Zukunft in Ruhe lassen. Sein Selbstvertrauen war verpufft wie heiße Luft, und mit eingezogenem Schwanz ließ er sich von seinem Frauchen bemitleiden.

»Was fällt Ihnen ein?« Ihre Stimme klang schrill vor Empörung.

»Halten Sie Ihren Hund an der Leine, wenn er unbescholtene Bürger attackiert.«

»Von wegen attackiert! Sie haben meinen Hund verletzt! Komm, Schätzi, arme Kleine, der böse, böse Mann hat etwas ganz Schlimmes getan.«

Andrea rannte weiter und war fast ein bisschen stolz darauf, als böser, böser Mann zu gelten. Die Schnepfe hörte er nur noch leise rufen: »Ich werde zum Tierarzt gehen müssen, und das werden Sie mir bezahlen!«

Er kannte die Tussi und wusste, dass er sie schon mehrfach darauf aufmerksam gemacht hatte, sie solle ihren Wischmopp – Hund konnte man so ein Ding ja nur schlecht nennen – gefälligst an die Leine nehmen, wenn er ihr nicht gehorche, und sonst würde eben genau das passieren, was sie jetzt schmerzlich hatten erleben müssen. Er hielt nichts von leeren Drohungen und hatte kein schlechtes Gewissen. Im Gegenteil, es fühlte sich eher wie ein Triumph an, und er lächelte zufrieden vor sich hin.

Mit Hunden hatte er noch nie etwas anfangen können. Und jetzt im Weiß des Schnees sah man erst, wo die Köter überall hinpissten. Alle paar Schritte waren diese zitronen-, sonnenblumen- oder fußgängerstreifengelben Hinterlassenschaften zu passieren. Andererseits musste er den meisten Hundebesitzern zugutehalten, dass ihre Lieblinge folgsam erzogen waren und sie ihn genauso in Ruhe ließen wie er sie. Gewöhnlich rannten sie einfach gleichgültig aneinander vorbei. Er begann, die Vierbeiner wieder zu vergessen, und überlegte sich stattdessen, was er heute an seinem zweiten freien Tag noch zu erledigen hatte. Im Grunde nichts, wie er erfreut feststellte, ein Tag zur freien Verfügung.

Knapp bevor er auf die Brücke einbiegen konnte, wurde er von einer Gruppe junger, sehniger Läufer in rasantem Tempo überholt. Alle in knallig grün, orange, gelb und blau leuchtende Jacken, Mützen und Schuhe gezwängt. Trotz flotter Geschwindigkeit blieb ihnen genug Atem, um sich miteinander zu unterhalten. Wie leichtfüßig sie an ihm vorbeitrabten. Er fühlte sich extrem schwer, langsam und alt. War das der Nachtdienst? Oder seine bald 40 Jahre?

Kaum waren die Jungspunde außer Sichtweite, kam ihm ein anderer Läufer entgegen. Auf seiner Spur. Er hatte nicht vor nachzugeben. Nicht diesmal. Es trennten sie nur noch wenige Meter, als er mit einer kaum sichtbaren Bewegung nach links andeutete, dass er darauf bestand, auf seiner Seite zu bleiben. Der Typ verstand, wechselte nach rechts und gab den Weg artig frei. Na also, noch ein kleiner Sieg. Beim Kreuzen grüßte er den Gegner freundlich, vielleicht eine Spur von oben herab, weil er gewonnen hatte.

Bevor er daheim ankam, machte er einen Zwischenstopp bei Buchmann und kaufte sich eines der Sandwiches. Der Laden lief gut, und auch er fand es ganz nett, dass es nach Jahren endlich wieder ein Bäcker ins Quartier geschafft hatte. Nach dem Lädelisterben vorne an der Waffenplatzstraße, dem der kleine Migros, die Apotheke und der Sushi-Laden zum Opfer gefallen waren, war dies ein Lichtblick.

Schwitzend öffnete er die Haustür und war kaum eingetreten, als ihm der Jüngere der beiden Kirchner-Söhne entgegenkam.

»Hoi, Andrea.«

»Hallo, Finn. Wie geht's?«

»Gut und dir?«

»Auch, danke.«

Der Kleine hatte noch was auf dem Herzen, es war unschwer an seinem Gesichtsausdruck zu erkennen. Nachdem er all seinen Mut zusammengenommen hatte, spuckte er seine Frage aus: »Hast du die Einladung für das »Dornröschen« gesehen?«

»Ja, vielen Dank. Sehr lieb von euch.«

»Und, wirst du kommen?« Die Augen schauten ihn groß und bittend an. Verdammt, denen konnte er nichts abschlagen.

»Gerne.«

»Supi! Das freut mich! Weißt du, ich bin der Prinz! Und Irina ist das Dornröschen.«

»Soso. Irina. Gefällt sie dir?« Errötete der Kleine? Zweifellos, die Knabenwangen wurden von einem dunklen Scharlach überzogen. »Ja. Sie hat wunderschöne blonde Haare und schöne Kleider. Und sie schenkt mir Süßigkeiten.« Ach, so leicht ließ sich ein Knabenherz fangen. Und das wurde ja auch später nicht besser. Blonde Haare, die richtigen Kleider und etwas zum Knabbern, da wurden selbst Männer noch schwach.

»Und ich darf sie küssen.«

Aha, das auch noch.

»Du Glückspilz.«

»Ja, nicht wahr? Also, ich muss jetzt in die Schule. Tschüss.«

»Mach's gut. Bis bald. Tschüss.«

12.

Mit dem Staubsauger bewaffnet, trat sie in Laras Zimmer. Nur weil ihre Tochter nicht mehr hier war, hieß das ja nicht, dass nicht mehr saubergemacht werden musste. Und nun, da die Salovic nach Hause gegangen war, griff sie selbst zum Staubwedler beziehungsweise -sauger. Die Frau hatte erstaunlich schlecht reagiert. Daniela erinnerte sich leicht pikiert an die Szene, die die Putzfrau veranstaltet hatte. Sie hatte sie gebeten, sie zu behalten, ja schließlich richtiggehend angefleht. Es hätte nicht viel gefehlt und sie wäre vor ihr auf die Knie gefallen. Hatte die Frau keinerlei Stolz? Aber Daniela hatte nicht nachgegeben. Jetzt schon gar nicht mehr, sie konnte doch keine Schwäche zeigen und ihren Entschluss rückgängig machen. Es war ihr peinlich gewesen, die ältere Frau in Tränen ausbrechen zu sehen, aber geholfen hatte es ihr nicht. Ihre Entscheidung war gefallen, sie wollte die Savolic nicht mehr. Zugegeben, die Anschuldigung im Zusammenhang mit Yaniks Gesundheit hätte sie nicht aufbringen sollen. Das tat ihr jetzt im Nachhinein wirklich leid. Aber die Frau hatte sie halb wahnsinnig gemacht mit ihrer Verzweiflung und dem Nicht-akzeptieren-wollen der Situation. Was machte sie für ein unglaubliches Theater, hielt sie an den Armen, ließ den Schluchzern freien Lauf und behauptete, sie könne nicht auf die Arbeit bei ihr verzichten. Da war Daniela herausgerutscht, dass sie Yanik nicht guttäte. Dass sie nicht mehr wolle, dass sie mit ihrem Sohn zusammengerate. Diese Worte hatten die Frau getroffen, sie hatte sie sofort losgelassen, einen Moment unendlich verletzt angeschaut und sich dann abgewandt. Daraufhin hatte ihr Daniela großzügig vorgeschlagen, sie könne für heute nach Hause gehen. Aber nicht einmal das hatte sie annehmen wollen, sondern im Gegenteil darauf bestanden, wenigstens die Küche und ihr Schlafzimmer sauberzumachen. Was sie ihr schließlich zugestanden hatte, aber nach zwei Stunden hatte sie sie definitiv nach Hause geschickt.

Mit dem Resultat, dass sie jetzt selbst reinemachen musste. Die Vögel veranstalteten einen unglaublichen Schmutz. Zuweilen fragte sie sich, wie es die kleinen Viecher schafften, meterweit vom Käfig entfernt Kerne, Federn und Bodenbedecker zu verstreuen. Ihr Blick wanderte im Zimmer umher. In den letzten Jahren hatte es sich sehr verändert. Die hellgelben Wände waren zugepinnt mit irgendwelchen Stars, die sie nicht kannte. Über dem Schreibtisch prangte das Bild einer riesigen Welle.

Das Büchergestell wurde von einer dominanten Stereoanlage beherrscht und die Bettwäsche konnte nicht dunkel genug sein. Einzig ein paar Stofftiere erinnerten noch an das einstige Kleinmädchenzimmer. Und natürlich der große Vogelkäfig.

Haustiere waren ein Thema gewesen, seit Lara sprechen konnte. Und sie hatte nicht lockergelassen, bis sich Daniela irgendwann hatte erweichen lassen und endlich Ja zu den Sittichen gesagt hatte. Es schien ihr das kleinste Übel.

Sie erinnerte sich gut, wie sie die Vögel zum ersten Mal im Wohnzimmer hatten fliegen lassen. Das war keine gute Idee gewesen. Die großen Fenster hatten die Tiere verwirrt und sie waren immer wieder hilflos in die Scheiben geknallt. Wie riesige, schreckliche Insekten. Lara war völlig hysterisch geworden. Hatte geweint und auf die Wellis eingeredet, was nicht geholfen hatte. Sie hatten warten müssen, bis die Kleinen erschöpft und benommen waren und man sie schlussendlich vom Boden pflücken und zurück in den Käfig legen konnte. Dabei hatte Daniela das aufgeregte Pochen der kleinen Herzen unter dem Gefieder gespürt. Hätte sie eine Spur zu fest gedrückt, sie wären tot gewesen. Wellensittiche waren extrem filigran. Seither ließen sie sie nur noch in Laras Zimmer frei fliegen, und die Tiere hatten längst gelernt, dass sie nicht durch die Scheiben konnten. Sie flatterten nicht mehr gegen die Fenster, sondern drehten ihre Runden und flogen wieder in den Käfig zurück. Die Vögel kannten Lara gut und hatten Zutrauen zu ihr gefasst. Sie ging sehr behutsam mit den feingliedrigen Geschöpfen um und war die Einzige in der Familie, von der sie sich wie selbstverständlich halten ließen.

Eigentlich waren sie Daniela schon lange ein Dorn im Auge. Dieses Geplapper den ganzen Tag ging ihr ganz schön auf die Nerven. Und jetzt, da Lara nicht mehr hier war, würde sie niemand vermissen.

Mit ihren zarten Krallen hielten sich die Tiere kopfüber am Gitter des Käfigs fest und verdrehten die Hälse auf unglaublichste Art, nur um sie stets im Auge zu behalten. Mit schwarzem, starrem Blick fixierten sie sie, als hätten sie ihre Gedanken gelesen.

Sie steckte das Kabel des Staubsaugers ein und drückte auf den Startknopf. Sofort begannen die Vögel nervös zu kreischen und zu flattern. Je geräuschvoller ihre Umgebung war, umso lauter wurden auch sie. Daniela ignorierte die Tiere und begann, den Raum systematisch zu reinigen.

Vor zwei Jahren waren sie von Rüschlikon hierher gezogen. Sie hatte aus dem dörflichen Nachbarmief in die Anonymität der Stadt wechseln wollen. Zudem hatte sich damals gezeigt, dass sich Yaniks Zustand nicht verbesserte, und in Zürich waren sie viel näher am Kinderspital.

Kurz nachdem sie geheiratet hatten, waren sie in eine neu entstandene Siedlung, bestehend aus Reiheneinfamilienhäusern, gezogen. Damals waren im Quartier unter den jungen Frauen gewisse Geselligkeiten der letzte Schrei gewesen. Zu Beginn hatte sie sich bemüßigt gefühlt, daran teilzunehmen, und es hatte ihr sogar ein bisschen geschmeichelt, dass sie eingeladen wurde. Ob Putzmittel, Tupperware, Pfannen, Hautpflege, Windel- oder Kinderkosmetikprodukte, nichts, was sich nicht als Party verkaufen ließ, und keine, bei der sie nicht mindestens einmal dabei gewesen war. Es floss reichlich Alkohol an diesen Anlässen und die Krönung dieser weibischen Happenings der verwöhnten Gelangweilten waren die Dessous-Partys gewesen. Sie gipfelten jeweils darin, dass frau sich in aufreizender Spitzenunterwäsche lasziv vor der albern kichernden

Zuschauerinnenschar präsentierte. Nein, das war ganz und gar nicht ihr Ding. Allein schon diese Ballung von Östrogen und Progesteron löste einen Brechreiz in ihr aus. Die oberflächlichen Themen interessierten sie überhaupt nicht, trinken wollte sie auch nicht, aber nüchtern war all die Weiblichkeit noch weniger zu ertragen. Kam hinzu, dass sie dennoch jedes Mal zu viel von Dingen kaufte, die sie weder wollte noch brauchte. Eine raffinierte Strategie, denn natürlich ließ frau sich anstecken vom allgemeinen Kaufrausch und dem Enthusiasmus, den die Verkäuferin verströmte. Hinzu kam der Gruppenzwang, und so fühlte sie sich danach übertölpelt und ausgenutzt. Fälschlicherweise hatte sie geglaubt, Laras Verhaltensauffälligkeiten gäben ihr eine adäquate Entschuldigung, um sich vor den verhassten Anlässen zu drücken. Wie konnte sie das anstrengende Kind dauernd einem Babysitter zumuten. Aber damit hatte sie sich ihr eigenes Grab geschaufelt. Wer keine Einladung bekam oder sich rar machte, wer wichtige Geselligkeiten ausließ, riskierte, bald draußen zu sein. Man erfuhr nicht mehr, wer befördert worden war, wer mit wem eine Affäre unterhielt, welche Putzfrau weiterempfohlen werden konnte und wo man die besten Schnäppchen fand. Zu spät hatte sie erkannt, dass sie so die wichtigsten Kontaktbörsen unter den Frauen verpasste, dass man da hinging, um die und die zu treffen, und dass das sozusagen ihre Arbeit gewesen wäre. Es war zwingend nötig, sich unter die Nachbarinnen zu mischen, denn war man nicht dabei, wurde man gnadenlos durch den Kakao gezogen. Mit Entsetzen hatte sie gehört, wie man über Nicht-Anwesende lästerte. Da waren Begriffe gefallen, die sie in einer Bar an der Langstraße, aber sicher nicht an gepflegten Hausfrauentafeln erwartet hätte. In die nette und saubere Nachbarschaft passten solche Ausdrücke ihrer Meinung nach einfach nicht.

Na ja, das war in den ersten Jahren gewesen. Die arglose Gutgläubigkeit hatte sie bald unwiederbringlich abgelegt und später hatte sie die bissigen, boshaften Kommentare mit einer gewissen schadenfreudigen Gespanntheit erwartet. Natürlich war ihr bewusst, dass man sie genauso grausam diffamierte, wenn sie nicht anwesend war.

Sie war fertig mit Saugen. Energisch zog sie das Kabel aus dem Stecker und bevor sie aus dem Zimmer ging, beobachtete sie, wie die Vögel ganz nah zueinanderhüpften. Zufrieden plapperten sie aufeinander ein. Ganz leise und liebevoll. Wenn sie sich gegenseitig um den Schnabel knabberten und dazu ihr farbiges Gefieder aufplusterten, sah es aus, als würden sie sich küssen.

Sie hatte den Staubsauger gerade im Putzschrank versorgt, als sie ein Geräusch an der Haustür wahrnahm. Nanu? Sie öffnete und Philippe stand im Hausflur.

»Hallo, Daniela.«

»Philippe. Was machst du denn hier?«

13.

Er hörte die Musik bis nach draußen. Und als er durch die Haustür trat, dröhnte sie ihm erst recht entgegen. Oha. Laute Musik bedeutete meistens nichts Gutes. Er hatte keine Eile, zu erfahren, was das Problem war. Mit Sicherheit würde er es irgendwann erfahren. Früh genug. Und er sollte recht behalten.

Er ließ seine Lederjacke aufs helle Stoffsofa fallen und ging nach links in die offene Wohnküche. Es war dämmrig, dennoch verzichtete er darauf, den Lichtschalter zu betätigen. Durch die Fensterfront sah er auch hier auf die Stadt hinunter. Tausende Lichter funkelten zu ihm herauf. Die Kühlschranktür gab ein saugendes Geräusch von sich, als er sie öffnete. Er nahm sich ein Bier und ging zurück ins Wohnzimmer. Das Sofa war weich und bequem. Faul schnappte er sich die TV-Fernbedienung und zappte durchs Programm. Glanz und Gloria, Großstadtrevier, Heute, irgendeine Vorabendserie, noch einmal Nachrichten, das Wetter. Er ging zurück zu den »Züri News« auf Tele Züri.

Die Musik aus Alessias Zimmer war erstorben und nachdem er befriedigt feststellte, dass in Zürich nichts los war und selbst der reißerische Regionalsender nichts hatte finden können, beschloss er nachzusehen, was der Kühlschrank an Essbarem hergab. Bevor er allerdings seine Gedanken in die Tat umsetzen konnte, hörte er ein Geräusch hinter sich. Und schon plumpste Alessia neben ihn. Er entschied, dass das Essen warten konnte, und fragte stattdessen: »Was ist los?«

»Ach, nichts.« Da er nicht nachhakte, überlegte sie es sich anders und fuhr trotzdem weiter: »Meine Mutter macht mich wahnsinnig. Obwohl sie so weit weg ist, hat sie noch immer das Gefühl, sie müsse mir befehlen, wie ich mein Leben zu leben habe.«

»Der gestrige Vorfall?«

»Mhm.« Sie nickte.

Spontan und ohne zu überlegen, fragte er: »Sollen wir ins Kino?«

Mit einem erstaunten Blick fragte sie: »Echt jetzt?«

»Ja, klar. Warum nicht. Ich habe keine speziellen Pläne. Gibt's was, was du dir anschauen willst?«

»›Argo‹.« Es kam ebenfalls, ohne zu überlegen. Offenbar kannte sie das Programm auswendig.

»Argo«. Hm, er hatte eigentlich eine Liebesschnulze erwartet, aber wenn sie die Story über die geretteten amerikanischen Botschaftsangehörigen aus dem Iran wünschte, ihm sollte es recht sein.

»Ich bin schließlich halbe US-Bürgerin, und das ist somit auch ein Teil meiner Geschichte.«

»Also, dann ›Argo‹. Weißt du, wo er läuft?«

»In der Arena im Sihlcity. Wir müssten aber gleich los.«

»Von mir aus, ich bin bereit.«

*

Philippe blickte entschlossen. »Wir müssen reden.«

»Worüber?«

»Über die Kinder.«

»Na, das fällt dir aber früh ein.« Sie klang schnippisch und wusste es. Aber er sollte spüren, dass sie ihm die Schuld dafür gab, dass Lara in der Kinderpsychiatrie war.

Er ging nicht auf ihre Bemerkung ein und fragte stattdessen: »Trinken wir einen Kaffee?«

»Von mir aus.« Sie stieg ihm voraus die Treppe hoch, und während er ins Wohnzimmer ging, ließ sie in der Küche zwei Kaffee aus der Maschine. Als sie zurückkam, stand er mit dem Rücken zum Raum am Fenster und blickte in den dunklen Garten hinaus. Sie trat zu ihm und hielt ihm eine Tasse hin. Er nahm sie entgegen. »Danke. Weißt du noch, wie wir hier eingezogen sind?« Ja, natürlich, wie könnte sie das vergessen. Sie hatte die Hoffnung gehabt, dass es hier am Zürichberg angenehmer würde. Die Grundstücke waren groß genug, um sein eigenes, privates Leben führen zu können, und zugegeben, es lebte sich nicht schlecht im Kreis 7. Man brauchte den Nachbarn nicht zu begegnen, und ein jeder lebte in seiner eigenen Blase. Kontakte kamen kaum spontan zustande und die Einladungen hielten sich in Grenzen. Es gab den Neujahrsapéro am 1. Januar bei Breuers, dem Bankdirektor einer Privatbank und seiner kultivierten Gattin, deren Alter schwer zu schätzen war. Man nippte am Champagner, plauderte ungezwungen über das Wetter und gepflegt über Inneneinrichtung und Ferien. Politisch war man mittig rechts eingestellt und FDP-Sympathien wurden vorausgesetzt. Obwohl Zürich seit vielen Jahren Rot-Grün regiert wurde, waren diejenigen, die effektiv das Sagen hatten, niemals allzu links. Religion und Geld wurden bei diesen Einladungen als Themen diskret ausgespart, der Glaube war tatsächlich Privatsache, und Geld hatte man einfach. Sie war freudig gespannt hingegangen und hatte sich erhofft, in den erlesenen Club der oberen Tausend aufgenommen zu werden. Das war natürlich naiv gewesen. Ja, man war nett zu ihr gewesen, hatte sich nach den Kindern und ihrer beruflichen Laufbahn erkundigt. Lehrerin war aber beileibe kein Job, der Bewunderung oder Interesse hervorgerufen hätte. Da musste man schon Politikwissenschaften vorweisen können oder mindestens Germanistik oder Psychologie studiert haben. Noch besser war natürlich ein Doktor in Sinologie, Japanologie oder, ganz ausgefallen, in Afrikanistik. Leisten konnte sich ein solches Orchideenfach aus reinem Interesse natürlich nur jemand, der nie darauf angewiesen war, damit seine Brötchen verdienen zu müssen. Sie kannte den Code der Zürcher Gesellschaft nicht und gehörte ganz einfach nicht dazu. Es war, als bildete der »Adel« einen Abwehrreflex gegen sie als Emporkömmling. Schmerzlich bewusst war ihr das geworden, als sie hörte, wie sich die Damen für ihren Bridgeabend verabredeten und sich niemand die Mühe machte, sie ebenfalls einzuladen. Es war ein seltsames Gefühl gewesen. Als wäre sie ein Eindringling, dem man es zwar erlaubte, einen kurzen Blick in eine fremde Welt zu erhaschen, den man aber nicht dabeihaben wollte. Ihr fehlte das sichere Auftreten, das man lernt, wenn man als Kind schon Direktoren und Richter kennenlernte. Für sie, die immer alles darangesetzt hatte, dazuzugehören und geliebt zu werden, war das einer schmerzlichen Niederlage gleichgekommen und schwer zu akzeptieren. Es war eine Art Apartheid, die hier herrschte.

Als sie keine Antwort gab, fuhr Philippe fort: »Ich hatte gehofft, es würde dir hier besser gehen.«

»Tja, das dachte ich auch. Aber leider habe ich es nicht geschafft.« Unerfüllte Erwartungen machten bitter. Philippe hatte gut reden, er hatte es ungleich einfacher gehabt als sie. Seine Seilschaften, an welchen er sukzessive gearbeitet hatte, waren schon weit gediehen. Er hatte im Militär weitergemacht, war GC-Fan, Rotarier, Freund der Musik und der richtigen Partei geworden. Unter den Männern hatte vor allem Philippes Einsatz Gewicht, dass er Geld hatte, war sein Leistungsausweis. Aber die berufliche Karriere alleine hätte nicht gereicht. Einkommen war zwar wichtig, aber Geist zählte auch. Um in der Elite integriert zu werden, musste er weiteres Terrain erobern und er hatte sein Engagement in der Kultur mit dem gleichen verbissenen Ernst vorangetrieben, wie er seine Rolle im Beruf ausfüllte. In der Schweiz baute man auf das Milizsystem, was bedeutete, dass man auf verschiedenen Bällen tanzen musste. Und Networking verstand Philippe so außergewöhnlich gut, dass er heute über ein funktionierendes ökonomisches, kulturelles und soziales Kapital verfügen konnte. Ja, er hatte begriffen, dass man es nur mit Protektionen durch die »Old Boys« weiterbrachte und so schließlich in Verwaltungsräte gewählt wurde, mitgestalten und mitreden konnte. Mit den richtigen Bekanntschaften öffneten sich eben auch die wichtigen Türen. Er hatte es in den Filz geschafft, wo sich der mit dem besten Sozialkapital durchsetzte. Beißend stellte Daniela fest: »Dein Vitamin B hat mir nicht geholfen. Ich bin nie in eine Position gelangt, die mir Einfluss in irgendeiner Form gegeben hätte.« Und eigentlich hatte sie nie ganz herausgefunden, woran es lag, dass die dominierende Schicht in Zürich ausgerechnet sie nicht dabeihaben wollte. Denn sie war beileibe nicht die einzige »nur« Hausfrau und Mutter, die sich im Licht ihres Ehemannes sonnte. Fast zynisch stellte sie fest: »Vermutlich liegt es daran, dass ich dir nicht zwei gesunde Kinder geboren habe.« Zuweilen drückte sich bei den Nachbarinnen Bewunderung aus, wie sie ihre Situation meisterte. Aber sie machte sich nichts vor, sondern war sich bewusst, dass hinter vorgehaltener Hand gelästert wurde, was denn mit ihnen nicht in Ordnung war. Lara litt an ADHS und war magersüchtig. Beides Krankheiten, über deren Ursache man sich nicht einigen konnte, die aber psychischer Natur sein mussten, so dass die Wurzel des Übels in der Familie zu suchen war.

»Hör auf. Du weißt genau, dass das nicht stimmt.«

»Ach nein? Und woran liegt es dann, dass man mich unter diesen Schönwetterweibern nicht akzeptiert?«

»Das bildest du dir ein.«

»Ha.« Sie lachte laut auf. »Du hast doch keine Ahnung. Aber jetzt ist es sowieso egal. Und weißt du eigentlich, was ich alles gelernt habe über die Krankheiten unserer Kinder und den Umgang damit?« Stolz dachte sie daran, wie ihr umfassendes Fachwissen oftmals dasjenige der gewöhnlichen Allgemeinpraktiker bei weitem überstieg. Nein, sie war nicht unglücklich über die »Gebrechen« ihrer Kinder, aber das konnten Philippe und all die gewöhnlichen Ballettmütter natürlich nicht verstehen.

»Nein, das weiß ich nicht und ich weiß sowieso viel zu wenig über unsere Kinder. Aber nach Laras Selbstmordversuch habe ich mir so meine Gedanken gemacht.«

Aha. Na, jetzt wurde es aber spannend. Sie wartete auf seine Ausführungen.

»Es wird zwar schwierig werden, aber ich möchte Lara gerne mitnehmen.«

»Was? Wie bitte?« Sie lachte kurz auf. »Wie stellst du dir das denn vor? Lara geht hier zur Schule, ich habe immer für sie gesorgt und auf sie aufgepasst.« Das konnte nicht sein Ernst sein und kam überhaupt nicht infrage. Was sollte diese absurde Idee?

»Es gibt auch gute Schulen in den USA. Und Lara möchte nicht mehr zu dir zurück.«

»Das ist Blödsinn. Ich weiß nicht, wer ihr diese Flausen in den Kopf gesetzt hat. Aber ich werde schon dafür sorgen, dass sie ihr wieder ausgetrieben werden.«

»Nein, Daniela. Das wirst du nicht. Ich nehme Lara mit.«

Mein Gott, er meinte es ernst. Zum ersten Mal, seit er das Haus betreten hatte, sah sie ihm direkt ins Gesicht. Sein Ausdruck war hart und der Ton entschieden. So hatte er sich ihr gegenüber noch nie aufgeführt. Plötzlich hatte sie Angst vor ihrem Mann. Diesen entschlossenen Zug kannte sie nicht.

»Philippe. Du hast keine Ahnung von diesem Kind. Wie stellst du dir das vor?« Sie versuchte es mit Vernunft.

»Ich werde das schaffen. Lara kommt mit mir. Ob du nun damit einverstanden bist oder nicht.«

Na, das würden sie ja sehen. Philippe unterschätzte sie. Lara bekam er nicht. Auf gar keinen Fall. »Ist das alles?«

»Nein, ich möchte Yanik gern sehen.«

»Er ist bereits im Bett.«

»Das macht nichts, ich werde ihn nicht aufwecken.«

»Ich will das nicht, er hat einen so leichten Schlaf.«

»Daniela, er ist auch mein Kind.«

»Als ob ich das nicht wüsste.«

»Und du kannst mir nicht verbieten, meinen Sohn zu sehen.«

Noch nicht, aber wenn er so weitermachte, würde sie das hinkriegen. Sie gab keine Antwort mehr, sondern nahm ihm die Kaffeetasse aus der Hand und ging in die Küche. Er sollte ihren Gesichtsausdruck nicht sehen. Sie hörte, wie er nach unten ging und zu Yanik ins Zimmer trat. Viel zu lange blieb er drin, was machte er? Angestrengt lauschte sie nach unten und hörte schließlich, wie er in ihr Schlafzimmer ging und etwas suchte. Nach ein paar Minuten kam er wieder herauf.

»Wo ist meine Pistole?«

»Woher soll ich das wissen?« Sie blickte ihn herausfordernd an und hätte am liebsten angefügt: Pass gefälligst selbst auf deine Sachen auf. Verkniff sich den Satz aber. Es war nicht nötig, dass sie erneut Öl ins Feuer goss.

»Ich warne dich, Daniela. Wenn irgendetwas mit dieser Waffe passiert, weiß ich genau, dass du verantwortlich bist.« Seine Augen blickten mit einer kalten Härte, die ihr Furcht einflößte. Sie riss sich zusammen und ließ sich nichts anmerken, stattdessen fragte sie kühl: »Willst du mir etwa drohen?«

»Nein, aber ich rate dir davon ab, eine Dummheit zu machen.« Sie sparte sich eine Antwort und ohne ein weiteres Wort verließ Philippe das Haus.

*

Sie waren mit dem Tram in die Stadt hinuntergefahren. Einmal umsteigen vom 6er auf den 5er bis Sihlcity Nord. Die Läden im Einkaufszentrum waren noch offen und dementsprechend viele Konsumenten unterwegs. Auch im Kinokomplex hatte sich eine kurze Schlange vor der Abendkasse gebildet. Es roch nach Popcorn. Er kaufte eine große Tüte und bezahlte die Tickets. »Du bist eingeladen.«

»Danke.«

Der Film war schnell, und obwohl er die Geschichte kannte und wusste, dass sie gut ausging, fand er sie spannend.

Nach gut zwei Stunden verließen sie schweigend den dunklen Saal mit den letzten Tönen des Schlusssongs. Erst draußen auf dem Kalanderplatz begann Alessia zu sprechen: »Es tut mir leid.«

Überrascht schaute er sie an.

»Na ja, wegen gestern und überhaupt. Du bist okay.«

»Angenommen.« Das Friedensangebot kam zwar überraschend, aber ganz gelegen. Er war ein harmoniebedürftiger Mensch und froh, wenn man gut miteinander auskam. »Und jetzt? Gehen wir noch was trinken?«

»Ja. Hier?«

Meinte sie die gegenüberliegende »Rüsterei«? Beim letzten Mal war er mit Rebecca da drin gewesen. Sie hatte das Restaurant gerne gemocht. Bevor er sich in Gedanken weiter mit Rebecca beschäftigen konnte, hakte Alessia prompt nach: »Gehen wir da rein?«

»Klar.« Er konnte nicht ewig allem aus dem Weg gehen, was mit Rebecca zusammenhing.

Sie stiegen die paar Stufen bis zur Glastür runter, und er ging Alessia voran durch den Eingang, wo sie sofort in Empfang genommen wurden.

»Wir wollen nur was trinken.«

»An der Bar oder hier an einem kleinen Tisch?«

Er warf Alessia einen kurzen Blick zu, die offensichtlich von der großen Halle beeindruckt war, in welcher die mit feinem Leinen und Kerzen gedeckten Tische in langen Reihen standen. Anscheinend hatte sie in der ehemaligen Papierfabrik etwas anderes erwartet.

»Danke, wir nehmen einen Tisch.« Damit ging er zu einem der Sofas und Alessia folgte ihm.

Die Polster waren weich und es saß sich bequem darin. Das Restaurant war gut besucht und im allgemeinen Gemurmel und dem gedämpften Licht schien es ihm unverfänglich, ein Thema anzuschneiden, das nicht für alle Ohren bestimmt war. Zudem wollte er die Gunst der Stunde und guten Stimmung nutzen und beschloss, Alessia noch einmal auf den Vorfall vom vorigen Abend anzusprechen.

»Weiß deine Mutter über das Marihuana Bescheid?«

»Ha.« Das Lachen klang verächtlich. »Was glaubst du denn? Wenn Cornelia davon wüsste, würde ich meines Lebens nicht mehr froh werden. Sie würde mich einsperren, in die sibirische Tundra schicken, die Wüste Gobi oder auf eine einsame Insel. Auf jeden Fall wäre es mit meiner Freiheit hier in der Schweiz definitiv und endgültig vorbei.«

Wie er es erwartet hatte. Eine drogensüchtige Tochter passte mit Sicherheit nicht in Cornelia Blums verplante Welt. Sie würde nicht zulassen, dass jemand aus ihrer Familie … Noch bevor er den Gedanken zu Ende denken konnte, sagte Alessia: »Aber keine Angst. Ich nehme natürlich kein Gift zu mir.« Ihr überlegener Blick war zurück und mit einer gewissen Arroganz in der Stimme sagte sie: »Ich habe es nur einmal ausprobiert.«

»Einmal?« Seine Zweifel in der Stimme waren nicht zu überhören.

»Ja.«

Aha. Na ja, zuzutrauen wär's ihr. Dennoch war er nicht ganz überzeugt. Dafür hatte er schon zu viele Märchengeschichten von Süchtigen gehört.

»Und was ist das für ein Kerl im Nachbarhaus?«

»Jan? Der ist doch harmlos.«

»Ich habe in jungen Jahren auch ab und zu Gras geraucht.« Erstaunt schaute sie ihn an.

»Tatsächlich?« Ihre hochgezogenen Augenbrauen fragten nach mehr.

Er war lange Zeit für einen liberalen Umgang mit der angeblich unbedenklichen Droge gewesen. Aber mittlerweile hatte er mit zu vielen gesprochen, die durch unverantwortlichen Marihuanakonsum blöd in der Birne geworden waren. Und er zweifelte daran, dass ein moderater Umgang überhaupt möglich war. Er war dagegen, dass nur noch Bußen verteilt wurden, wenn man jemanden erwischte, und gegen das Projekt, den Cannabiskonsum in der Stadt Zürich zu legalisieren, erst recht. Es war nicht gleich harmlos wie falsch parken. Aber wahrscheinlich lag das einfach an seinem Beruf. Obwohl ihm eine Entkriminalisierung die Arbeit ja erleichtern würde, dann könnte er nämlich ganz einfach wegsehen und es müsste ihn nicht mehr interessieren. In den letzten Jahren hatte er sich aber ganz im Gegenteil zuweilen sogar beim Gedanken ertappt, dass er sich ein Alkoholverbot gewünscht hätte. Begonnen bei Unfällen im Straßenverkehr über Familienstreitigkeiten bis hin zu Restaurantschlägereien, meist fanden sie ihre Ursache im exzessiven Alkoholkonsum. Aber eben das war natürlich unmöglich und reines Wunschdenken. Ganz abgesehen davon, dass er selbst gern ab und zu ein Bierchen trank und zu einem edlen Glas Wein niemals Nein sagte. Aber das mit den Betäubungsmitteln sollte unterbunden werden, solange es noch möglich war. Er versuchte, Alessia seinen Standpunkt klarzumachen, und sie hörte ihm interessiert zu.

»Dann bist du also kein Freund von der Legalisation? Wie sie doch in Kalifornien so friedlich gelebt wird?«

War ja klar, dass sie noch einmal mit den USA kommen musste. Na ja, das war vielleicht eine Ausnahme. Er erinnerte sich an seine eigene Reise durch den Sonnenstaat. Dass die Amerikaner ein kommunikatives und kontaktfreudiges Volk waren, hatte er mehrfach festgestellt, und wenn die Menschen in Kalifornien erfuhren, dass er Polizist war, so war die Sprache unweigerlich auf Marihuana gekommen, und sie hatten wissen wollen, wie es in der Schweiz gehandhabt wurde. Diejenigen, mit welchen er sich unterhalten hatte, waren größtenteils selbst Konsumenten gewesen. Meist schon ältere Männer, die aber offensichtlich einen anderen Umgang mit Marihuana hatten als die Jugendlichen in der Schweiz. Sie genossen ihre Tüte wie andere ein gutes Glas Wein und rauchten nicht, um sich zuzudröhnen.

»Heute ist der THC-Gehalt zu hoch. Es gibt ganz unterschiedliche Untersuchungen, das weißt du ja bestimmt. Und eine behauptet, dass Marihuana Schizophrenie fördern kann und depressive Störungen auslöst. Mittlerweile bin ich so weit, dass ich glaube, gewisse Menschen müssen vor sich selbst geschützt werden und da müssen dann Verbote her.«

»Das ist doch ein Rückschritt. Alle reden dauernd vom Verschärfen der Gesetze und Erhöhen des Strafmaßes. Aber in einem humanitären, aufgeklärten Land ist das doch die Rückkehr ins Mittelalter.«

Hm, was sollte er ihr darauf antworten? Dass die Schweiz nicht mehr nur von folgsamen Eidgenossen bevölkert wurde? Und dass die junge Generation nicht das gleiche Verständnis für Recht und Ordnung hatte wie ihre Eltern oder Großeltern? Ach, er wusste doch auch nicht, warum es nicht funktionierte.

»Im Prinzip bin ich auch dagegen, dass immer härter durchgegriffen wird. Aber bei meiner Arbeit bin ich froh, wenn ich Werkzeuge zur Hand habe, die was nützen.«

»Aber wenn der Marihuanakonsum legal wäre, würde sich mit Sicherheit die Qualität des Stoffes erhöhen. Heute sind die Produkte ja oft mit Blei angereichert oder mit Zucker überzogen und mit Haarspray behandelt, um das Gewicht zu erhöhen. Zudem ist es nicht ungefährlich, sich mit einem Händler bei ihm zu Hause zu verabreden.«

»Und da hältst du dann Kifferstübchen für die richtige Alternative?«

»Nein, das klingt viel zu sehr nach Junkie. Aber man könnte sich daheim die eigenen Pflanzen ziehen und wüsste dann mit Sicherheit, was man einnimmt. Und an den Stoff kommt man ja so oder so.«

»Ach ja? Wie denn?«

»Muss ich dir nun wirklich erklären, wie das funktioniert?« Er schaute sie auffordernd an. Und um ihr Wissen zu demonstrieren, begann sie wichtigtuerisch: »Tja, auf offener Straße wird man ja kaum noch angesprochen, was wir vermutlich euch zu verdanken haben …« Ein provozierender Seitenblick traf ihn. »Heute braucht es schon Insiderwissen. Man muss informiert sein über die passende Party oder die Nummer des Hasch-Taxis kennen.«

»Und die weißt du?«

»Ja, glaubst du im Ernst, die würde ich dir jetzt einfach so verraten?« Nein, hatte er nicht erwartet, aber einen Versuch war's wert gewesen. Sie fuhr noch einmal angeberisch weiter: »Oder man hat die richtigen Freunde und schreibt ihnen einfach eine unverfängliche SMS.«

Ob das die »richtigen« Freunde waren? Als hätte sie seine Gedanken erraten, sagte sie: »Zu meinem Freundeskreis gehören die allerdings nicht.«

»Zum Glück. Und zurück zum Gift. Davon solltest du definitiv die Finger lassen. Strafe hin oder her.«

»Keine Angst, ich nehme wirklich keine Drogen. Dafür ist mir mein Körper viel zu schade. Und die Langzeitstudie über den Cannabiskonsum aus Neuseeland kenne ich natürlich. Ich möchte auf keinen Fall, dass meine geistigen Fähigkeiten schrumpfen. Und auf das ›Alles-ist-mir-egal-Syndrom‹ habe ich schon gar keinen Bock. Wenn schon irgendwelche Substanzen, dann wüsste ich da schon etwas Besseres.«

»Ja?« Er blickte sie fragend an.

»Na, Ritalin als Hirndoping. Der Wirkstoff Methylphenidat, enthalten in Ritalin, stimuliert nämlich jene Bereiche im Gehirn, die für die Aufmerksamkeitskontrolle und Wahrnehmung zuständig sind. Gleichzeitig wirkt die Tablette als sogenannter Dopamin-Wiederaufnahme-Hemmer, sie senkt den Dopaminspiegel in den Nervenzellen. Ich nehme an, du weißt, was Dopamin bewirkt?«

Er nickte und antwortete: »Dopamin, der Botenstoff, der die Impulse verstärkt, ständig mit Ideen und Geistesblitzen ablenkt.«

»Nicht schlecht. Mit den ›Smart Drugs‹ kann man sich wunderbar konzentrieren, klarer denken und jeden Anflug von Müdigkeit verscheuchen. Ritalin macht nicht intelligenter, aber es hilft, die eigenen Ressourcen voll auszuschöpfen und Ausdauer an den Tag zu legen. Damit gelingt es perfekt, die Welt auszuschließen, total selbstgenügsam zu werden und die Wahrnehmung radikal auf den Schulstoff zu reduzieren. Es interessiert ganz einfach nicht mehr, was um dich herum geschieht. Man blödelt nicht rum oder entwickelt absurde Ideen. Gibt nicht ständig Impulsen nach und macht, worauf man gerade Lust hat, vielmehr ist man organisiert und hält Schritt mit den Anforderungen der Zeit.«

»Aber du weißt schon auch, wie gefährlich das Zeug ist.«

»Jaja, Papa. Mir ist bewusst, dass man sich zu sehr darauf verlässt und sich nicht mehr traut, es abzusetzen.« Andrea nickte wortlos und Alessia fuhr fort: »Aber die Hilfe ist erstklassig. Ich habe noch nie in so kurzer Zeit so gute Arbeiten geschrieben.« Wollte sie ihn wieder provozieren mit dieser Angabe? Tabletten und Drogen gegenüber war er sehr skeptisch eingestellt. Er zog seine Augenbrauen in die Höhe.

»Keine Angst, ich bin immerhin so weit die Tochter meiner Mutter, dass ich gerne die Kontrolle behalte.« Na hoffentlich.

»Und jetzt will ich ins Bett.« Damit war das Thema für sie offenbar erledigt. Einen Moment überlegte er, ob die Werbebranche das Richtige für Alessia war – die waren ja sicherlich Experimenten aller Art nicht abgeneigt –, entschied dann aber, dass für einen Abend genug Ernsthaftigkeiten ausgetauscht worden waren und er sich hinlänglich als Erzieher aufgeführt hatte. Es war tatsächlich Zeit, nach Hause zu gehen.

Er winkte dem Kellner und bezahlte die beiden Getränke.

Es war kalt, als sie aus dem warmen Restaurant in die dunkle Nacht traten. Nichtsdestotrotz waren noch immer diverse Grüppchen Ausgehfreudiger unterwegs. Plötzlich spürte er Alessias Arm um seine Taille. Hm, was war das? Eine Freundschaftsanfrage oder steckte mehr dahinter? Er beschloss, erst einmal abzuwarten und ihre Nähe zu ignorieren. Sie passte sich seinem Rhythmus an und so gingen sie im Gleichschritt durch die Ladenpassage in Richtung Tramstation. Alessia war groß und geriet diesbezüglich eindeutig nach ihrem Vater.

»Erzähl mir ein bisschen von deinem Job.«

Er begann mit dem letzten Samstagabend und erwähnte das Mädchen, das sich von einem Dach hatte stürzen wollen. Alessia schien unbeeindruckt vom Selbstmordversuch. Das Motiv dahinter allerdings interessierte sie. Leider konnte er darüber wenig bis gar nichts beisteuern. Was hatte das Mädchen dazu gebracht, sich selbst umbringen zu wollen? War es die Trennung der Eltern? Die Probleme mit der Mutter? Hatte sie welche in der Schule? Vielleicht von allem ein bisschen. Der Gedanke kam ihm, dass Alessia in einer ähnlichen Situation war. Gab sie sich deshalb so abgeklärt?

»Und, hat sie wenigstens Geschwister?«

»Ja, einen jüngeren Bruder.« Plötzlich fiel ihm ein, was Lara über ihre Mutter gesagt hatte, und dass sich jemand um den kleinen Bruder kümmern müsse. Was hatte sie damit gemeint?

»So weit haben es meine Eltern nie gebracht.« Nach einer ganz kurzen Pause fuhr Alessia weiter: »Was fandest du eigentlich an Cornelia?« Die Frage klang harmlos, dennoch gefiel ihm die Richtung nicht, die das Gespräch einschlug.

»Deine Mutter ist eine äußerst attraktive Frau.«

»Und eine Wucht im Bett, nicht wahr?«

Er beschloss, nicht darauf einzugehen, was Alessia indes nicht davon abhielt, fortzufahren: »Du bist nicht der erste jüngere Freund, den Cornelia sich geangelt hat, und andere Exemplare waren zum Teil sehr mitteilsam.« Wusste Cornelia, dass ihre Lover sich mit Alessia ausgetauscht hatten? Wohl kaum. Vielleicht sollte er sie mal darauf ansprechen und sie in ihrer Auswahl etwas vorsichtiger sein? Ach was, das ging ihn nichts an. Und vielleicht bluffte Alessia nur? Was für ein raffiniertes kleines Biest.

»Und was ist mit dir?«

»Wie ich im Bett bin? Tja, ausprobieren …«

»Hast du einen Freund?«

»Und wenn's so wäre?« Sie warf ihm einen Seitenblick zu und sagte: »Das stört dich ja nicht, oder? Cornelia war auch verheiratet.«

»Alessia, ganz abgesehen davon, dass ich nicht mehr mit deiner Mutter zusammen bin, bist du viel zu jung für mich.«

»Ach, sieh mal einer an, da versteckt sich hinter dem italienischen Schönling tatsächlich auch noch Moral.« Er enthielt sich einer Antwort.

»Das Thema ist dir wohl unangenehm?«

In diesem Moment fuhr der 5er ein. Er drückte auf den Knopf, die Tür öffnete sich und sie betraten die überheizte Straßenbahn.

»Hey, Alex, was machst du denn hier?«

Er fühlte den Blick einer jungen Frau neugierig auf seinem Gesicht und ungeniert wurde er von Kopf bis Fuß gemustert. Na ja, immerhin rettete ihn diese Begegnung vor der Vertiefung des angeschnittenen Themas. Alessia gesellte sich zu einer ungefähr Gleichaltrigen und ließ ihn stehen.

14.

Sie saß vor dem Fernseher. Einen riesigen Berg Wäsche und eine dampfende Tasse mit Rooibos vor sich. Sie würde froh sein, wenn sie überhaupt einigermaßen schlafen konnte, auch ohne aufputschendes Tein. Mit einem kurzen Blick hatte sie sich vergewissert, dass Yanik tief und fest schlief. Schon den ganzen Tag hatte sie sich auf diese Stunden am Abend gefreut. Zwar nicht auf die Arbeit, aber auf die Serien. »Grey's Anatomy« und »Private Practice«. Lara mochte vor allem Letztere. Vermutlich träumte sie davon, einen Mann wie Sam zu bekommen, und die Gynäkologin und Fachärztin für neonatale Chirurgie, Addison, taugte natürlich außerordentlich gut zum Vorbild. Man konnte es Lara daher nicht verübeln, dass sie mit Philippe gehen wollte, nachdem er erzählt hatte, dass er nach Los Angeles ziehen wollte. Sie konnte das verstehen, aber selbstverständlich nicht gutheißen. Philippe spann doch. Was fiel ihm ein, ihr Lara ernsthaft wegnehmen zu wollen? Sie schüttelte den Kopf. Gleich nach seinem Besuch hatte sie den Notfallschlosser bestellt und ein neues Türschloss einbauen lassen. Sie wollte keine unangenehmen Überraschungen und unangemeldeten Besuche mehr erleben. Lara war ihre Tochter, und sie würde bei ihr bleiben. Es war nur eine Frage der Zeit, bis sie sich wieder gemeinsam vor den Fernseher setzen konnten.

Philippes Frage nach seiner Waffe und die Erzählung des Schlossers, dass in der Nachbarschaft tatsächlich geschossen worden war – der verrückte Junge von nebenan hatte geglaubt, Einbrecher seien auf dem Gelände und hatte in die Luft geballert – hatten sie auf eine interessante Idee gebracht. Es war reines Glück, dass dieser Jan nicht jemanden verletzt hatte. Was, wenn er in ihren Garten geschossen hätte? Bevor sie die Vorstellung weiterspinnen konnte, begann die Titelmelodie der ersten Arztserie.

Zuweilen kam es vor, dass sie bei diesen Sendungen sogar noch etwas lernen konnte. Natürlich waren die Operationen, Krankheitsbilder und -geschichten im Grunde nebensächlich, und es ging vor allem um Freund-, Feind- und Liebschaften. Sie aber interessierte sich für alles und hatte oft schon nachträglich bei Google gesucht oder bei Wikipedia Genaueres nachgelesen. Die Serien waren recht glaubwürdig gemacht. Ihr besonderer Favorit war »Royal Pains«. Während sich Lara in einem dieser Apartments direkt am Pazifik sah, träumte sie selbst von einem Anwesen in den Hamptons. Im Einzugsgebiet von New York, dieser tollen Stadt, so voller Energie und Möglichkeiten. Ja, ihre Fantasien gingen in Richtung Liegenschaft inmitten von Grün und vermögenden Nachbarn. Kein Schloss, eher ein luftig leichtes Sommerhaus, riesig natürlich, mit großen Fenstern zum Meer und sehr viel Weiß.

Sie drehte den Ton etwas zurück, damit sie Yanik durch das Babyphone hören konnte, sollte er erwachen und etwas brauchen. Zufrieden nahm sie einen Schluck Tee und stellte die Tasse behutsam zurück auf den Salontisch. Mechanisch begannen ihre Hände, die Wäsche zu falten, während sie ihre Aufmerksamkeit dem Geschehen in der Flimmerbox schenkte. Derek Shepherd kümmerte sich liebevoll um seine Ehefrau Meredith und die Adoptivtochter Zola.

Ein einziges Mal hatte Philippe Rücksicht auf sie genommen. Damals, als Sophia gestorben war. Er hatte es gut gemeint und sie nach dem Tod ihrer knapp einjährigen Tochter mit nach Peking genommen. Er hatte gedacht, dass eine neue Umgebung sie auf andere Gedanken bringen würde. Aber es war furchtbar gewesen. Sie hatte ihrer Geschichte nicht davonlaufen können, sondern hatte sie mitgenommen. Zudem war China nicht gerade ein Land, wo man sich sofort zu Hause fühlte. Straßenschilder, U-Bahn-Stationen, Läden, Zeitschriften, alles, alles war in kryptischen Zeichen angeschrieben, was es ihr unmöglich machte, sich frei zu bewegen. Sie war sich extrem fremd vorgekommen, konnte nicht einmal die Mimik oder Gestik der Menschen lesen. Erklärte sie einem Taxifahrer, wo sie hinwollte, erkannte sie nicht, ob er sie verstanden hatte oder nicht. Sein Gesicht zeigte Emotionen, die ihr ein Rätsel waren, und Nicken oder Kopfschütteln mussten nicht zwingend das bedeuten, was sie gewohnt war. Philippe hatte ihr einen Wagen mit dazugehörigem Fahrer besorgt. Ihr Chauffeur konnte wenigstens minimal Englisch und fuhr sie zuweilen in ein Shoppingcenter oder an die Maliandao, diese Straße mit über 1.000 Geschäften, die alle Tee verkauften. Mehr als 500 Sorten, die erlesensten für mehrere Tausend Franken das Pfund.

Philippe hatte natürlich auch in Peking von morgens bis abends nichts als Arbeit im Kopf gehabt, und statt Feierabend gab's diese Anlässe mit den anderen Expats. Sie war noch viel einsamer als in der Schweiz gewesen. Und nicht nur sie hatte unter der fremden Umgebung gelitten, auch für Lara waren die Veränderungen zu groß gewesen. Gerade ihretwegen hätte man eigentlich den ganz normalen Alltag weiterleben müssen. Ihr das Gefühl geben, dass trotz des Todes der kleinen Schwester alles in Ordnung war. Das war ihr nicht gelungen und das Experiment China zum Glück abgebrochen worden. Sie war froh gewesen, wieder zurück in der Schweiz zu sein. Die erste Zeit allerdings war grauenhaft gewesen. Sie hatte dauernd von Sophia geträumt. Erwachte unzählige Male in der Nacht und glaubte, das Kind weinen zu hören.

Es war ihre Schuld gewesen, dass Sophia gestorben war. Das hatte sie nicht gewollt. Warum hatte das Mädchen sterben müssen? Weshalb hatte sie nicht besser aufgepasst? Die Ärzte hatten behauptet, es sei der plötzliche Kindstod gewesen. Obwohl Sophia nicht in die Risikogruppe gehört hatte. Weder hatte sie in ihrem kurzen Leben eine lebensbedrohliche Krise überstehen müssen noch ein älteres Geschwisterchen, das ebenfalls am SIDS – Sudden Infant Death Syndrom – gestorben war. Sie war auch keine Frühgeburt gewesen und hatte bei ihrer Geburt ein durchschnittliches Gewicht von 3,2 Kilo auf die Waage gebracht. Natürlich hatte Daniela nicht geraucht während der Schwangerschaft, von anderen Drogen ganz zu schweigen. Sie hatte sogar auf Alkohol verzichtet. Sophia wurde nicht in eine sozial schwache Familie geboren und auch wenn es sich manchmal so anfühlte, so war sie nicht alleinerziehend. Es blieb zwar alles an ihr hängen, aber Philippe sorgte wenigstens dafür, dass es ihnen materiell an nichts fehlte und sie diesem Stress nicht auch noch ausgesetzt war. Nein, für Sophia hatte nie das Risiko des plötzlichen Kindstods bestanden. Dennoch hatten die Ärzte darauf bestanden, mittels Ausschlussverfahren sozusagen die einzig mögliche Diagnose gestellt.

Aber sie, sie wusste es besser.

Sophia war erstickt.

Alles, was sie mit Lara schon durchgemacht hatte, hatte wieder begonnen. Gebären. Stillen. Schlaflose Nächte. Endlose Tage und diese Einsamkeit. Zu allem Überfluss hatte sie zusätzlich zum Neugeborenen diesmal noch ein 8-jähriges Kind zu betreuen. Und Lara forderte. Sie wollte essen, spielen, keine Hausaufgaben machen, abends nicht ins Bett.

Sie war so erschöpft gewesen. Ausgelaugt. Überfordert. Sie konnte nicht mehr. Aber versagen kam nicht infrage. Schafften es nicht alle anderen Mütter auch? Und war sie nicht immer besser gewesen als alle anderen? Nein, versagen war keine Alternative. Und um Hilfe bitten auch nicht.

Es wurde zu viel. Gerade erst hatte Lara sich dank des Ritalins ein bisschen beruhigt, und nun kam Sophia, und alles begann wieder von vorne. Und Sophia schrie so viel. Sie hörte nicht auf. Stundenlang. Dieses kleine, zu einer Grimasse verzogene Gesicht, der aufgerissene Mund, die rote Haut. Sie hörte nicht auf zu schreien.

Die Verzweiflung jener Nacht war wieder da.

Dieses Kissen. Plötzlich hatte sie es in der Hand gehabt und danach war alles ruhig gewesen. Sie hatte das nicht gewollt.

Niemand hatte ihr einen Vorwurf gemacht. Die Diagnose der Ärzte kam bald und entlastete sie. Plötzlicher Kindstod. Natürlich, was denn sonst. Und irgendwann begann sie selbst daran zu glauben. Geholfen, ganz über Sophias Tod hinwegzukommen, hatte ihr vor allem, dass sie sich informiert hatte. Sie wollte wissen, was ihr die Ärzte da verkauften. Alles, was sie in die Finger bekam und mit dem plötzlichen Kindstod zu tun hatte, las sie mit fast gierigem Interesse. Fanatisch sammelte sie und nahm es in sich auf. Dieses Anhäufen von Wissen rehabilitierte sie in einer gewissen Weise. Wenn nicht einmal medizinisch erklärt werden konnte, was der plötzliche Kindstod für eine Ursache hatte, sondern es nur unterschiedliche Hypothesen dazu gab, sprach sie das irgendwie frei. Es gab über zweihundert Theorien, was SIDS auslösen konnte. Eine Studie aus dem Jahr 2010, in der viele Tausend Kinder einer Ultraschalluntersuchung unterzogen worden waren, vermutete, dass eine Verminderung der Blutversorgung des Hirnstammes eine Ursache sein könnte. Daraufhin predigte man die Rückenlage beim Schlafen der Säuglinge und kam von der Bauchlage ab. Eine andere Theorie vermutete, dass Honig, der durch Clostridium botulinum verunreinigt war, in der noch nicht ausgereiften Darmflora des Säuglings eine ideale Vermehrungsumgebung zur Toxinbildung fand, in den Blutkreislauf gelangte und die Atemlähmung bewirkte. Spannend fand sie auch die Theorie über den Arsenpilz. Demnach sollte ein lebensbedrohliches Gas bei der Zersetzung von Tapeten, die arsenhaltige Farben enthielten, freigesetzt werden. Arsen kam offenbar auch in Matratzen vor und an Stellen, wo der Säugling Wärme und Feuchtigkeit produzierte, begünstigte er die Pilzbildung. Interessant auch die Geschichte über die Impfungen. Im Jahr 2000 hatte man eine Sechsfachimpfung eingeführt und innerhalb von 24 Stunden nach der Verabreichung waren fünf Kinder am plötzlichen Kindstod unerklärt gestorben. Nachdem sie unzählige, zum Teil auch abenteuerliche Theorien studiert hatte, war nichts klar, aber zumindest eindeutig, dass viele Faktoren zusammenkommen mussten, damit es zum plötzlichen Kindstod kommen konnte. Sie wusste nun, was auszuschließen und zu vermeiden war.

Die Zeit und das Wissen heilten die Wunde zwar nicht, aber sie nahmen ihr zumindest den Schrecken.

Als Yanik drei Jahre später auf die Welt gekommen war, war sie gut vorbereitet und machte alles richtig. Sie achtete darauf, dass es in seinem Zimmer niemals zu warm war, idealerweise zwischen 16 und 18 Grad Celsius. Zum Schlafen bettete sie ihn in Rückenlage auf eine feste, luftdurchlässige Matratze in einem passenden Schlafsack, er bekam keine Kopfbedeckung und auf keinen Fall irgendwelche zusätzlichen Felle, Decken oder Kissen. Dass sie ihn ein Jahr lang stillte, war sowieso selbstverständlich, mittlerweile kriegte sie es perfekt hin. Zudem hatte sie gelesen, dass das Saugen an einem Schnuller eine vorbeugende Wirkung haben sollte, weswegen sie darauf bedacht war, dass Yanik seinen im Mund hatte, sobald sie ihn verließ. Sie tat alles in ihrer Macht Stehende, um den kleinen Jungen nicht das gleiche Schicksal erleiden zu lassen wie Sophia. Als er dennoch kurz nach der Geburt diese Apnoen hatte, war ihr klar gewesen, dass er ein Risikokind war und sie doppelt und dreifach aufpassen musste. Yanik schwitzte stark im Schlaf, ihr fiel die ungewöhnliche Blässe seiner Haut auf und das zuweilen blaue Anlaufen der Arme und Beine. Meist kamen seine Atemstillstände in der Nacht. Und mit Sicherheit fußten ihre eigenen Schlafstörungen auf dieser ständigen Angst, das Kind zu verlieren.

Shepherd, Meredith, Alex, Bailey, Richard, Cristina, Addison, Sam, Jake, Violet, Cooper, Charlotte und Sheldon hatten sich verabschiedet. Merkwürdig, wie wenig sie sich heute für die Handlung hatte interessieren können.

Die Teetasse war leer und der Wäscheberg kleiner geworden. Mittlerweile stapelten sich vier feinsäuberlich gefaltete Türme vor ihr auf. Einer für Yanik, einer für Lara, einer für sie und einer für Philippe. Der Gedanke, dass sie Philippes Hemden in Zukunft nicht mehr bügeln musste, machte sie froh.

Sie schaltete den Fernseher aus, nahm die Teetasse und ging damit in die Küche.

DIENSTAG

15.

Ein Toter. Und das sogar noch vor dem Frühstück. Na bravo. Der Lebensmüde hatte in der Einsatzzentrale angerufen, dass er beabsichtige, sich umzubringen. Weil er nicht wollte, dass ihn irgendein Fußgänger finden musste, informierte er rücksichtsvoll die Polizei darüber, ehe er den tödlichen Schuss abgeben wollte. Es gab sie tatsächlich, die Menschen, die bis über den Tod hinaus dachten und einfühlsam blieben, obwohl verzweifelt am Abgrund stehend. Der Tatort musste irgendwo im Entlisbergwald liegen. Dann mal los. Als sich Andrea auf den Weg machte, hörte er mehrere Martinshörner heulen. Er war nicht der Einzige mit diesem Auftrag. Zügig, allerdings ohne Tatütata, fuhr auch er mit dem Dienstauto in Richtung Stadtrand, bog von der Albis- in die Paradiesstraße ein und hatte die Häuser der Stadt bald hinter sich gelassen.

Wieder hatte es über Nacht geschneit. Hier draußen war der Schnee auf der Straße erhalten geblieben und sogar unter den Bäumen lag wieder eine dünne Schicht. Es war früh und es begegneten ihm weder Fußgänger noch Jogger. Als er den Waldweg erreichte, sah er die frischen Fahrzeugspuren dunkel im Schnee. Dazwischen die Abdrücke eines festen Stiefels. Der Schuh musste vom Anrufer stammen. Und die Reifenabdrücke wiederum hatten Sanität und Spezial hinterlassen. Offensichtlich waren sie ihm zuvorgekommen. Das war ihm ganz recht. Was, wenn der Kerl noch lebte? Oder sich allenfalls gar nicht umbringen wollte? Wenn der Anruf ein Schrei nach Hilfe gewesen war? Oder eine Finte? Ein Amoktäter? Heute musste man mit allem rechnen. Sollte der Mann eine Schusswaffe bei sich haben, wovon ausgegangen werden konnte, waren die Grenadiere die Richtigen. Und dass man sie auch als Erstsprecher gebrauchen konnte, hatten sie erst am letzten Samstag unter Beweis gestellt.

Die Sirenen waren verstummt. Durch die Bäume sah er das Sanitätsauto sowie den Notarztwagen. Daneben stand der T5 der Interventionseinheit. Er parkte und hörte, wie hinter ihm ein weiterer Wagen angefahren kam. Es war die Seepolizei. Langsam stieg er aus und gesellte sich zu den Kollegen, die bereits um einen am Boden liegenden Körper standen. Mit einer gewissen Überraschung stellte er fest, dass es eine Frau war und sie tatsächlich noch lebte. Wie war das möglich? Bei einer Schusswaffe war er automatisch von einem Mann ausgegangen, es kam so selten vor, dass sich Frauen auf diese Weise das Leben nahmen. Der Name war slawisch gewesen, irgendetwas mit S, und damit war er erst recht von einem Mann ausgegangen. Sein Fehler, hätte er mal genau gelesen. Er hörte sie atmen, sah die offenen Augen und wie sie aus dem Mund blutete. Es waren erstaunlich wenig Blutspritzer zu sehen, obwohl die Frau sich offensichtlich in den Kopf geschossen hatte. Die Waffe lag bei ihren Füßen und wurde vom Einsatzleiter der Grenadiere sichergestellt. Die Sanitäter schlossen ein EKG an, der Notarzt hielt Reanimation allerdings für unmöglich. So standen sie schließlich einfach da und warteten darauf, dass die Frau endgültig starb, den letzten Rest an Leben aushauchte. War erst alles Blut aus dem Hirn gelaufen und stellte dies seine Funktion ein, würde auch das Herz zu schlagen aufhören und alle anderen inneren Organe stillstehen.

Die Polizisten der Seepolizei stapften heran, und er hörte das Geräusch weiterer sich nähernder Autos. Wie immer bei einem Todesfall war das ganze »Rösslispiel« aufgeboten worden.

Keine drei Stunden später war alles erledigt und er als Letzter allein am Tatort anwesend. Die Leiche war durch das Bestattungsamt ins Institut für Rechtsmedizin gebracht worden, da die Sanität keine Leichenüberführungen machte. Die uniformierten Kollegen verrichteten wieder ihren gewohnten Dienst auf der Straße, der Brandtour Kripo, die Staatsanwältin und ihr Schreiber waren zurück ins Büro gefahren.

Nach der vorangegangenen Geschäftigkeit war es im Wald nun fast unheimlich ruhig. Feine kleine Schneesterne fielen von einem grauen Himmel. Wenn es so weiterging, würden sie wohl bald die hässlichen Spuren zugedeckt haben. Braunes Laub hatte sich mit dem Schnee vermischt. Die Betriebsamkeit aller Anwesenden hatte kaum noch etwas vom Weiß übriggelassen. Ein Tötungsdelikt hatten sie ausgeschlossen. Es war ein klarer Fall. Da hatten sie nicht einmal die Blutspurenbilder zu interpretieren versucht. Es hatte gereicht, dass im Schnee nur die Fußabdrücke des Opfers in den Wald geführt hatten. Die Spurensicherung war nicht aufgeboten worden, jeder Laie konnte sehen, dass es Selbstmord war. Die Frau war verzweifelt gewesen und hatte nicht mehr leben wollen. Warum, das interessierte hier niemanden.

Das Klingeln seines Handys störte die friedliche Stimmung. Er fischte es aus der Hosentasche und meldete sich: »Ja? Bernardi?«

»Hallo.« Wer war das? Die Stimme klang jung. Er wartete.

»Ich bin's, Lara Landolt.«

Überrascht fragte er: »Ja? Was ist denn los? Alles in Ordnung?«

Er hörte sie tief atmen. »Wenn ich zu meiner Mutter zurück muss, bringe ich mich wirklich um.«

»Wo bist du?«

Sie hängte auf. Hm, war sie nicht mehr in der Kinderpsychiatrie?

Noch immer fielen die Flocken langsam, aber stetig vom Himmel, ganz so, als wollten sie alles daransetzen, das Schreckliche, das sich vor kurzer Zeit hier ereignet hatte, möglichst rasch vergessen zu machen. Andrea hatte weder Zeit noch Lust, die Schönheiten des verschlafenen Spätwinterwaldes aufzunehmen. Sein Leben ging weiter, er hatte sich um die Lebenden zu kümmern und beschloss, im Detektivposten zuerst in der Kinderpsychiatrie anzurufen. Zudem verspürte er unangenehmen Hunger. Wenigstens kurz war er wieder einmal erstaunt, dass sich seine körperlichen Bedürfnisse offensichtlich nicht von einer Toten oder hässlichen Bildern beeinflussen ließen. Ganz im Gegenteil, er freute sich auf eine Zwischenverpflegung in der Wache und einen heißen Kaffee.

Es war kurz nach 10.00 Uhr, als er an der Seestraße eintraf und zuerst den Aufenthaltsraum ansteuerte, der gut besetzt war. Hatte man ihnen nicht erst kürzlich verboten, gemeinsam in die Pause zu gehen? Anscheinend wurde das nicht ernsthaft durchgezogen. Ohnehin eine völlig überflüssige und korpsunwürdige Vorschrift. Wo sonst sollte ein Austausch stattfinden können, wenn nicht bei einem Kaffee? Diverse Untersuchungen hatten doch ergeben, wie wichtig gemeinsame Pausen und Gespräche für Mitarbeiter waren. Fruchtbar für die Arbeit und vor allem gut für das Betriebsklima. Aber er behauptete ja schon lange, dass ihre Vorgesetzten das Ziel hatten, ihnen das Leben so schwer wie möglich zu machen, und auf keinen Fall wollten, dass man sich zu wohl fühlte. Im Spezial durfte nicht mehr zusammen gefrühstückt werden. In den Quartierwachen hatte man den Mitarbeitern die Kompetenz der eigenen Zeiteinteilung genommen, und der neuste Coup war also, dass man den Detektiven verboten hatte, gemeinsam in die Pause zu gehen. Natürlich redete man bei diesen Gelegenheiten nicht nur über Geschäftliches, klar wurde ebenso getratscht und gelästert, aber irgendwo musste auch mal Dampf abgelassen oder gute Laune getankt werden können. Der Alltag war schon unerfreulich genug ohne diese missgünstigen sauertöpfischen Vorgesetzten, deren Lieblingsbeschäftigung das Suchen von Fehlern und Kontrollieren von Mitarbeitern war. Die gemütlichen Stunden auf der Wache waren jedenfalls definitiv gewesen. Personalpolitisch bewegte man sich bei der Stadtpolizei eindeutig rückwärts. Woher nahmen sie nur diese mittelalterlichen Ansichten? Um zu verhindern, dass es dem Mitarbeiter zu sehr gefiel an seinem Arbeitsplatz, wurde eine Angstkultur gezüchtet, die darin gipfelte, dass jeder jeden überwachen sollte, was die Atmosphäre völlig vergiftete.

Ansonsten gab man sich doch gerne modern. Pflegte einen Facebook-Auftritt, die Angestellten wurden mit iPads ausgestattet und das schwarze Notizbuch hatte bald ganz ausgedient. Auch er gehörte zu den Glücklichen, denen bald sein persönliches Teil zugeordnet werden würde. Klar war das praktisch, wenn gleich am Ereignisort die relevanten Daten eingetippt werden konnten und ihm, zurück in der Wache, schon in seinem Computer zur

Verfügung standen. Wieder eine Effizienzsteigerung der Frontarbeit. Wären sie doch nur gleich ehrgeizig, was das seelische Wohl der Angestellten betraf.

Er drückte auf den Knopf der Kaffeemaschine und freute sich auf das heiße Getränk.

»Bin ja schon gespannt, ob sich etwas zu unseren Gunsten verändern wird mit dem neuen Kommandanten.«

Aha, das Thema erklärte natürlich den Auflauf im Aufenthaltsraum.

»Hm, Wunder wird der auch nicht bewirken können.«

»Wenn nur wenigstens dieses Aktionitis und die ewige Profiliererei endlich ein Ende haben.«

»Wem sagst du das, vielleicht müssen sie sich ja nun nicht mehr um jeden Preis positionieren.«

»Der Clou wäre natürlich, wenn nebst dem neuen Kommandanten auch gleich noch der politische Vorsteher ersetzt würde.«

»Genau, am besten mit einem von der Alternativen Liste …«

»Je linker, umso besser. Wer hat denn Arbeitslager und Gulag erfunden?«

»Richtig, mit den Kommunisten an der Macht könnten wir mal wieder so richtig durchgreifen.«

»Jedenfalls kann es nicht viel schlechter werden, als es jetzt ist. Der Kadi und der PV haben sich für uns in etwa so stark interessiert wie ich mich für Nagelverlängerungen. Und dementsprechend hatten sie auch von nichts eine Ahnung.«

»Wenn's nur kein weiterer MoF wird.«

Ja, wahrlich, Männer ohne Fähigkeiten tummelten sich weiß Gott genug im Korps. Nun, die nächsten Monate würden zeigen, was die Zukunft in petto hatte.

Die ersten Detektive verließen den Aufenthaltsraum, das Thema schien für diesmal erledigt. Bevor die Fleißigen sich allerdings zurück an ihre Fälle machen konnten, rief ihnen Gian nach: »Und übrigens, nicht vergessen, heute Nachmittag großer Umzug bei mir.«

»Jaja, haben schon dran gedacht. Nur keine Angst.« Markus und Urs winkten wenig motiviert ab.

Oh verdammt, das hatte er verhängt. Hatte er sich im Doodle eingetragen und das Häkchen für heute gesetzt? Er konnte sich nicht erinnern. Rasch checkte Andrea seine Daten im elektronischen Terminkalender. Shit. Tatsächlich, da stand es schwarz auf weiß: Gian Umzug. Auch das noch.

»Ja, du hast dich auch angemeldet.« Gian hatte seine Gedanken erraten.

»Offenbar.«

»Und sogar im E3 bist du richtig eingetragen. Du hockst in der Falle.«

Hm, wenn das so war und sogar der Chef durch die Leistungserfassung davon Kenntnis hatte, führte tatsächlich kein Weg an der Plackerei vorbei.

Bei Gian und Sandra lief alles wie am Schnürchen. Knapp ein Jahr nach der Heirat war die Tochter geboren worden und nun wollten sie auch noch ins richtige Nest ziehen. Natürlich musste es ein Häuschen mit Garten in einer kinderfreundlichen Siedlung sein. Fündig waren sie irgendwo im Kanton Aargau geworden. Sandra kam aus der Gegend und erhoffte sich mit der Nähe zu ihren Eltern auch deren Unterstützung beim Familienzuwachs. Womit sie vermutlich sorglos rechnen durfte.

Gian erhob sich schwerfällig aus seinem Stuhl und ging zurück ins Büro. Andrea aber war nicht bereit, sich erneut in die Arbeit zu stürzen. Er ließ sich stattdessen noch einen

Espresso aus der Maschine und suchte die zerfledderten Teile der Tageszeitung zusammen.

16.

Sie betrachtete sich im Spiegel, und was ihr entgegenblickte, gefiel ihr nicht. Die zwei Furchen zwischen ihren Augenbrauen wurden immer tiefer. Das schimmernde Goldgelb ihrer Haare war einem stumpfen Aschblond gewichen. Ihre Haut hatte an Spannkraft verloren, Pigmentstörungen gaben ihr ein fleckiges Aussehen. Die geschwollenen Augenlider hingen und halfen nicht, von den tiefer werdenden Krähenfüßen um die Augen abzulenken. Selbst um ihren Mund hatte sich ein Kranz haarfeiner Falten gebildet. Unmittelbar sah sie das schreckliche Bild einer alternden Frau vor sich, der der Lippenstift in diesen Bachbetten davonfloss und deren Mund ausgefranst wirkte. Weit war sie von diesem Zustand nicht mehr entfernt.

Das Leben war so ungerecht.

Schon vor Längerem hatte sie mit leichter Bitterkeit festgestellt, wie Philippes äußeres Erscheinungsbild mit dem Alter an Attraktivität gewann. Die graumelierten Haare standen ihm gut, und die Falten um seine Augen gaben dem einst fast treuherzigen Welpenblick Tiefe und Glaubwürdigkeit. Seinen Körper hielt er außerdem mit regelmäßigem Laufen und Besuchen im Fitnesscenter in Form. Sie zweifelte keine Sekunde daran, dass er bald eine hübsche junge Amerikanerin zur Freundin haben würde. Trotz der sechs Jahre, die er älter war als sie, waren seine Chancen bei der Frauenwelt intakt. Im Gegensatz zu ihr, die kaum noch vom männlichen Geschlecht wahrgenommen wurde. Jedenfalls nicht als Frau, wenn, dann als Mutter. Und im Grunde waren ja die Ärzte die einzigen Männer, mit welchen sie überhaupt noch zu tun hatte.

Die letzten Jahre waren einfach so an ihr vorbeigezogen. Sie war älter geworden, ohne es richtig zu merken.

Warum war sie nicht glücklich? Weil sie so geboren worden war? Lag das an den Genen? Würde sie niemals glücklich sein? Im Moment deutete wenig darauf hin, dass die kommenden Jahre besser sein sollten als die bisherigen. Philippes Besuch stresste sie mehr, als sie zugeben wollte. Sie hatte Angst vor ihrem Mann. Noch nie hatte sie gegen ihn kämpfen müssen. Erst hatte er sie verlassen und nun wollte er ihr auch noch Lara wegnehmen. War es nicht genug, dass sie Sophia verloren hatte? Sie war von Feinden umzingelt. Sie wusste ganz genau, dass ihre Mutter Yanik am liebsten zu sich genommen hätte. Aber den Kleinen würde sie behalten. Koste es, was es wolle, niemals würde sie zulassen, dass man ihr auch noch den Sohn entziehen würde. Eher würde sie … In diesem Moment fiel ein Sonnenstrahl durch das Badezimmerfenster. Um Himmels willen, wie schmutzig das war. Hatte die Savolic also auch hier nicht richtig geputzt. Es war wirklich Zeit gewesen, sie loszuwerden. Die Frau war einfach faul und kontrollierte man nicht ständig hinter ihr her, arbeitete sie schlecht. Sie hatte sie schon lange im Verdacht, dass sie die Dinge einfach ein bisschen hin und her schob, statt wirklich abzustauben oder herauszuwischen. Besah sie sich nämlich alles einmal etwas gründlicher, fand sich immer Staub und Dreck.

Im Geiste machte sie sich eine Notiz, damit das Badezimmerfenster nicht vergessen ging, öffnete dann den Spiegelschrank und warf einen Blick auf die Vorräte an Ritalin und Valium. Es war noch genug da, dennoch musste sie sich gelegentlich um Nachschub kümmern.

Was hatte sie sich auf die Zeit gefreut, wenn Lara größer wäre, man sich richtig mit ihr unterhalten konnte, sie formulieren sollte, was ihr fehlte. Bilderbücher anschauen, Puzzles machen und Weihnachtsschmuck basteln. Aber auch daraus war nichts geworden. Lara konnte nicht stillsitzen. Die teuren Märchenbücher zerstörte sie, indem sie die Bilder herausschnitt. Der Teig für die Guetzli landete auf dem Boden, im Mund oder an der Wand, bevor er ausgestochen und gebacken werden konnte. Sie bekam fürchterliche Wutanfälle und wählte unmögliche Kombinationen zum Anziehen. Lieber benutzte sie ihr Bett als Trampolin, als dass sie einen dringend benötigten Mittagsschlaf abhielt. Ihre leichte Ablenkbarkeit und die Impulsivität machten es unmöglich, mit ihr ein Lied zu singen oder eine Zeichnung zu fertigen. Kam hinzu, dass sie motorisch ungeschickt war und fortlaufend verunfallte. Dauernd stieß sie irgendwo an und haspelte herum. Sie waren Dauergast in der Notaufnahme und beim Kinderarzt gewesen. Gott sei Dank war sie irgendwann auf die Idee gekommen, dass Lara ADHS hatte, also an einer Aufmerksamkeits-Defizit-Hyperaktivitäts-Störung litt. Damals hatte man das ja noch POS genannt, das psychoorganische Syndrom, ein Geburtsgebrechen. Das erklärte

Laras Verhalten und nahm ihr selbst eine riesige Last von den Schultern. Sie war gar nicht schuld daran, dass es nicht gut lief, sondern alles hatte eine medizinische Ursache.

Es dauerte dennoch eine Weile, bis sie die Diagnose bestätigt bekam. Der Kinderarzt war nicht das Problem gewesen, aber er wollte Lara von einer Kinderpsychologin abklären lassen. Daniela hatte sich von Beginn weg nicht mit ihr verstanden. Und es hatte sie auch nicht verwundert, dass nach etlichen Tests nur eine leichte Form der Störung diagnostiziert worden war. Die Frau hatte sie ganz einfach nicht gemocht und wollte ihr nicht recht geben. Aber das war ihr egal gewesen, sie ließ nicht locker, bis sie ihre Bescheinigung bekommen und der Kinderarzt Lara das Ritalin verschrieben hatte. Und gaben ihr die Jahre nicht recht? Aus dem ehemals hyperaktiven Kind war eine fokussierte Schülerin geworden. Lara hatte sogar den Übertritt ins Gymnasium geschafft, und sie war sich sicher, dass das nur dank der Medikamente möglich gewesen war. Heute war es außerdem so, dass ihre Tochter selbst die treibende Kraft war. Der Kinderarzt hatte nämlich vor einigen Monaten vorgeschlagen, das Ritalin abzusetzen, aber Lara hatte sich vehement dagegen gewehrt. Auf keinen Fall wollte sie das, sie bestand vielmehr darauf, weiterhin medikamentöse Unterstützung zu bekommen. Der Arzt überließ es ihr und hatte ihr erneut das Rezept ausgeschrieben. Was Daniela begrüßte und für sie die Bestätigung war, dass sie richtig entschieden hatte. Ritalin war zweifellos eine große Hilfe. Zwar klagte Lara zuweilen über Kopfschmerzen, aber was war das schon im Vergleich zu den Vorteilen, die sie durch das pharmazeutische Hirnfutter bekam. Hatte sie nicht gelesen, dass heute sogar »gesunde« Studenten das Neuropsychopharmaka schluckten, nur um effizient und ohne Ablenkung arbeiten zu können? Sollte Lara nicht schon erkannt haben, welchen Gefallen ihr ihre Mutter mit dem legalen Zugang zu der Substanz tat, würde sie es ihr spätestens in ein paar Jahren danken. Heute war nicht Fantasie gefragt, sondern Leistung und Effizienz. Tätigkeiten, die stark rational und strukturiert waren, Fleiß und eine hohe Konzentration erforderten. Und da half diese Droge der Vernunft in höchstem Maße. Auf den deutschsprachigen Markt war es zuerst als mildes Psychotonikum gekommen, das gegen erhöhte Ermüdbarkeit half. Seine Wirkung galt als vergleichbar mit Koffein. Und so erhielt man Ritalin anfangs sogar rezeptfrei. Erst später wurde es dem Betäubungsmittelgesetz unterstellt, und heute bekam man es nur noch auf Verschreibung vom Arzt. Ja, Daniela unterstützte ihre Tochter mit allen Mitteln.

Das Ziel einer Ritalin-Therapie war natürlich in erster Linie, Laras Selbstwertgefühl zu erhöhen, ihr vorhandenes Potential auszuschöpfen und eine bessere Beziehungsfähigkeit zu ihrer Umwelt aufzubauen. Was hatte sie sich um einen positiven Umgang mit ihrer großen Tochter bemüht. Sie lobte sie, nahm sich immer wieder zusammen, obwohl ihr das Kind den letzten Nerv ausgerissen hatte. Ohne Ritalin war es, als würde Lara von einem inneren Motor angetrieben. Sie gab Antworten, bevor die Frage vollständig formuliert worden war, es war ihr unmöglich zu warten. Oft sprach sie ohne Unterlass, Punkt und Komma. Sie begann bei ihrer Puppe, sprang weiter zum Mittagessen, dann fiel ihr ein, dass sie sich am Knie verletzt und mit dem Nachbarsmädchen gestritten hatte, dessen Mutter so ein schönes Kleid getragen hatte, wie eine Prinzessin, wie die, die sie kürzlich am Fernsehen gesehen und die einen Hund gehabt hatte. Ja, einen Hund wollte sie auch, unbedingt! Fredi musste er heißen und sollte braun, mit weißen und schwarzen Tupfen sein. Sie begann, ein Spielzeug für ihn zu basteln, hörte aber schon auf, bevor sie alles Material beisammen hatte.

Ihre übermäßige Vergesslichkeit, das Versagen bei den einfachsten alltäglichen Verrichtungen und das dauernde Verlieren und Verlegen ihrer Habseligkeiten. Nicht laut zu werden und immer wieder Geduld aufzubringen brauchte unglaublich Kraft. Dieselben Dinge hundertmal zu wiederholen, wie eine Schallplatte mit einem Sprung, und dennoch begriff das Mädchen nicht, dass man am Tisch sitzen blieb, bis fertig gegessen war, oder dass sie ihre Jacke nicht einfach liegen lassen sollte, wo sie hinfiel, sondern sie an den Haken gehörte.

Es war äußerst schwierig, nicht in eine negative Verhaltensspirale zu geraten.

Häufig litten Kinder, die ADHS hatten, auch an anderen Störungen. Normalerweise waren das Tics, nervöse Zuckungen im Gesicht, Haare abfressen oder dauernd mit der Zunge über die Lippen fahren.

Nicht selten wurden ADHS-Patienten später kriminell, depressiv oder suchtkrank. In letzter Zeit hatte Lara eindeutige Anzeichen einer beginnenden Magersucht gezeigt.

Sie kannte diese Krankheit aus eigener Erfahrung und hatte alles darüber gelesen. Bei ihr hatte sie ebenfalls in der Pubertät begonnen. Sie hatte damals schon recht gut Tischtennis gespielt. Ja, sie war deutlich zwischen den anderen Mädchen hervorgestochen und hatte den Wettbewerb um die beste Spielerin einmal mehr für sich entschieden. Erst hatte sie sich daher auch gefreut über die zusätzliche Zuwendung und besondere Aufmerksamkeit des Trainers. Bis er dann begonnen hatte, ihr zu nahe zu treten. Schläge mit ihr gemeinsam auszuführen. Niemals würde sie seinen Geruch vergessen, wenn er sich ganz dicht hinter sie gestellt hatte. Sie seinen Körper an ihrer Rückseite spürte, er ihre Hand mit seiner umschloss und ihren Arm führte. Als ob sie nicht längst gewusst hätte, worauf es bei einem Schmetterball ankam. Dieser aufdringliche Kontakt war ihr unangenehm gewesen. Und dann hatte er sich auch noch anerboten, sie jeweils zu den Turnieren zu fahren. Ihre Eltern hatten freudig darauf reagiert, waren sie doch besetzt genug mit ihren Schwestern, und hatten seine Chauffeurtätigkeit gerne angenommen. Auf diesen Fahrten war es zu den Zudringlichkeiten gekommen. Er hatte ihre Hand auf sein Geschlecht gelegt oder seine zwischen ihre Beine gepresst. In dieser Zeit, als Sexualität und das eigene Aussehen ohnehin eine zentrale Rolle in ihrem Leben zu spielen begannen, reichten diese ungewollten Berührungen aus, um sie aus der Bahn zu werfen. Sie hatte sich nicht getraut, gegen den viel älteren und kräftigeren Mann aufzubegehren oder auch nur jemandem zu erzählen, was sie empfand. Kam hinzu, dass der Trainer sehr beliebt war und auch sie ihn immer heimlich angehimmelt hatte. Was allerdings mit seinen Belästigungen schlagartig aufhörte.

Um wenigstens eine gewisse Kontrolle über ihren Körper zu behalten, hatte sie aufgehört zu essen. Sie kam aus einer äußerlich intakten Familie ohne bewährte Streit- und Konfliktkultur, die wenig bis gar keinen Raum für Andersartigkeit gelassen hatte. Als Perfektionistin, die Liebe und Wertschätzung vor allem mit erbrachter Leistung assoziierte, war sie sozusagen prädestiniert für die Krankheit gewesen und hatte genau in die Risikogruppe gepasst. Lange Zeit hatte niemand etwas von ihrer Besessenheit bemerkt, sie hatte gut zu verstecken verstanden, dass ihre Gedanken ständig nur um Kalorienzahl, Nahrungsmittel und Gewichtsreduktion kreisten. Fast wehmütig erinnerte sie sich an das Hochgefühl, das sich jeweils eingestellt hatte, wenn sie es geschafft hatte, einen ganzen Tag aufs Essen zu verzichten. An die geschärfte Konzentrationsfähigkeit, die damit einhergegangen war, zumindest kurzfristig.

Mit der Zeit allerdings hatte sich eine Veränderung in ihrem ganzen Erleben, Fühlen und Denken breitgemacht. Ihr Gewicht war das Einzige geworden, was sie interessierte, und sie hatte sich ständig als zu fett empfunden. Selbst als sie bereits nur noch Haut und Knochen war. Als ihre Eltern, die lange Zeit die Augen vor der Störung verschlossen hielten – so etwas kam in ihrer Familie nicht vor –, eingestanden, dass etwas mit ihr nicht in Ordnung war, war sie dermaßen abgemagert, dass sie schließlich hatte zwangsernährt werden müssen. Irgendwann hatte sogar sie ihr Leiden zugegeben, und es war ihr gelungen, den anorektischen Teufelskreis zu durchbrechen. Noch heute aber waren ihr ihr Gewicht und die Nahrungsaufnahme sehr wichtig. Vielleicht konnte man diese Krankheit niemals ganz besiegen.

Was Stress nicht nur für die Erkrankte, sondern für die ganze betroffene Familie bedeutete. Sie kannte die Symptome bestens und war bei Lara daher besonders aufmerksam. Ihre Tochter war ebenfalls außergewöhnlich leistungsorientiert, außerdem sensibel und litt an einem starken Harmoniebedürfnis. Die Trennung von Philippe hatte sie sehr mitgenommen und leistete ihren Schwächen Vorschub. Daniela hatte genau beobachtet, wie ihre Tochter die Nahrungsmittel im Teller lustlos herumschob und höchstens Miniportionen in den Mund beförderte. An welchen sie dann endlos herumkaute, obwohl sie bestimmt vom Speichel längst aufgelöst waren und sich gar nichts mehr zwischen den Zähnen befand. Sie erkannte auch Laras schlechte Stimmung und schob sie auf die beginnende Sucht. Sie war fest entschlossen, dagegen vorzugehen, bevor diese Abhängigkeit dominant und alles bestimmend werden würde. Sie bestand darauf, dass Lara mindestens drei Hauptmahlzeiten und dazwischen bis zu drei Zwischenmahlzeiten zu sich nahm. Zudem schmuggelte sie in Laras Essen Doppelrahm, besonders viel Zucker und sonstige versteckte Fette. Sie würde nicht zulassen, dass es diesem Übel gelang, einen Keil in ihre Familie zu treiben und sie zu zerstören.

Wieder wurde sie unglaublich wütend, als sie daran dachte, dass man bereits dabei war, ihre Familie kaputt zu machen. Wie konnten all ihre Mühen umsonst gewesen sein? Sah denn niemand, was sie alles leistete? Dass es nur ihr zu verdanken war, wie weit die Familie gekommen war? Sie musste Lara zurückhaben. Lara war ihr Kind.

Sie begann, ganz ruhig und tief durchzuatmen. Konzentrierte sich. Nahm die Bürste und kämmte mit kräftigen Strichen ihr Haar. Dann nahm sie die teure Gesichtscreme und massierte sie sorgfältig ein. Noch fehlten ein wenig Puder, um die schlimmsten Unregelmäßigkeiten zu überdecken, Wimperntusche und etwas Lippenstift, damit sie eine Spur frischer wirkte.

Sie warf einen Blick auf ihre Armbanduhr.

Yanik war still, und sie hatte alle Zeit der Welt, ein gesundes und schmackhaftes Mahl für sie beide zuzubereiten. Und dabei würde ihr auch etwas einfallen, um Lara zu befreien.

17.

Als er im Büro an seinen Schreibtisch trat, leuchtete ihm eine Telefonnotiz entgegen. Was war das genau? Eine Frau Bertschinger wünschte einen Rückruf?

»Hast du das entgegengenommen?«

»Die Psychiaterin? Ja. Sie hat offenbar mit deinem Fall vom Samstag zu tun. Klingt ganz nett. Sie möchte, dass du sie so bald wie möglich anrufst.«

»Was will sie denn?« Er hatte den Tatbestandsrapport noch Samstagnacht fertiggeschrieben und gleich weitergeleitet. Sollte er etwas Wichtiges vergessen haben? Das konnte er sich kaum vorstellen. Augenblicklich fiel ihm der Anruf im Wald ein. Das Mädchen war doch hoffentlich noch in der Klinik?

»Keine Ahnung. Hat sie nicht gesagt. Frag sie halt selbst.«

Ja, das wollte er sogleich tun. Er wählte die Nummer und schon nach dem zweiten Klingelton meldete sich am anderen Ende die Sekretärin. Sie verband ihn weiter, und er sprach mit Frau Doktor Bertschinger, der leitenden Kinderpsychiaterin im Fall Lara Landolt.

»Wundern Sie sich nicht über meinen Anruf. Mit Lara ist so weit alles in Ordnung. Sie hat sich bei uns eingewöhnt und zeigt sich sehr kooperativ.«

Sehr gut, warum hatte sie ihn dann angerufen und was ging ihn das überhaupt noch an?

»Sie macht auf jeden Fall erfreuliche Fortschritte. Aber eigentlich geht es mir gar nicht um Lara. Sondern vielmehr um Frau Landolt.«

Aha. Nun war er gespannt.

»Lara meint, ihre Mutter sei das Problem, und sie hat mir erzählt, wie es bei ihnen zu Hause zu- und hergeht.«

Er hatte noch immer keine Ahnung, was das alles mit ihm zu tun hatte.

»Wir vermuten, dass Laras Mutter an einem Münchhausen-Stellvertretersyndrom leidet. Wissen Sie, was das ist?«

Münchhausen was? Münchhausen, war das nicht dieser Lügenbaron gewesen? Ja klar, das war ein Begriff. Er kramte tief in seinen Hirnwindungen und öffnete längst vergessene Schubladen. Bezeichnete man nicht Erfinder irgendwelcher Krankheiten als vom Münchhausen-Syndrom Betroffene? Doch, das hatte er gelesen. Aber was war ein Münchhausen-Stellvertretersyndrom?

Als hätte die Frau am anderen Ende der Leitung seine Gedanken erraten, erklärte sie: »Vielleicht kennen Sie das Münchhausen-Syndrom, nach dem deutschen Lügenbaron Karl Friedrich Hieronymus Freiherr von Münchhausen benannt. Eine psychische Störung, bei der die Betroffenen körperliche Beschwerden erfinden beziehungsweise selbst hervorrufen und meist plausibel und dramatisch präsentieren.«

»Ja, schon gehört.«

»Sehr gut. Beim Münchhausen-Stellvertretersyndrom geht es nun um das Erfinden, Übersteigern oder tatsächliche Verursachen von Krankheiten oder deren Symptomen bei Dritten. Oft sind das Kinder. Im Gegensatz zum Münchhausen-Syndrom will man also die medizinische Behandlung nicht bei sich, sondern einem Stellvertreter verlangen. Es handelt sich dabei um eine subtile Form der Kindsmisshandlung, die bis zum Tod des Opfers führen kann. Leider ist es sehr häufig ein Elternteil, der von der Störung betroffen ist. Meistens sogar die Mutter.«

Auf diese schockierende Information wusste er nicht, was er antworten sollte, und schwieg erst einmal.

Bertschinger fuhr weiter: »Nachdem uns Lara von ihrem hohen Ritalinkonsum erzählt hat und davon, dass ihre Mutter behauptet, sie sei magersüchtig, habe ich Kontakt zu ihrem Kinderarzt aufgenommen. Herr Scherrer kennt die Familie seit langem. Er ist Laras behandelnder Kinderarzt, seit sie auf die Welt gekommen ist. Und obwohl Landolts kurz im Ausland lebten, sind sie trotzdem seine Patienten geblieben. Frau Landolt hat Vertrauen zu ihm und mit der ganzen traurigen Familiengeschichte wollte sie den Arzt wohl nicht wechseln.«

»Traurige Familiengeschichte?«

»Sie haben ein Kind durch plötzlichen Kindstod verloren.«

Ach, da hatte es noch ein Kind gegeben?

»Und auch das dritte Kind ist nicht gesund.«

Manchmal traf es immer wieder die gleichen. »Ja, das tut mir alles leid. Aber was hat das mit der Polizei zu tun?«

»Herr Scherrer und ich sind uns nicht sicher, ob Frau Landolt ihrem Sohn etwas antut.«

Ach so, daher das Münchhausen-Stellvertretersyndrom. Allmählich begann er durchzublicken. »Gibt es Anzeichen dafür?«

»Nun, Yanik ist drei und seit er ein halbes Jahr alt ist, leidet er an unerklärlichen Krämpfen und Atemstillständen.«

»Der Junge ist drei und der Kinderarzt kommt erst jetzt darauf, dass etwas nicht in Ordnung sein könnte?«

»Das ist nicht so einfach. Frau Landolt hat selbst im medizinischen Bereich gearbeitet und verhält sich sehr professionell. Zudem ist es schwierig, eine Diagnose zu stellen. Herr Scherrer hat diverse Abklärungen getätigt, aber bis heute hat man nicht eindeutig herausgefunden, woran Yanik leidet.«

Was war mit diesem Kinderarzt nicht in Ordnung? Es konnte doch wohl nicht so schwer sein, herauszufinden, was für eine Krankheit ein Kind hatte oder vielmehr, ob es überhaupt krank war oder die Mutter nur etwas vortäuschte?

Bertschinger versuchte ihm zu erklären, dass es fast unmöglich war, so etwas zu erkennen. Außer Frau Landolt hatte nie jemand die Krämpfe oder die Apnoen gesehen. Sie allein war Zeugin und protokollierte alles haarklein. Sie schilderte Yaniks Anfälle so präzis, dass Scherrer keinen Grund sah, ihr nicht zu glauben. Vor allem auch, weil sie bereits ein Kind verloren hatten und das neue Baby daher durchaus ebenfalls gefährdet sein konnte. Er hatte im Gegenteil Mitleid mit der Frau gehabt. Sie machte viel durch und war oft alleine. Er wollte ihr und dem Kleinen helfen. Daniela Landolt war regelmäßig in die Kontrollen gekommen und hatte stets beherzigt, was er ihr vorgeschlagen hatte. Jedenfalls hatte er das angenommen.

Heute war man sensibilisiert auf Kindsmisshandlungen, aber das Thema war mehr als heikel und Scherrer glaubte, Landolts zu kennen. Ein Münchhausen-Stellvertretersyndrom – das waren ungeheuerliche Vorwürfe, die man nicht so ohne weiteres in die Welt setzte.

Nein, natürlich nicht.

Scherrer hatte sehr wohl zwischendurch den Gedanken gehabt, irgendetwas könnte vielleicht mit Frau Landolt nicht in Ordnung sein, aber nie wirklich nachgebohrt. Jetzt allerdings, da er von Bertschinger auf Laras Vorwürfe angesprochen worden war, schien es ihm dringend nötig, etwas zu unternehmen.

Bertschinger wollte eine Sitzung in der Kinderpsychiatrie einberufen. Dazu lud sie die Kinderschutzgruppe, bestehend aus Kinderärzten, Kinderpsychiatern, Pflegefachleuten und Juristen, ein. Außerdem wünschte sie, dass Scherrer, der involvierte Kinderarzt, und Andrea als Polizist ebenfalls daran teilnahmen.

Ja, natürlich. Heute Nachmittag? 14.00 Uhr? Er würde da sein.

Das war ja ein dicker Hund. Mit dem Münchhausen-Stellvertretersyndrom hatte er es noch nie zu tun gehabt. Er beschloss, sich bei der polizeiinternen Fachgruppe Kinderschutz über die Thematik zu informieren, und wählte sogleich die passende Telefonnummer.

Bei der Fachgruppe geriet er an Ramona Jung, die ihm kompetent weiterhalf. Ramona war tough, und das hatte sie auch zu sein. Kinderschutz, das war nichts für Weicheier. Kinderschänder, Kinderpornografie, Eltern, die ihre Kinder misshandelten – oh nein, damit wollte er nicht tagtäglich seine Stunden füllen. Aber für einmal war es okay. Diese Sache interessierte ihn und bot endlich wieder einmal Gelegenheit, sich auf einem neuen Gebiet weiterzubilden. Und so lehnte er ihr Angebot, ob sie den Fall übernehmen solle, ab. Ihre Hinweise jedoch nahm er dankbar an und war froh, sich mit ihr besprechen zu können.

Kurz nach dem Mittagessen machte er sich auf den Weg und glücklicherweise fand sich gleich ein Parkplatz auf einem der Besucherplätze.

Der Linoleumboden quietschte unter seinen Schuhen und es roch nach Krankenhaus. In den Gängen bewegten sich Angestellte und in einiger Entfernung sah er auch ein junges Mädchen. Am Empfang saß eine Frau jenseits der vierzig hinter einer dicken Glasscheibe. Er stellte sich vor. Sie war informiert und schickte ihn ins entsprechende Zimmer.

Nach einem kurzen Klopfen betrat er den Raum, in welchem bereits zahlreiche Personen an Tischen saßen. Eine blonde, sympathisch aussehende Frau um die fünfzig schaute auf und kam ihm lächelnd entgegen. »Sie müssen der Detektiv sein, freut mich, Bertschinger.«

»Ja, Bernardi.«

»Bitte nehmen Sie Platz.« Sofort stellte sie ihm auch die anderen Anwesenden vor. Ärzte, Pflegepersonal, eine Sozialarbeiterin und der Stationsleiter. Das involvierte Personal der Klinik war vollzählig da, man wartete nur noch auf Scherrer.

Kaum hatte Andrea sich in einer Ecke des Hufeisens niedergelassen, als es erneut an der Tür klopfte und ein älterer Mann mit grauem Haar und ausgebeultem Sakko den Raum betrat.

»Bitte entschuldigen Sie, der Verkehr.« Er hob hilflos seine Hände. Bertschinger winkte verständnisvoll ab, begrüßte auch ihn und begann dann sogleich, die Sitzung zu eröffnen. »Ich freue mich, dass Sie alle so rasch kommen konnten und wir das weitere Vorgehen im Fall Landolt erörtern können. Zuerst möchte ich kurz meiner Kollegin Beatrice Richter das Wort übergeben, vor allem sie hat mit Lara gesprochen.«

»Danke, Sabine. Ja, wie gesagt, Lara hat sich mir anvertraut und ich halte ihre Einschätzung durchaus für realistisch. Ich möchte Sie zuerst kurz über Laras Zustand aufklären. Ihre angebliche Magersucht hat sich nicht bestätigt.

Laras Appetitlosigkeit hängt wohl vielmehr mit ihrem Ritalinkonsum zusammen. Das Medikament wirkt appetithemmend und vielleicht hat auch die Konstellation Mutter-Tochter zu einem Machtspiel geführt. Dass sie sich weigert, daheim zu essen, kann tausend Gründe haben. Jedenfalls isst Lara hier ganz normal. Auch ihr Körpergewicht ist nicht in einem besorgniserregenden Zustand. Sie ist schlank, aber nicht so, dass es beunruhigend wäre. Was ihre ADHS-Erkrankung angeht, ist es zu früh, um eine Prognose zu stellen. Lara macht sich aber vor allem Sorgen um ihren kleinen Bruder. Sie behauptet, ihre Mutter gäbe ihm ständig Valium.«

»Danke, Beatrice, vielleicht können Sie, Herr Scherrer, uns jetzt über Yanik Landolt etwas erzählen?«

»Ja, natürlich. Ich muss dazu sagen, dass ich Familie Landolt seit der Geburt von Lara kenne. Und meine, sie gut zu kennen. Ich habe miterlebt, wie ihr zweites Kind am plötzlichen Kindstod verstarb. Und habe mit Frau Landolt und Yanik mitgelitten, als sich herausstellte, dass der Kleine ebenfalls nicht gesund ist. Daniela Landolt ist ein regelmäßiger Gast bei mir in der Praxis. Die Mutter verhält sich unauffällig, vielleicht nicht überaus besorgt, aber korrekt. Zu den Untersuchungen kommt sie fast immer alleine, Philippe Landolt, ihren Mann, habe ich nur selten zu Gesicht bekommen. Er muss oft im Ausland sein und ist beruflich stark engagiert. Die Rollenverteilung in der Familie ist sehr klar und konservativ. Sie ist zuständig für Haus und Kinder und er für die wirtschaftlichen Aspekte. Yaniks Atemstillstände haben ungefähr ein halbes Jahr nach seiner Geburt begonnen. Sie hielten an, was mir unüblich erschien, und ich begann an Krampfanfälle zu denken. Vielleicht litt der Kleine an Epilepsie. Um meinen Verdacht abzuklären, wurde Yanik ins Spital überwiesen. Natürlich blieb Daniela Landolt stets an seiner Seite. Dieses erste Elektroenzephalogramm zeigte nichts Auffälliges. Aber das bedeutet im Grunde nichts. Sie wissen selbst, dass damit eine frühkindliche generalisierte Epilepsie mit tonisch-klonischen Anfällen nicht ausgeschlossen werden kann. Die Fachliteratur sagt, dass ein unauffälliges EEG Epilepsie nicht ausschließen kann. Selbstverständlich habe ich mich mit den Fachärzten im Spital besprochen. Selbst ein Ultraschall von Yaniks Gehirn durch die offene Fontanelle ließ nichts erkennen. Um der Mutter in einem Notfall zu helfen, gaben wir ihr Diazepam mit.« Mit einem Blick auf Andrea erklärte er: »Das Medikament ist gemeinhin unter Valium bekannt und wirkt krampflösend. Laut Daniela Landolt verbesserte sich Yaniks Zustand in keiner Weise. Im Gegenteil. Die Krampfanfälle häuften sich. Fast täglich litt er mehrere Minuten darunter. Schließlich empfahlen wir ihr sogar, die Tropfenmenge zu erhöhen. Daraufhin trat eine kurze Verschnaufpause von einigen Wochen ein. Aber sie hielt nicht an. Gemeinsam mit dem Facharzt ordnete ich eine Magnetresonanztomografie von Yaniks Hirn an. Ja, wir dachten sogar an einen Hirntumor. Es bestand die Möglichkeit, dass er allenfalls die epileptischen Anfälle auslöste. Doch auch die Tomografie förderte nichts Außergewöhnliches zutage. Das Kind war bei den Kontrollen müde, benommen und apathisch. Ich machte Landolt darauf aufmerksam, dass sie das Valium wirklich nur im Extremfall verwenden durfte. Sie verstand das und gab mir recht. Beteuerte, dass sie es nur im Notfall anwende. Da Daniela Landolt bisher die Einzige war, die irgendwelche Anfälle ihres Sohnes beobachtete, bat ich sie, Krämpfe mit der Videokamera aufzunehmen. Aber bis heute ist sie dieser Aufforderung nicht nachgekommen. Immer findet sich irgendeine plausible Ausrede, entweder war die Kamera zu Hause, wenn sie unterwegs waren, oder im Auto, wenn der Kleine im Bett lag, oder die Batterie war leer, technische Störungen. Sie hat stets eine Entschuldigung parat, dabei würden die Aufnahmen bestimmt helfen.« Scherrer wirkte mitgenommen und schaute entschuldigend in die Runde. »Ich wusste nicht, was ich noch tun sollte. Ich versuchte wirklich, dem Kind zu helfen. Vielleicht hätte mir schon früher etwas auffallen müssen. Zu Yaniks mattem, stumpfem und teilnahmslosem Aussehen kommt der verschleierte Blick. Als wäre er verladen. Auf meine Fragen streitet die Mutter ab, ihrem Sohn Valium gegeben zu haben. Ungewöhnlich ist zudem, dass Landolt keinerlei Skrupel hat, ihren Kindern Medikamente zu geben oder sie auch einmal zu stechen. Im Gegensatz zu den Arztgehilfinnen, die mit den eigenen Kindern stets gehemmter umgehen als mit fremden und sofort besorgter und zurückhaltender sind, trifft das bei Landolt überhaupt nicht zu. Anfangs war ich beeindruckt von ihrem unerschrockenen Verhalten, aber eigentlich hätten mir natürlich die Augen aufgehen sollen, dass da etwas nicht stimmte. Und als Kollegin Bertschinger mich anrief, machte plötzlich alles Sinn. Krank sind nicht die Kinder, krank ist die Frau.« Wieder blickte Scherrer hilflos in die Runde und fuhr dann weiter: »Ich bin erschüttert. Meine erste Reaktion war eine unglaubliche Wut auf die Mutter, am liebsten wäre ich sofort zu ihr nach Hause gefahren, hätte sie geschüttelt, angeschrien und ihr vor allem das Kind weggerissen.« Er lächelte ein hoffnungsloses Lächeln. »Aber das geht natürlich nicht. Nun frage ich mich, ob ich beziehungsweise wir Frau Landolt mit dem Verdacht konfrontieren sollten. Möglicherweise hört sie dann mit ihren Misshandlungen auf?«

Andrea hatte dem Arzt aufmerksam zugehört, der Fall Daniela Landolt schien ihm ziemlich klar. Die Erklärungen klangen erschreckend, aber plausibel. Die Mutter war die Einzige, die die Anfälle ihres Kindes jemals beobachtet hatte. Sämtliche abgeleiteten EEGs waren unauffällig. Das Kind stand offensichtlich unter Valium, obwohl die Mutter die Verabreichung des Medikamentes abstritt. Alles Indizien, die gegen die Frau und für eine Kindsmisshandlung sprachen. Er betrachtete die Anwesenden und hatte das Gefühl, dass es Zeit war, sich als Polizist zur Sachlage zu äußern: »Aus polizeilicher Sicht halte ich die Konfrontation für einen großer Fehler. Wir würden Frau Landolt damit warnen, gäben ihr die Möglichkeit, Indizien zu vernichten, und könnten ihr niemals nachweisen, was sie getan hat. Sie ist nicht dumm, wir brauchen Beweise und zwar, bevor sie sich einen neuen unwissenden Arzt sucht und verschwunden ist, ehe wir Yanik haben retten können. Zudem ist das Münchhausen-Stellvertretersyndrom eine Krankheit, die sie nicht einfach so abstellen kann, bitte korrigieren Sie mich, wenn ich mich irre. Ich denke aber, wir sollten vorerst so tun, als wäre alles in Ordnung.«

Scherrer nickte und ergänzte: »Vermutlich haben Sie recht. Ich habe mich in der Apotheke erkundigt, wo Frau Landolt, wie alle Epilepsieeltern, ein Dauerrezept für das Notfallmedikament hat. Der Bericht aus der Apotheke bestätigt unseren Verdacht. Frau Landolt holt immer neue Valiumrationen ab. Angeblich hatte sie die Medis bei den Großeltern vergessen, zu lange in der Sonne liegen lassen, verloren, die Putzfrau hat sie versehentlich entsorgt, sie ist niemals um einen Grund verlegen. Aber ich glaube ihr nicht mehr.«

Es gab noch die eine und andere Wortmeldung, aber grundsätzlich war man sich einig, dass es auf keinen Fall so weitergehen konnte und eingegriffen werden musste. Und zwar schnell.

Nach einer kurzen sachlichen Besprechung erarbeiteten sie den weiteren Vorgehensplan.

Man verabschiedete sich und Andrea hatte sich kaum erhoben, als ihn Frau Bertschinger zurückhielt. »Eigentlich wollte ich Ihnen noch etwas zeigen. Haben Sie kurz Zeit?«

»Ja, klar.«

»Ich zweifle nicht daran, dass Sie den Fall ernst nehmen. Dennoch ist es für Außenstehende manchmal unvorstellbar, wozu am Münchhausen-Stellvertretersyndrom Leidende fähig sind. Diese ›Mutter-Krankheit‹ wurde 1977 vom britischen Kinderarzt Roy Meadow entdeckt. Er fand bei einer sechsjährigen Patientin immer wieder Blut im Urin, aber keine Ursache. Schließlich stellte sich heraus, dass die Mutter ihr eigenes Blut in den Urin gemischt hatte. Es gibt einen Film zum Thema, wollen Sie ihn sich ansehen?« Als er nickte, führte sie ihn in einen kleinen Raum, wo der Rekorder bereits installiert war.

Das Video war schockierend. In den USA hatte man heimlich in einem Spital Aufnahmen von kranken Müttern gemacht. Andrea schaute zu, wie eine Mutter sekundenlang ein Kissen auf den Kopf ihres Kindes gedrückt hielt und danach um Hilfe schrie, um zu behaupten, ihr Kind hätte einen akuten Atemstillstand erlitten. Oder wie eine andere ihrem Sohn Luft in die Adern pumpte, um seinen Aufenthalt im Spital zu verlängern. Wieder andere brachen ihren Kindern Arme und Beine und schlugen danach mit einem Hammer auf die Bruchstellen oder infizierten sie mit Schmutz. Später wunderten sie sich mit den Ärzten über die seltsamen Infektionen am Körper ihrer Kinder.

Er war von seinem Beruf einiges gewohnt, aber das hier sprengte alles, was Andrea bisher erlebt hatte. Ausgerechnet die Mutter machte ihr Kind krank. Um es anschließend wieder gesund zu pflegen. Das war so ziemlich das Schlimmste, was er sich vorstellen konnte. Woran sollte ein Kind noch glauben, wenn es von seiner eigenen Mutter verraten wurde? War Mutterliebe nicht etwas Angeborenes?

18.

»Aha, sieh mal einer an, traut er sich also doch noch her, der Schwänzer …« Urs' Ton war vorwurfsvoll. Die Sitzung in der Psychiatrie hatte so lange gedauert, dass das Umzugsteam schon eine ganze Weile an der Arbeit war, als Andrea Mitte Nachmittag endlich dazustieß und half, den ausgeliehenen Kastenwagen zum x-ten Mal neu zu füllen. Angenehm überrascht stellte er fest, dass die Wohnung fast ausgeräumt war und seine Schritte bereits durch die halbleeren Räume hallten.

»Sorry, das war wichtig.«

»Das behauptet jeder.«

»Schon gut, Andy. Es sei dir verziehen. Kommst gerade

richtig. Fass mal mit an.« Markus war großzügiger. Er hielt sich an der einen Seite des Sofas fest und deutete mit dem Kinn zur anderen. Das Teil sah schwer aus. Und war es auch. Himmel.

Keuchend sagte Andrea: »Da muss noch jemand her.«

»Hey, was ist mit dir? Memme. Fußballer. Ich sag ja immer, die sind zu nichts zu gebrauchen.« Markus' Gegenoffensive war allerdings von kurzer Dauer. Selbst für seine trainierten Oberarme war das Teil zu schwer und er rief: »Urs, für das Treppenhaus musst du mit anpacken!«

»Komme.« Mit vereinten Kräften schafften sie es zu dritt, das Möbelstück hinunterzutragen, und glücklicherweise passte es auch tatsächlich ins Auto.

Verteilt auf zwei Fahrzeuge, fuhren sie anschließend los in Richtung Muri. Über die Autobahn ging das Ruckzuck und bald erreichten sie das Dorf im oberen Bünztal. Markus kannte den Weg und brachte sie direkt vor ein freistehendes Einfamilienhaus, wo Gian schon ungeduldig auf sie wartete. »Sehr schön, ist das jetzt alles?«

»Eine Fahrt noch, dann haben wir's geschafft.«

»Wunderbar. Wir sind auch fast fertig, das war die letzte Fuhre aus …« In diesem Moment entdeckte er Andrea, worauf dieser noch einen faulen Spruch über sich ergehen lassen musste. »Ah, unser Papagallo hat's auch noch geschafft. Jetzt, wo's nur noch um Peanuts geht …«

»Sehr gut, dann kann ich ja gleich wieder gehen.«

»Schnauze. So einfach kommst du mir nicht davon. Hier, die Matratze habe ich extra für dich und Kusi aufgehoben.« Markus stieg in den kleinen Laster und packte beherzt an. Andrea tat es ihm gleich, schnappte sich die andere Seite und sofort stach ihm eine aufdringliche Wolke nach Kuhmist in die Nase. Noch bevor er sich darüber beschweren konnte, rief Markus: »Shit, das stinkt ja, als würde mir ein Pferd direkt ins Gesicht furzen. Was ist das denn?«

»Nun hab dich nicht so, du Sissi. Die war halt in einem Stall zwischengelagert.« Gian fand das nicht so schlimm.

»Mein Gott, und darauf wollt ihr wieder schlafen? Na, dann gute Nacht …« Markus konnte sich ein Grinsen nicht verkneifen.

»Der würzige Geruch nach Natur hat noch niemandem geschadet, außerdem wird das innert Kürze verduftet sein.« Gian war überzeugt. Alle anderen weniger, aber die ging's ja nichts an.

Wie von Markus richtig eingeschätzt, brauchten sie nur noch eine Fahrt zurück nach Zürich, um die letzten Halbseligkeiten an der Binz abzuholen. Damit stand Gians und Sandras neuem Daheim bis auf ein bisschen Einrichten nichts mehr im Wege. Das überließen die fleißigen Helfer getrost dem Paar, und nach einem wohlverdienten Bier verabschiedeten sie sich nicht ohne Schadenfreude von den beiden frisch gebackenen Hausbesitzern zwischen all ihren Schachteln und halb aufgestellten Möbeln.

»Die werden eine kurze Nacht haben.«

»Ja.« Andrea grinste. »Du, ich nehme einen der Kastenwagen gleich mit in die Stadt und bring ihn zurück, ich muss ja eh nach Zürich.«

»Sehr gut, den anderen bringe ich. Also dann, bis Morgen. Ciao bello.«

»Tschüss.«

Er war froh, nicht an Gians Stelle zu sein, und einen Moment ganz dankbar für sein Leben. Nein, er wollte nicht aufs Land, er wollte kein eigenes Haus und eigentlich wollte er auch keine Familie gründen. Es war gut, wie es war.

Obwohl er nichts gegen eine Freundin einzuwenden hätte. Allmählich wurde es Zeit. Rebecca seit zwei Jahren tot und Cornelia ebenfalls seit Monaten fast ganz aus seinem Leben verschwunden. Er war lange Zeit abstinent gewesen. Freiwillig. Und das lag vor allem an einer Frau. Rea. Fast schwärmerisch dachte er an den letzten Sommer zurück. Da hatte es ihn tatsächlich erwischt. Und zwar ziemlich heftig. Allerdings hatte er gleich eins auf die Nase gekriegt. Rea hatte ihm nämlich ganz sachlich mitgeteilt, dass sie nicht an einer Beziehung interessiert war, sondern einen Auslandsaufenthalt plane. Und so war auch nichts daraus geworden. Sie hatten sich noch ab und zu getroffen, aber gelaufen war nichts. Und dann war er sehr bald wieder allein gewesen. Hatte ihre tollen Bilder auf Facebook betrachtet und jedes Mal einen Stich im Herzen verspürt, wenn sie von einem anderen Mann im Arm gehalten wurde. Er seufzte, warum tat er sich das überhaupt an? Vermutlich hatte sie ihn völlig vergessen. So wild, wie sie Indien, Indonesien, Thailand und Australien genossen hatte. Ob sie überhaupt jemals wieder zurückkam? Wenn er richtig lag, musste ihr halbes Jahr bald vorbei sein. Sie hatte sich kaum je bei ihm gemeldet. Was im Prinzip genug sagte. Er schob die trüben Gedanken zur Seite und warf einen Blick aufs Handy, das soeben eine eingegangene SMS angekündigt hatte. Sie war von Alessia: »Hallo. Du wirst daheim erwartet. Beeil dich.«

Hm, na ja, das war zwar keine Freundin, aber immerhin eine halbe Tochter.

Überrascht stellte er fest, dass der Tisch gedeckt, ein Wein kühl gestellt und die Kerzen bereit zum Anzünden waren. Aus dem Untergeschoss klang gedämpfte Musik. Entweder Alessia machte Yoga-Übungen oder zog ihre Längen im Schwimmbecken. »Das Essen kommt um 19.30 Uhr«, stand auf einem Zettel, der gut sichtbar auf der Kommode neben der Tür lag. Was waren das für neue Töne? Normalerweise bestellte sie nur für sich. Und das reichte von Japanisch über Äthiopisch bis Russisch oder Arabisch. Einseitig war sie nicht, das hatte er bereits festgestellt. Die Stäbchen auf den Stoffsets ließen auf asiatisch tippen. Richtig, neben dem Telefon lag noch der Flyer von »negishi«. Als er ihn aufklappte, sah er, wie sie die »Miso Soup«, eine weiße Sojabohnensuppe mit Frühlingszwiebeln, plus den »Matsuyama Salad«, einen Algensalat mit Sesam House-Dressing sowie »Maki for Two«, eine großzügige Sushi-Platte, angekreuzt hatte. Zum Glück war er nicht wählerisch, wenn er jetzt dem rohen Fisch und den Meerpflanzen auch irgendwas Bodenständigeres vorgezogen hätte. Sein Magen knurrte aufbegehrend und verlangte nach Handfestem. Kürzlich war er allerdings auch angenehm überrascht worden. Damals hatte sie Arabisch bestellt und viel übrig gelassen. Er hatte sich über die Reste hergemacht, die sie ihm wie ein Märchen aus Tausendundeiner Nacht vorgestellt hatte. Eine Blattsalat-Oase in Fladenbrotring, nach einem Beduinenrezept zubereitet, dazu gebeizter Zitruslachs mit Frischkäse und Feigen, ein orientalischer Safran-Chiliquark auf Olivenboden neben dem mit Thymian gewürzten und marinierten Lammspießchen zu Linsen-Zimtgemüse. Danach kamen die Crevetten im Gemüsemantel in einer Karotten-Currysuppe mit Litschis. Und als Hauptgang die zarte Hähnchenbrust, gefüllt mit Dörrfrüchten und Rosmarinjus. Dazu gab es Couscous-Türmchen mit Kuppen aus Randen-Püree auf gebratenem Gemüse. Und zum Dessert ein Aprikosenkompott mit Granatapfel-Hibiskusblüteneis und Orangenküchlein.

Er hatte Alessia seit Montagabend nicht mehr gesehen. Hoffentlich war sie heute in anderer Stimmung. Er verspürte wenig Lust darauf, mit seiner Ziehtochter zweideutige Gespräche führen zu müssen. Immerhin hatte sie das Kriegsbeil begraben, was ein Fortschritt war. Zudem hatte sie wohl auch ihr Bild vom SVP wählenden Polizistensimpel mit Hang zur Machtdemonstration zu seinen Gunsten verändert. Cornelia hatte im Gegensatz zu ihrer Tochter niemals Standesdünkel gezeigt, und sollte sie Vorurteile gegenüber Polizisten gehabt haben, so hatte sie sie sich jedenfalls nie anmerken lassen.

Natürlich gab es sie, die rechten Einfaltspinsel, die sich in der Uniform wichtigmachten und intellektuell nicht besonders auf der Höhe waren, aber selbst die machten meistens einen guten Job und verhielten sich auf der Straße professionell. Was seine eigene politische Einstellung betraf, so gehörte er zwar ebenfalls nicht unbedingt zu den Linken und Netten, aber bestimmt auch nicht zu den Rechten.

Und seinen Beruf mochte er im Prinzip noch immer. Er war abwechslungsreich und im Grunde sogar sozial. Auf jeden Fall herausfordernd und interaktiv.

Es gab auch selten Situationen, die ihm wirklich nahegingen. Normalerweise sah er es als seinen Job, funktionierte und fühlte sich nicht persönlich involviert.

Im Aktuellen war das anders. Das ging an die Nieren. Eine Mutter, die ihr eigenes Kind quälte. Bertschinger hatte ihm erklärt, dass es keine rationale Erklärung für dieses unfassbare Verhalten gab. Diese Mütter litten an einer schweren Persönlichkeitsstörung. Es schien keine Bindung zwischen Mutter und Kind zu geben, das Kind war wie ein Objekt für die Mutter.

Wahrscheinlich war es ganz gut gewesen, dass er sich am Nachmittag hatte körperlich betätigen müssen und keine Zeit zum Überlegen gehabt hatte. Im Anschluss an die Sitzung in der Kinderpsychiatrie hatte er nur noch ein paar Telefonate zu erledigen gehabt und danach ohnehin nichts Fallrelevantes mehr tun können. Der Umzug und die damit einhergehende Ablenkung waren ihm ganz gelegen gekommen. Und jetzt war er so müde, dass er nach dem Nachtessen bestimmt problemlos einschlafen konnte.

Er hörte von unten das Geräusch einer sich öffnenden Tür. Und dann nackte Füße auf den Steinfliesen. Aha, Alessia war offenbar fertig. Tatsächlich, da kam sie summend die Treppe hoch. In einem durchsichtigen Nichts. Sie lächelte ihn aufreizend an. »Ah, schön. Du bist da.«

19.

Sie lag im Bett. Ihre Füße fühlten sich heiß an. Die Beine kribbelten. Hinter ihren geschlossenen Lidern tanzten irrwitzige farbige Tupfen und Linien herum. An Schlaf war nicht zu denken. Dennoch blieb sie liegen.

Merkwürdig, dass Scherrer sie heute mitten am Nachmittag kurz angerufen hatte und gebeten hatte, morgen in die Praxis zu kommen. Für gewöhnlich war sie es, die sich bei ihm meldete, wenn mit ihrem Sohn etwas nicht in Ordnung war. Scherrer hatte anders als sonst geklungen. Hatten sie neue Erkenntnisse? Aber das hätte er ihr doch am Telefon erzählen können. Warum tat er so geheimnisvoll und warum mussten sie unbedingt zu ihm in die Praxis kommen? Hatte er das Gefühl, eine Kontrolle sei nötig? Es stimmte, dass sie über zwei Wochen nicht bei ihm gewesen war, aber sie hatte es nicht für dringend gehalten, den Kleinen dem Arzt zu zeigen. Sein Zustand war unverändert. Wollte er sich mit ihr austauschen? Bedeutete sie ihm etwas? War sie vielleicht mehr für ihn als nur Yaniks Mutter? Sie wusste, dass Scherrer seit kurzem geschieden war. Was, wenn er sich für sie als Frau interessierte? Möglich wär's. Sie war immer noch attraktiv. Nicht mehr wie mit zwanzig, aber für ihr Alter gut erhalten. Vielleicht sollte sie ganz ungezwungen erwähnen, dass Philippe daheim ausgezogen war?

Nun, der Arztbesuch ließ sich problemlos einrichten, sie hatte für morgen keine besonderen Pläne. Dennoch hatte sie sich beschäftigt gegeben, er sollte bloß nicht glauben, dass sie nichts anderes zu tun hatte.

Nach Sophias Tod war klar, dass das nicht noch einmal passieren durfte, und mit ihrem außergewöhnlich gründlichen Wissen über Atemprobleme von Kleinkindern wusste sie genau, wie sie bei Yaniks Apnoen zu reagieren hatte. Scherrer hatte sie angehalten, sich Yaniks Zustand zu notieren, und gewissenhaft rapportierte sie alles, was ihr in irgendeiner Form auffiel. Sie ging mit dem Kleinen regelmäßig alle zwei Wochen zur Kontrolle.

Mit Scherrer hatte sie Glück gehabt. Er war sehr zugewandt und kümmerte sich gut um ihre Ängste. Er kannte ihre Geschichte, wusste, dass sie eine Tochter verloren hatte und Yanik daher noch gefährdeter als andere Säuglinge war. Scherrer gab ihr niemals das Gefühl, unwillkommen zu sein oder ihre Kontrollbesuche bei ihm für überflüssig zu halten. Im Gegenteil, er unterstützte sie, hörte ihr zu und las ihre Protokolle mit großem Interesse. Als er auf die Idee gekommen war, dass der Kleine an Krampfanfällen litt und es sich eventuell um Epilepsie handeln könnte, wurde der Junge ins Spital überwiesen und natürlich hatte sie allem zugestimmt. Der Facharzt hatte ihren Sohn untersucht, dafür mussten unter anderem unzählige Elektroden an seinem Kopf befestigt werden. Die zeichneten die elektrische Aktivität der Nervenzellen seines Gehirns auf. Sie erinnerte sich gut daran, und auch an das Resultat. Dieses erste halbstündige EEG hatte nichts Auffälliges gezeigt. Dennoch hatte der Facharzt keine Entwarnung gegeben. Er hatte gemeint, gerade bei Kleinkindern schließe dies Epilepsie nicht aus. Es gab weitere Untersuchungen, aber auch die blieben ergebnislos. Selbst der Ultraschall von Yaniks Gehirn brachte sie auf keine neue Fährte. Immerhin bekam sie daraufhin vom Arzt Valium.

Und der Notfall kam schon wenige Wochen später. Sie hatte alles genauestens aufgeschrieben. Wie sie Yanik füttern wollte, als dieser urplötzlich die Augen verdrehte, Arme und Beine verkrampfte und dann rhythmisch zu zucken begann. Natürlich hatte sie ihm sofort das Diazepam gegeben. Daraufhin war ihr Sohn ruhig geworden und später erschöpft eingeschlafen. Auch diesmal hatte sie Scherrer umgehend angerufen und ihn darüber informiert. Er interpretierte ihre Schilderung als tonisch-klonischen Krampfanfall. Daraufhin hatte sich der Kinderarzt erneut mit dem Facharzt im Spital besprochen, und

Daniela erfuhr, dass sie Yanik ein Antiepileptikum verschreiben wollten. Sie war froh darum, denn das Valium reichte offensichtlich nicht.

Sie war allein mit Yaniks Krankheit, Philippe hatte noch keinen einzigen Krampfanfall seines Sohnes miterlebt. Dass er beruflich viel unterwegs war, war nichts Neues, aber selbst wenn er daheim war, fühlte sich Daniela allein gelassen mit ihrem kranken Kind. Er hörte sich zwar ihre Schilderungen an, aber eine Hilfe war er nicht. »Geh zum Arzt. Gib ihm halt die Medis«, waren die einzigen Sätze, die aus seinem Mund kamen. Als ob sie das nicht selbst gewusst hätte. Sie wünschte sich etwas mehr Empathie, dass sich auch Philippe gefragt hätte, woher die Krankheit kam und wie es ihr dabei ging. Wie sie das alles psychisch aushalten sollte und wie schwierig es daneben auch noch mit Lara war. Aber das wollte oder konnte er nicht verstehen.

Und ausgerechnet jetzt begann er damit, sich für die Kinder zu interessieren und sie ihr wegzunehmen.

Wenn sich schon ihr Mann nicht für die Krankheiten der Kinder interessierte, so durfte sie wenigstens den Ärzten detailgetreu schildern, wie Yaniks Anfälle aussahen, und man hörte ihr immer sehr konzentriert zu, lobte sie für ihre Exaktheit und war fasziniert von ihrem Fall. Scherrer wiederum instruierte sie präzise über die Verabreichung der Valiumtropfen und machte sie auf die starken Nebenwirkungen des Medikaments aufmerksam. Sie begriff schnell und war geschickt. Ein unschätzbarer Vorteil, da sie daheim ja allein verantwortlich für die Verabreichung und Behandlung war.

So hatte sie Yanik das Valium sogar mittels Rektiolen in den After einführen können. Wie gut, dass sie jahrelang im Spital gearbeitet, mitgeholfen und vieles beobachtet hatte. Es fiel ihr leicht, diese Dinge zu lernen und umzusetzen. Sie fühlte sich sicher und machte es gut. Scherrer war beeindruckt. Das tat ihr wohl und war ein gewisser Ersatz für Philippes Desinteresse und Abwesenheit.

Als Yanik fast ein Jahr alt war, fiel aber sogar ihm auf, dass sein Sohn anders war. Er fand ihn zu ruhig und irgendwie abwesend und benommen. Scherrer hatte erklärt, dass das die Nebenwirkungen des Valiums waren. Was Daniela auch ohne seine Bestätigung klar gewesen war. Valium führte zu einer Reduktion des Skelettmuskeltonus und zu Schläfrigkeit. Aber was war das im Vergleich zu den Vorteilen, die das Arzneimittel brachte? Yanik entspannte und beruhigte sich, die Konvulsionen ließen sofort nach. Kein Wunder war das Diazepam von der WHO in die »Liste der unentbehrlichen Medikamente« aufgenommen worden.

Sie begleitete Yanik gerne ins Krankenhaus. Im Spital fühlte sie sich wie ein Fisch im Wasser. Ihre Meinung war wichtig und immer wieder befragten sie die Ärzte nach ihrer Einschätzung. Sie war die Person, die Yanik kannte, und sie allein wusste, wie seine Anfälle aussahen und abliefen.

Mit gut zwei Jahren begann er endlich zu laufen. Allerdings fiel er oft hin, hatte einen torkelnden Gang und wirkte sehr unsicher. Kein Vergleich zu Lara, die mit einem Jahr gehen gelernt hatte und ihr mit eineinhalb Jahren bereits davongerannt war.

Es tat ihr gut, wenn Scherrer sie lobte für die Stärke, wie sie mit ihrem behinderten Kind umging. Ja, sie erhielt Hochachtung und Aufmerksamkeit für ihre Belastbarkeit und Fürsorglichkeit. Hier gelang ihr mit Perfektion, was sie immer hatte sein wollen. Man sah in ihr die fehlerlose Mutter, die nicht von der Seite ihres Kindes wich.

Sie stand auf, obwohl alles ruhig war. Langsam erhob sie sich und trat aus der Schlafzimmertür. Das Eichenparkett fühlte sich unter ihren bloßen Füßen kühl an. Vor Yaniks Zimmertür verharrte sie einen Moment, gab der Tür dann einen Stoß und horchte in den Raum hinein. Sie hörte seine gleichmäßigen Atemzüge. Sollte sie reingehen? Sie entschied sich dagegen. Sollte er weiterschlafen, vielleicht konnte sie auch noch einmal ein paar Stunden Ruhe finden.

Zur Beruhigung wollte sie sich einen Tee machen und ein wenig Baldrian nehmen. Selbst die Vögel waren still, aus Laras Zimmer drang kein Laut. Sie stieg die Treppe hinauf und betrat die Küche, nahm sich eine Tasse aus dem Schrank, füllte sie mit Wasser und stellte sie in den Mikrowellenherd. Während zwei Minuten war das Summen des Gerätes zu hören. Nach dem Klingeln nahm sie das erhitzte Wasser und warf den Teebeutel hinein. Dann stellte sie den Wecker auf fünf Minuten und wartete erneut auf das Piepsen. Die Flüssigkeit verfärbte sich goldgelb, der Rooibos duftete gut. Sie verließ die Küche und erreichte mit wenigen Schritten das Wohnzimmer. Hier verzichtete sie darauf, den Lichtschalter zu betätigen. Eine sternlose Nacht. Dennoch war es nicht ganz dunkel draußen. Zur fast gespenstischen Helligkeit, die der Schnee verbreitete, sammelten die Wolken die Lichter der Stadt und warfen sie zurück. Sie blickte auf die weißbedeckte Wiese, von dunklen Büschen gesäumt, damit niemand hineinschauen konnte. Alles war ruhig und still.

Noch einmal fiel ihr Südamerika ein. Der eklatanteste

Unterschied zur Schweiz war vielleicht gewesen, wo die Menschen lebten. In der Schweiz spielte sich das Leben in den eigenen vier Wänden ab. Man hastete morgens zur Arbeit ins Büro und abends wieder nach Hause. Die Freizeit verbrachte man daheim. Allein. Privat. Vor dem Fernseher. Innenstädte waren ausgestorben, sobald die Läden geschlossen hatten.

In Peru und Bolivien hingegen brodelten die Straßen auch in Kleinstädten und das bis weit nach Mitternacht. Sie waren stets voller Leben. Obwohl es bitterkalt war. Nach Hause ging man nur, um sich allenfalls umzuziehen und viel später, um zu schlafen. Alles andere trug sich auf öffentlichen Plätzen zu. Gemeinsam. Nicht einsam.

Sie trank den heißen Tee aus und verbrannte sich dabei den Mund. Morgen würde sie die Haut vom Gaumen abziehen können.

Plötzlich bewegte sich draußen etwas.

Es begann zu regnen.

Sie konnte zuschauen, wie der Schnee zusammenfiel.

Was Scherrer nur von ihnen wollte? Hatte er eine neue Erklärung für Yaniks Anfälle? Sie war gespannt und freute sich fast ein bisschen auf den Besuch.

Mittlerweile regnete es stark und die Tropfen fielen in rascher Folge auf das Helle draußen. Die weißen Bettlaken würden bald auf die Größe von Geschirrtüchern geschrumpft sein. Und es würde nicht mehr lange dauern, bis Schwarz die Überhand gewann.

Es war Zeit, zurück ins Bett zu gehen. Und vorher einen letzten Blick auf den Jungen zu werfen.

MITTWOCH

20.

Daniela Landolt erschien überpünktlich einige Minuten vor 10.00 Uhr mit Yanik in der Praxis. Fürsorglich zog sie ihm seine Jacke aus und wechselte ein paar Worte mit der Arztgehilfin über das Wetter. Daraufhin wurden sie gebeten, für einen kurzen Moment im Wartezimmer Platz zu nehmen, da Scherrer noch mit einem anderen Patienten besetzt war. Mutter und Sohn setzten sich auf das alte Sofa, und Daniela Landolt erzählte Yanik die Bilderbuchgeschichte von Frida, die sich einen neuen Bruder kaufen wollte.

Bevor sie sie beenden konnte, forderte sie die Praxisassistentin dazu auf, in der Toilette einen Becher mit Yaniks Urin zu füllen. Folgsam ging Daniela mit ihrem Sohn in die Kabine. Natürlich konnte Yanik nicht auf Knopfdruck Wasser lassen. Damit hatte sie gerechnet und war deshalb vorbereitet. Sorgsam hielt sie sich den Becher unter ihren eigenen Urinstrahl, sollten sie den untersuchen. Sie beschriftete ihn mit Yaniks Namen und stellte ihn in die Durchreiche.

Nun erwartete Scherrer die beiden. Der Junge wirkte teilnahmslos. Er hielt seinen Stoffbären im Arm und betrat das Untersuchungszimmer an der Hand seiner Mutter. Ein schlimmes Bild und Scherrer machte sich erneut riesige Vorwürfe, weil er den Jungen nicht schon längst von seiner gefährlichen Mutter entfernt hatte. Dennoch durfte er sich nichts anmerken lassen. Munter versuchte er, sich Daniela Landolt gegenüber so zu benehmen, als wäre alles in bester Ordnung. Es gelang ihm nur halbherzig und kostete ihn fast übermenschliche Kräfte. Eine Rolle in einem Drama, die er nicht besetzen wollte und trotzdem musste. Er riss sich zusammen und stellte sich vor, es handle sich um einen ganz gewöhnlichen Routinebesuch. Die Fragen nach den letzten Wochen, Yaniks Zustand und seinen Krampfanfällen beantwortete Daniela Landolt wie immer kompetent und gefasst. Yanik hatte nach wie vor seine Atemstillstände, er litt immer wieder an Anfällen, aber sie hatte so weit alles im Griff. Ferner behauptete sie, Yanik seit Wochen kein Valium mehr gegeben zu haben. Scherrer atmete auf. Sehr gut, auf diese Aussage hatte er gehofft.

»Wie sieht es denn mit einer Videoaufnahme aus? Ist es Ihnen gelungen, einen seiner Anfälle festzuhalten?«

Sie verneinte. Das erstaunte ihn nicht mehr, wenn sie recht hatten mit ihrem Verdacht, könnten sie auf diese Aufnahme warten, bis sie schwarz würden. Scherrer war sich sicher, würde sein Kind an derartigen Krämpfen leiden, er würde alles daransetzen, sie festzuhalten und Fachpersonen vorzuführen. Ein weiteres Indiz in die Richtung der Krankheit der Mutter. In diesem Moment klopfte es, und die Praxisassistentin steckte ihren Kopf ins Zimmer. Scherrer reagierte ärgerlich, Landolt erstaunt. Dennoch bedeutete der Arzt seiner Angestellten mit einem ungeduldigen Kopfnicken, ihr Anliegen vorzubringen.

»Bitte entschuldigen Sie die Störung. Es sind ein paar Probleme mit Ihren Krankenkassendaten aufgetreten, und ich wäre froh, wenn Sie sich die Angaben kurz anschauen könnten. Ich befürchte, es bestehen gewisse Ungereimtheiten.« Scherrer, nach wie vor ungehalten über die Störung, bat Daniela trotzdem, kurz mitzugehen. Was sollte das? Sie hatten die Krankenkasse seit Jahren nicht gewechselt, und warum musste sie das ausgerechnet während der Sprechzeit mit dem Arzt kontrollieren?

Wie erwartet, stellte sich das Ganze dann auch sehr rasch als Missverständnis heraus oder war vielmehr auf die Unfähigkeit der Gehilfin zurückzuführen. Sie hatte Yaniks Daten mit einer anderen Patientin vermischt. Himmel, wenn hier so schluderig gearbeitet wurde, war es kein Wunder, dass man Yanik und ihr nicht weiterhelfen konnte.

Kopfschüttelnd ging Daniela Landolt zurück ins Untersuchungszimmer, wo sich allerdings weder Scherrer noch ihr Sohn aufhielten. Nanu, wo waren die beiden? Bevor sie sich weiter darüber wundern konnte, trat Scherrer mit dem Jungen wieder ins Zimmer und kam zum Abschluss. Noch einmal schärfte er Daniela ein, ihrem Kind Medikamente nur im äußersten Notfall zu geben und beim nächsten Krampfanfall sofort ins Kinderspital zu fahren. Daniela nickte wie immer und schien mit ihm einer Meinung. Er versprach, sich weitere Schritte zu überlegen.

Mehr konnte er nicht tun.

Er verabschiedete die Frau mit dem Kind, und es war das Schwierigste, was er in seinem ganzen Leben jemals hatte machen müssen. Ihm war bewusst, dass er Yanik damit weiteren Misshandlungen seiner Mutter aussetzte, ohne dass er etwas dagegen tun konnte. Es blieb ihm nichts anderes übrig. Wenn sie jetzt eingriffen, hatten sie überhaupt nichts in der Hand und müssten den kleinen Jungen der Mutter spätestens nach einem weiteren Untersuch im Spital zurückgeben.

Landolt schien unbefriedigt nach dem Besuch, Scherrer merkte es ihr an. Vermutlich war er ein schlechter Lügner und ein noch mieserer Schauspieler. Gewiss fragte sie sich, was dieser Untersuch gebracht haben sollte. Und sie hatte ja recht, aus ihrer Sicht hatte sich nichts Neues ergeben, aus seiner aber hoffentlich durchaus.

*

Er nannte die Aktion »Seepferdchen«. Seines Wissens die einzigen Tiere, bei welchen die Väter ihre Kinder gebaren und somit eine große Verantwortung trugen.

Yanik musste für einige Monate zur Abklärung in ein Epilepsiezentrum eingewiesen werden können. Stationär, ohne Kontakt zur Mutter. Sollten in diesen Monaten keine Anfälle auftreten, würde sich der Verdacht auf Kindsmisshandlung erhärten. Sie mussten Beweise gegen die Epilepsie und für das Münchhausen-Stellvertretersyndrom sammeln, damit der kleine Junge endgültig aus den Fängen seiner Mutter befreit werden konnte.

Die Frau war krank. Die Drohung des Obhutsentzugs allein würde bei ihr nicht ausreichen. Sie konnte nicht aufhören mit den Misshandlungen, und alles, was blieb, war die brutale Trennung der beiden. Das Kind konnte nur gerettet werden, indem man es der Mutter wegnahm. Davon waren die Fachpersonen überzeugt. Je eher ihnen das gelang, umso besser.

Die Kinderschutzgruppe hatte eine Gefährdungsmeldung erlassen. Die Vormundschaftsbehörde setzte einen schriftlichen Obhutsentzug auf, und Andrea kümmerte sich um das polizeiliche Vorgehen. Wieder telefonierte er mit Ramona und entschied sich nach einem weiteren Gespräch mit Bertschinger für den Zuzug der Interventionseinheit. Lara war davon überzeugt, dass ihre Mutter fähig war, Yanik ernsthaft zu verletzen, sollte sie merken, dass man ihr auch ihr zweites Kind wegnehmen wollte.

Philippe Landolt war diesbezüglich etwas zurückhaltender gewesen, befürchtete allerdings ebenfalls, dass seine Frau zu allem entschlossen war, wenn es um die Kinder ging. Zusätzlich erwähnte er eine Pistole, die sich noch im Haus befinden musste. Angesichts dieser Situation wollte Andrea kein Risiko eingehen. Die Gefahr, in welcher der Junge schwebte, durfte nicht unterschätzt werden. Und heute war man grundsätzlich gerne auf der sicheren Seite. Gerade von behördlicher Seite. Sobald etwas schiefging, waren es immer die Mitarbeiter des Justizvollzugs, Psychiater oder Richter, die den Fehler gemacht hatten. Zuerst wurde jeweils auf das Opfer geschaut und gleich danach musste ein Sündenbock gefunden werden. Das war aber in den wenigsten Fällen der Täter, viel lieber suchte man den Fehler bei der Polizei, die nicht schnell genug reagiert hatte, dem Seelenklempner, der die Gefahr nicht hatte kommen sehen, oder der Sozialhilfe, die die Situation falsch eingeschätzt hatte.

Andrea wählte die Nummer der Abteilung Spezial.

Der Winter war, abgesehen vielleicht von den Weihnachtsfeiertagen, wo all die enttäuschten Erwartungen, zu viel Nähe, Essen und Trinken zuweilen in familiären Dramen endeten, aus polizeilicher Sicht meistens sterbenslangweilig und von daher würden die Grenadiere vermutlich sogar dankbar sein, einen kleinen Einsatz fahren zu können.

Leider geriet er aber bei der Interventionseinheit ausgerechnet an Simon Zahner, den perfekten Langweiler und weit herum bekannten Beckenrandschwimmer. Zahner mit seinem schnurgeraden Scheitel, der jedes seiner blonden Haare exakt an seinen Platz verwies, seinen gefeilten Fingernägeln und den Sparwitzen. Mit seiner fahlen Haut und der dünnen Brille mit Goldfassung vor den grauen Augen hätte man ihn eher für einen Buchhalter als für einen Instruktor und Einsatzleiter der Interventionseinheit Spezial gehalten. Exzellent zu seiner Beamtenausstrahlung passte außerdem, dass er seine Arbeit pingelig genau nahm. Seine nähere Umgebung behauptete, Zahner kenne jede Dienstanweisung auswendig, und schlimmer noch, er halte sich auch daran. Der Kerl gehörte definitiv in die Kategorie der unselbstständigen Dem-Chef-nach-dem-Mund-Redner und wie ausgerechnet so einer Instruktor hatte werden können, war Andrea ein Rätsel. Aber andererseits, wo liebte man diese Speichellecker nicht? Das Spezial bildete da keine Ausnahme. Abgesehen davon durfte man Zahner nicht unterschätzen beziehungsweise sich von seinem äußeren Erscheinungsbild in die Irre führen lassen. Andrea wusste nur zu gut, dass unter der unscheinbaren Kleidung harte Muskeln lauerten und sich hinter dem harmlosen Gesichtsausdruck durchaus Hirn verbarg. Zahner hatte erst kürzlich den dritten Dan im Karate geholt. Dennoch hatte Andrea, als er die Idee mit dem Spezial aufgebracht hatte, eigentlich auf einen pragmatischen Typen gehofft, der unaufgeregt an die Sache ging und den Ball flach spielte. Aber das würde mit Zahner ganz gewiss nicht der Fall sein. Dieser überkorrekte Streber, der sich stets nach allen erdenklichen Seiten absichern musste und dem der vorauseilende Gehorsam förmlich aus den Augen leuchtete, würde jede Eventualität durchdenken und sich minutiös vorbereiten. Damit waren sie von einem unkomplizierten, raschen Zugriff ungefähr so weit entfernt wie die Schnecke vom Geparden. Er hätte es wissen müssen. Wäre er doch ganz einfach zur Grundversorgung gegangen und hätte um die Unterstützung einer Streifenpatrouille gebeten. Das hätte vermutlich auch gereicht. Oder er hätte direkt bei Eric anrufen sollen. In seiner Gutgläubigkeit hatte er den zuweilen schlechten Ruf der Interventionseinheit wegen Ineffizienz für ein fieses Gerücht gehalten. Aber dieses Telefongespräch mit Zahner hatte ihn eines Besseren belehrt.

Na ja, jetzt war es zu spät, der Ballon wurde munter aufgeblasen und der ganze Zirkus aufgeboten. Dass Simon ausgerechnet Zahner hieß, war natürlich fies und ein gefundenes Fressen für Sprücheklopfer. »Zahner zahnt« war noch einer der harmlosesten, passte aber hervorragend zu seiner penibel eingeforderten Linientreue und der Liebe zu bürokratischen Vorschriften. Männer wie Zahner glaubten, mit einer pedantischen Übertriebenheit alles Unvorhergesehene ausschalten zu können. Was natürlich Blödsinn war, denn stattdessen wurden sie unflexibel, ideenlos und richteten oft einen viel größeren Schaden an, als nötig gewesen wäre. Andererseits waren sie mit seiner Planung gewiss auf der sicheren Seite. Und Andrea konnte sie getrost Zahner überlassen, ohne noch einen weiteren Gedanken daran zu verschwenden. Wenn es losging, kämen die Grenadiere zweifelsfrei bestens informiert und ausgerüstet. Er fragte sich einzig, ob sie hier nicht mit Kanonen auf Spatzen schossen. Was, wenn sie der Mutter womöglich doch unrecht taten? Wenn sie tatsächlich ein krankes Kind hatte und nur sein Bestes wollte? Das wäre grauenhaft. Einer Mutter durfte man das Kind nicht wegnehmen. Es sei denn … eben, es sei denn, sie war doch gestört.

Wie würde Daniela Landolt reagieren, wenn man ihr nun auch noch den Kleinen wegnahm? Unberechenbar war sie alleweil, und dass Mütter mit Münchhausen-Stellvertretersyndrom keine Skrupel hatten, ihr Kind zu verletzen, wusste er ja. Wenn er sich die Bilder des Films vor Augen führte, war er sofort wieder davon überzeugt, das Richtige zu tun, indem er sie von einer Einsatzgruppe der Skorpione verhaften ließ.

21.

Wie erwartet, hatte der Regen der Nacht den letzten Rest Schnee weggeleckt. Schon am Morgen hatten sich vereinzelte Sonnenstrahlen durch die dunklen Wolken gewagt und jetzt war der Himmel fast wolkenlos. Allerdings war natürlich immer noch alles nass und dreckig. Sie zog Yanik die blaue Regenhose an, die zwar hässlich, aber ungemein praktisch war. Der Weg zum Spielplatz war kurz, und weil sie Yanik im Wagen hinschob, erreichten sie ihr Ziel sehr bald.

Im Schlössliareal war nur noch eine Mutter mit ihren zwei Söhnen. Die Frauen nickten sich zu. Daniela setzte Yanik in den Sandkasten, wo der Kleine wie ein träger Buddha hockte und die beiden werkenden Knaben beobachtete. Die zwei wiederum betrachteten den Neuankömmling kurz mit gerunzelter Stirn, kamen zum Schluss, dass er keine Bedrohung darstellte, und gruben unbeirrt weiter an ihrem tiefen Loch. Daniela setzte sich auf eine Bank, nicht zu nahe zur anderen Mutter, ihr war nicht nach Plauderei. Die Geräusche der Stadt drangen nur sehr gedämpft bis hier hinauf. Leise rauschte der Verkehr in der City, ein paar Spatzen tschilpten in den nahe gelegenen Büschen. Einen Moment erlaubte sie sich den Blick weg vom Kind hinauf in den Himmel. Die Wolken waren weiß und frei, wie sie am blauen Himmel dahinzogen. Eine schwarze Krähe flog vorbei und zerstörte die Unschuld des Bildes.

Die Luft roch nach nichts, aber die Bise war deutlich spürbar und machte das Stillsitzen unangenehm. Yanik hatte empfindliche Ohren und letzten Winter war zu seiner ohnehin angeschlagenen Verfassung noch eine Mittelohrentzündung hinzugekommen. Er hatte im Kinderspital bleiben müssen und natürlich war Daniela nicht von seiner Seite gewichen. Für Lara hatte sie ausnahmsweise ihre eigene Mutter organisiert. Im Spital war es dann nämlich zu Komplikationen gekommen. Die Entzündung hatte sich ausgebreitet und sie hatten viel länger im Krankenhaus bleiben müssen als gerechnet.

Nachdenklich betrachtete Daniela ihren Sohn, der sich mittlerweile nach gut einer Viertelstunde dazu entschlossen hatte, endlich auch mit der Schaufel Sand in bunte Plastikförmchen zu füllen.

Es war ein seltsamer Arztbesuch gewesen. Der Termin bei Scherrer hatte nicht einmal eine halbe Stunde gedauert. Und gebracht hatte er mit Sicherheit nichts. Was hatte der Kinderarzt damit bezweckt?

Als spürte ihr Sohn ihren bohrenden Blick, hörte er plötzlich auf, mit Schaufel und Rechen zu hantieren. Die Kuchenauswahl hätte durchaus noch anwachsen dürfen, aber er entschied, dass es genug war. Schwerfällig erhob er sich, kletterte ungeschickt über den Sandkastenrand und kam ungelenk auf seine Mutter zu. »Mama, schaukeln.« Schaukeln? Natürlich. Das kam ihr recht, sie fröstelte. Es war zu kalt, um einfach auf der Bank zu sitzen. Sie nahm ihren Sohn an der Hand, und gemeinsam gingen sie zu den dunklen Hartgummisitzen, die an kalten Metallketten fest verankert am Gestell baumelten. Sie hob Yanik auf die Schaukel, ermahnte ihn, sich festzuhalten, und gab ihm einen kräftigen Stoß. Vor und zurück, vor und zurück, vor und zurück. Die Kette schabte an ihrer Verankerung. Yanik begann vor Freude zu glucksen. »Mehr!« Ja, sie machte ja. »Mehr, Mama!« Vor und zurück, vor und zurück. »Noch mehr!« Also weiter. Ihre Hände und Arme schubsten automatisch.

Es ging ihr nicht gut. Abgesehen von den Schlafstörungen litt sie auch an Depressionen. Sie fühlte sich isoliert. Keiner interessierte sich für sie. Niemand, dem sie sich anvertrauen konnte, der ein Minimum an Verständnis gezeigt hätte.

Sie musste einen neuen Kinderarzt finden. Scherrer vertraute sie nicht mehr. Irgendetwas stimmte nicht. Dieses Wiedersehen hatte das eindeutig bestätigt. Er war anders als sonst gewesen, hatte sie so komisch angeschaut. Aber nicht so, als wollte er etwas von ihr. Ganz im Gegenteil, heute hatte er ihr nicht einmal das Gefühl gegeben, sie zu mögen. Und Yanik hatte er gehalten, als wäre er sein Kind und als wollte er ihn gar nicht mehr hergeben. Und dann der Unterbruch inmitten der Sprechstunde. Äußerst seltsam. Dieser Besuch war völlig überflüssig gewesen, reine Zeitverschwendung. Scherrer wusste doch schon lange nicht mehr weiter. Stets betete er die gleichen Sätze herunter. Wie ein Mantra. »Geben Sie Yanik Valium nur im

Notfall.« Er hatte gut reden. Was sollte sie denn tun, wenn das Kind immer wieder krampfte? Zusehen? Sie wollte doch, dass es ihm gutging. »Filmen Sie Ihr Kind!« Ja, was glaubte er denn? Sie hätte Zeit, sich um eine Videokamera zu kümmern, wenn es ihrem Kind schlecht ging? Sollte sie durch die Linse schauen, wie sich ihr Kind unter Schmerzen krümmte? Nein, ganz bestimmt nicht. Sie hatte dann andere Sorgen.

Scherrer war ein unfähiger Trottel. Nicht im Stande, herauszufinden, was ihrem Sohn wirklich fehlte.

»Runter, Mama!« Yanik ließ die Ketten los und reflexartig fing sie ihren Sohn im letzten Moment auf. »Yanik! Was fällt dir ein? Bist du wahnsinnig? Das darfst du nicht! Du kannst nicht einfach loslassen!« Sofort begann der Kleine zu weinen. Natürlich hatte sie zu heftig reagiert, aber sie war erschrocken und hatte sich nicht mehr kontrollieren können.

Hatte sie Yanik nicht zugehört, weil sie zu sehr in Gedanken gewesen war? Manchmal passierte ihr das. Plötzlich war sie nicht mehr sicher, ob er nicht schon länger gesagt hatte, er wolle nicht mehr schaukeln. Der vorwurfsvolle Blick der anderen Mutter ließ darauf schließen. Aber durfte sie nicht auch einmal einen Fehler machen? Außerdem war ja alles gutgegangen. Zwar in letzter Sekunde, aber sie hatte Yanik erwischt, und dem Knaben war nichts geschehen. Halbherzig versuchte sie, ihn zu trösten, nahm ihn fahrig auf den Arm und flüsterte in die Haare hinein: »Alles gut. Hör auf zu weinen. Schschsch. Alles gut.«

Hastig ging sie zum Wagen, setzte den leise wimmernden Jungen hinein und verließ den Spielplatz.

Es war sowieso Zeit fürs Nachtessen. Brauchte sie noch etwas? Sollten sie im Spar noch eine Kleinigkeit holen?

Er hatte nicht gut gegessen am Mittag, vielleicht sollte sie ein warmes Nachtessen zubereiten. Was wäre mit einem Gemüsekuchen? Brot und Milch hatten sie noch daheim. Butter, Eier, Zwiebeln, Backpulver und Reibkäse auch. Peperoni, Zucchini und Schinkenwürfeli allerdings nicht. Hm, wenn sie sich richtig erinnerte, musste das Brot eine Stunde eingeweicht werden. Das wurde zu spät. Vielleicht ein Gemüseflammkuchen? Das ginge bedeutend schneller, wäre allerdings auch weniger gesund und viel energiehaltiger. Und war Yanik nicht ohnehin schon ein bisschen zu rund? Der Arzt behauptete zwar, das Kind entwickle sich im normalen Rahmen, aber er war mit seinem Gewicht auf der obersten Perzentile und bei der Größe nur in der Mitte, also war er schwer. Kein Wunder, wenn er sich so wenig und langsam bewegte. Auch jetzt schien er schon fast wieder eingeschlafen zu sein.

Was, wenn er tatsächlich von der Schaukel gefallen wäre? Hätte er sich einen Arm gebrochen? Oder gleich den Schädel? Es gab natürlich viele Möglichkeiten.

Warum nicht morgen wieder auf den Spielplatz gehen? Yanik liebte das Schaukeln so sehr. Oder die Rutschbahn. Nicht ungefährlich, wenn er da vergaß, rechtzeitig abzusitzen, und, auf den Füßen stehend, auf dem glatten Metall nach hinten fiele. Oder auf der Leiter ausrutschte. Oder …

DONNERSTAG

22.

Es ging ihr besser. Im Internet hatte sie einen neuen Kinderarzt entdeckt. Ganz in ihrer Nähe, er musste jung sein. Sie hatte ihn gegoogelt und dabei herausgefunden, dass er noch nicht lange seine eigene Praxis führte. So frisch von der Ausbildung wusste er bestimmt über die neuesten Entwicklungen Bescheid und würde ihren Schilderungen unvoreingenommen begegnen. Und vielleicht war es ohnehin gut, einen Neustart zu machen. Der Gedanke motivierte sie. Vermutlich war sie viel zu lange bei Scherrer geblieben, der litt doch an einem Tunnelblick und sah keine neuen Varianten. Der konnte nicht helfen, das hatte sie längst begriffen.

Der Kleine schlief noch. Jedenfalls hörte sie keinen Laut aus dem Kinderzimmer. Langsam stieg sie aus dem Bett. Das Schlafzimmer war kühl, sie hatte in der Nacht das Fenster offen gelassen. Rasch warf sie sich ihren Morgenmantel über, öffnete die Fensterläden und schloss dafür das Fenster. Dann ging sie barfuß aus dem Zimmer. Das Parkett fühlte sich dank der Bodenheizung warm an. Vor der Tür zu Yaniks Zimmer verharrte sie kurz und lauschte. Sie hörte die gleichmäßigen Atemzüge ihres Jüngsten. Sollte er noch etwas weiterschlafen. Vorsichtig zog sie die Zimmertür ins Schloss und stieg die Treppe hinauf in den ersten Stock. Das Gezwitscher der Wellensittiche begleitete sie. Sie erwachten immer pünktlich vor Sonnenaufgang.

Es ging gegen acht. Sie hatte lange geschlafen. Kein Wunder, nachdem sie in der Nacht wieder während Stunden wach gewesen war. Eine Polizeisirene hatte sie aus dem Tiefschlaf gerissen, und es war, als wäre das Auto direkt durch ihr Schlafzimmer gerast. Aber vielleicht war es gut gewesen, dass sie erwacht war. Sie hatte geträumt. An den Inhalt erinnerte sie sich nicht, nur dass es ein chaotischer Traum gewesen war, von dem eine diffuse Angst übrigblieb. Natürlich hatte sie danach nicht mehr einschlafen können und sie hatte genau gespürt, wie die Migräne anklopfte. Langsam war sie hervorgekrochen und wollte sich breitmachen. Aber bevor sie zu nageln beginnen konnte, war sie aufgestanden und hatte die Medikamente holen wollen. Auf dem Weg ins Badezimmer und zu den rettenden Pillen war ihr dann der erlösende Geistesblitz gekommen. Die Suche nach einem neuen Kinderarzt.

Sofort hatte sie begonnen. Zuerst im Telefonbuch und danach im Internet. Diesen Gubser hatte sie schnell gefunden. Er hatte seine Praxis im Quartier, was ohnehin viel praktischer war, als immer nach Rüschlikon zu fahren. Es war längst Zeit gewesen, sich einen Kinderarzt in der Nähe zu nehmen und nicht in der Vergangenheit zu verharren. Damit war sie einen großen Schritt weitergekommen. Sie hatte sich plötzlich viel besser gefühlt, und selbst die Kopfschmerzen waren wie durch ein Wunder von alleine verschwunden, die Dämonen der Nacht wie weggeblasen. Erleichtert war sie zurück ins Bett geklettert und sogleich eingeschlummert. Die Gewissheit, einen guten Ausweg gefunden zu haben, hatte ihr geholfen, doch noch für einige Stunden erholsamen Schlaf zu finden.

In der Küche roch es verlockend nach frischem Brot. Sie hatte gestern Abend die Brotbackmaschine auf 8.30 Uhr programmiert. Mit einem Knopfdruck stellte sie die Kaffeemaschine ein, ließ sie aufheizen und ging dann mit leichten Schritten wieder ins Erdgeschoss und zur Haustür. Dort schlüpfte sie in ihre orientalischen Pantöffelchen und drehte den Schlüssel im Schloss. Die Tageszeitung war um 5.30 Uhr gebracht worden, sie wusste es, weil sie das Klappern des Briefkastens oft hörte, wenn sie wach lag. Fröstelnd zog sie die Schultern zusammen. Ja, es war frisch, aber für einmal war der Himmel schon am Morgen klar. Schön.

Auf den paar Schritten bis zum Briefkasten sah sie niemanden, wie könnte sie auch. Ihr ganzes Grundstück war mit blickdichten Büschen eingefasst. Bald müsste sie dem Gärtner wieder Bescheid geben, es war Zeit für eine Stutzung.

Zurück in der Küche, drückte sie auf den Knopf und während der Kaffee gleichmäßig aus der Maschine rann, stellte sie das Radio ein. SRF 2. Bachs Brandenburgisches Konzert schwoll aus den Lautsprechern. Sie liebte Bach, das war ein gutes Zeichen für den kommenden Tag. Dankbar ließ sie sich auf einen Küchenhocker nieder, schlug die Zeitung auf und blätterte den ersten Bund durch. Immer dieses Bankgeheimnis, als ob es sie interessierte, was die Amerikaner wieder für Drohungen ausgestoßen hatten, damit sie an die Daten der Steuerhinterzieher kämen. Und die Stadträte, ob die Grüne Genner noch einmal für eine Amtszeit antrat? War ihr doch egal. Aber den Vollenwyder, den hatte sie gemocht. Wurden in Syrien Chemiewaffen eingesetzt? Ging es sie etwas an? Sollten die da unten doch machen, was sie wollten, und selbst zusehen, dass sie wieder Frieden bekamen. Vergewaltigung in Indien, Waldbrände in Kalifornien. Warum las sie die Zeitung überhaupt? Von Interesse konnte keine Rede sein, und sie tauschte sich auch mit niemandem über die Inhalte aus. Ah, doch, da. Zürich hatte wieder mehr Sozialfälle. Wie blöd musste man eigentlich sein, um auf all die Sozialbetrüger reinzufallen? Desgleichen mit der IV, all die unzähligen Simulanten. Ihr würde das nicht passieren. Sie sähe schon von weitem, wer nur schmarotzte und dem redlichen Bürger auf der Tasche lag. Verärgert legte sie die Zeitung zur Seite und machte sich stattdessen an die To-do-Liste des Tages. Was war heute? Donnerstag? Das bedeutete Wäsche, ein Besuch in der Apotheke, sie brauchte mehr Valium, Pflanzen gießen, eine Fruchtwähe für den Zvieri backen. Hatte sie etwas vergessen? Nach kurzem Überlegen beschloss sie, die Liste mit einem Arztbesuch bei Gubser zu ergänzen.

Plötzlich hörte sie ein Geräusch von unten. War Yanik alleine aufgestanden? Ohne dass sie ihn gehört hatte? Tapsende Schritte kamen die Treppe herauf. Tatsächlich. Da stand er mit seinem braunen »Bärli« und zerzaustem Haar. »Mama. Hunger.« Kein Wunder, wenn es so gut nach frischem Brot duftete.

»Ja, klar. Du bekommst gleich etwas. Aber zuerst machen wir dich sauber. Komm.« Yanik setzte sich auf den Boden. »Nein. Hunger.«

»Nein, mein Schatz. Erst waschen, kämmen und anziehen.« Energisch packte sie den kleinen Jungen an der Hand. Yanik machte keinerlei Anstalten, sich zu erheben. Im Gegenteil, sein Gesichtchen umwölkte bereits ein trotziger Ausdruck. Da war Eile geboten, sie musste ihn packen, bevor er einen seiner raren Wutanfälle bekam. Daniela nahm ihren Sohn kurzerhand auf den Arm und ging mit ihm nach unten.

Sein Protest erstarb. Er fühlte sich schlaff an, einzig um seinen Bären nicht zu verlieren, spannte er seine Handmuskeln.

Sie überlegte, gleich nach dem Frühstück auf den Kinderspielplatz zu gehen. Noch einmal ließ sie sich durch den Kopf gehen, was geschehen wäre, wenn Yanik gestern tatsächlich von der Schaukel runtergefallen wäre. Oder von der Rutschbahn. Wenn er heute verunfallte, ginge sie gleich zu diesem neuen Arzt. Dann könnte sie sehen, wie er in einem Notfall reagierte. Und wie er grundsätzlich arbeitete.

Die Idee gefiel ihr gut. Sie zog die Rollladen in Yaniks Zimmer nach oben und riss das Fenster auf. Kalte frische Luft strömte ins Kinderzimmer. Aufgeräumt zog sie Yanik seinen flauschigen Pyjama über den Kopf und entfernte die nasse Windel.

»Komm, mein Kleiner, wir müssen noch den Popo reinigen.« Yanik tappte artig hinter ihr her ins Badezimmer. Ihr Blick fiel auf den Medikamentenschrank. Hm, war Yanik nicht erkältet? Sie musste ihm Triofan in die Nase spritzen. Oder brauchte er womöglich etwas Stärkeres?

Ihr Sohn lag nackt auf dem Badezimmerteppich und wartete ergeben darauf, dass sie ihn sauber machte. Sie kniete sich hin und fischte zwei Feuchttücher aus der Box. Mit geschickten Handbewegungen fuhr sie über das Geschlecht des Kleinen, in jede Hautfalte und an den Oberschenkeln entlang. Dann nahm sie die kleine Sprühflasche aus dem Medikamentenschrank und bevor Yanik wusste, wie ihm geschah, hatte sie schon links und rechts einmal in die Nasenlöcher gespritzt.

»So, nun ist Yanik wieder sauber. Los, gehen wir uns anziehen.« Folgsam stand der Knabe wieder auf. Sie gab ihm einen kleinen Klaps auf den rosa Hintern und führte ihn an der Hand zurück ins Kinderzimmer. Noch während sie frische Unterwäsche, einen Pullover und eine Hose aus dem Schrank suchte, kroch Yanik unter sein Kinderbett.

Von oben erklang aus der Küche das Piepsen der Brotbackmaschine. 8.30 Uhr, es war fertig und musste herausgenommen werden.

»Was machst du denn da?« Sie versuchte, liebevoll zu tönen, obwohl sie keinerlei Lust auf Spielchen hatte. Yanik reagierte nicht. Sie bemerkte, wie er den Kopf gegen die Wand drehte. Damit sah er sie nicht und glaubte in seiner kindlichen Einfältigkeit, er wäre auch für sie unsichtbar. »Yanik, komm zu mir.« Noch klang sie geduldig. Aber Yanik reagierte wieder nicht. »Yanik, ich will, dass du unter dem Bett hervorkommst.« Natürlich verdarb sie ihm damit alles. Zeigte ihm unmissverständlich, dass sie genau wusste, wo er war, und dass er keineswegs so unsichtbar war, wie er geglaubt hatte. Es war ihr egal. Aber ihrem Sohn offenbar auch. Er drehte nicht einmal seinen Kopf. Allmählich riss ihr der Geduldsfaden. Aber sie schrie niemals. Und sie würde selbstverständlich auch keine Gewalt anwenden. Es wäre ihr ein Leichtes, den Dreijährigen unter dem Bett hervorzuzerren, aber das war nicht ihr Stil. Stattdessen sagte sie: »Ach, hallo, Bärli. Bist du ganz allein? Hat dich der Yanik nicht mehr lieb?«

Sie kannte ihren Sohn. Natürlich. Sofort begann er sich zu rühren und versuchte, unter dem Bett hervorzukrabbeln. Er war langsam, aber schließlich hatte er es geschafft. »Yanik haben.«

»Das hast du nicht gut gemacht, Yanik. Wenn Mama sagt, du sollst hervorkommen, dann will sie, dass du hervorkommst, sofort. Hast du das verstanden?« Ihr Tonfall war freundlich, aber klar und bestimmt.

»Yanik Bärli haben.«

»Ich habe dich gefragt, ob du mich verstanden hast.«

Bockig schaute der Kleine auf den Boden und sagte

nichts mehr. An seinem nackten Bauch klebten Haare und Teppichflusen. Himmel, wann hatte die Savolic zum letzten Mal unter dem Bett gesaugt?

»Yanik, hast du mich verstanden?«

Er zuckte mit keiner Wimper.

»Ja, dann komm, Bärli, ich glaube der Yanik will noch eine Weile im Zimmer bleiben. Du kommst jetzt mit mir und ich werde dich mal wieder ordentlich waschen.«

Yanik begann zu schreien. »Nein! Bärli nicht waschen! Bärli haben!« Sie wusste genau, wie sehr er es hasste, wenn sein Lieblingskuscheltier nass war und nach Waschpulver roch. Wenn es nach Yanik gegangen wäre, hätte sie den Fellklumpen niemals reinigen dürfen, und er hätte immer diesen undefinierbaren Geruch verströmt. Was natürlich Unsinn war, schon allein aus Hygienegründen wurde er regelmäßig in die Waschmaschine gesteckt.

Beim Schließen der Tür hörte sie, wie sich Yaniks Geheul steigerte und er markerschütternde Schreie ausstieß. Noch ein guter Grund, warum sie die großen Grundstücke hier liebte, sogar mit offenem Fenster würde niemand in der Nachbarschaft durch den Lärm gestört werden.

Es war ziemlich kalt. Yanik war noch immer nackt. Das war Gift für seine aufkommende Erkältung. Sie wusste, wie es nun weiterlaufen würde. Aus Yaniks harmlos verstopfter Nase würde in Kürze ein ausgewachsener Katarrh entstehen. Und rutschte der Schnupfen bei ihm dann nicht immer runter und er bekam diesen ekelhaften Husten? So war es stets gewesen. Seine Temperatur stieg ebenfalls meist rasch an, nicht selten auf 40 Grad Celsius.

Was der neue Kinderarzt in so einem Fall empfehlen würde?

Sie lächelte den Stoffbären an und drückte ihm freundschaftlich auf seinen weichen Bauch. »Bist du auch gespannt, Bärli?«

23.

Er hatte schlecht geschlafen. Allerdings keine Ahnung, weshalb. Dann fiel ihm der gestrige Abend ein. Oh boy.

Sein Blick fiel auf das Kopfkissen neben seinem. Es war leer. So war es eigentlich immer gewesen. Im Grunde war er ein Frühaufsteher, aber Cornelia hatte ihn regelmäßig wie einen Langschläfer aussehen lassen. Jeden Morgen war sie spätestens um 5.00 Uhr aufgestanden und dann war erst einmal eine Stunde Sport angesagt gewesen. Schwimmen, Velofahren oder Joggen. Ein paarmal hatte er sich mitreißen lassen, aber irgendwie war das nicht sein Ding. Bevor man richtig wach war, den Körper bereits zu Hochleistungen zwingen, das konnte nicht gesund sein.

Was das Aufstehen anging, kam Alessia nicht nach ihrer Mutter. Morgens kam sie gewöhnlich kaum aus dem Bett. Und mehr als einen Kaffee schaffte sie selten, bevor sie das Haus verließ. Immerhin so viel hatte er mitbekommen in der Zeit, seit er sie kannte. Er warf einen Blick auf den Wecker. Fuck, er hatte verschlafen! Wie gut, dass er gleitende Arbeitszeiten hatte und es im Prinzip keine Rolle spielte, wann er heute im Büro erschien. In diesem Moment fiel ihm der Termin bei der Staatsanwältin ein. Der war heute Morgen. Und da galten keine gleitenden Zeiten. Gestresst sprang er aus dem Bett und gleich unter die Dusche. Entschied, dass heute keine Rasur nötig war, zog sich an und ging runter in die Küche.

Aha, Alessia war schon weg. Was vermutlich ganz gut war. Ihre Spuren fanden sich auf dem Küchentisch. Eine gebrauchte Tasse Kaffee, die Schale einer Kiwi und ein angebrochener Becher Joghurt. Typisch. Verwöhntes Gör. Die Putzfrau würde ja wieder Ordnung machen. Zum Glück war die Kaffeemaschine noch an. Er ließ sich einen Espresso raus und überflog die Titel in der NZZ.

Rasch stürzte er das heiße Getränk runter und dachte missmutig an den bevorstehenden Besuch bei der Staatsanwaltschaft. Er hasste es, auf der anderen Seite zu sitzen. Die Fragen gestellt zu bekommen, statt sie selbst zu stellen. Den Staatsanwalt vor sich und im Rücken die Angeschuldigte. Es ging um einen Fall, der schon über ein halbes Jahr zurücklag und an den er sich kaum erinnern konnte. Die Einbrecherin behauptete, gar nie bei Andrea zur Einvernahme gewesen zu sein. So ein Blödsinn.

Ein Blick auf seine Armbanduhr ließ ihn erneut vorwärtsmachen. Er hatte keine Zeit zum Trödeln. In Gedanken ging er den weiteren Ablauf des heutigen Tages durch. Hm, eigentlich könnte er jetzt auch direkt ins Bezirksgericht fahren, wenn er sich den Umweg über den Detektivposten sparte, konnte er sogar noch einen Espresso trinken.

Aber nein, das ging ja nicht, sein Fahrrad stand noch vor der Wache! Fuck. Und mit dem Auto dauerte es viel zu lang. Wie hatte Cornelia jeweils gesagt? »Was will ich mich jeden Morgen durch den Stau wälzen, deswegen lebe ich ja in der Stadt, um genau diesen Ärgernissen aus dem Weg zu gehen.« Und damit hatte sie leider völlig recht gehabt. Sollte er sich eines von Cornelias Fahrrädern ausleihen? Soweit er sich erinnerte, standen diverse Drahtgestelle in der Garage. Sie hätte bestimmt nichts dagegen. Die Idee war gut. Nun hatte er es plötzlich nicht mehr so furchtbar eilig.

In aller Ruhe ließ er sich einen weiteren Espresso aus der Maschine und setzte sich mit der Zeitung an den Tisch. Um trotzdem auf seine Stunden zu kommen, würde er heute eben einfach ein bisschen später Feierabend machen. Eigentlich könnte er im Anschluss an die Arbeit ins Fußballtraining fahren, damit sparte er sich noch einen Weg. Zufrieden vor sich hin pfeifend, stieg er in den oberen Stock und sammelte seine Fußballsachen zusammen. Der Tag begann vielleicht doch nicht so schlecht. Und als hätte Petrus seine Gedanken gelesen, ließ er just in diesem Moment die Sonne über die Dächer der Stadt funkeln. Andrea warf einen Blick aus dem Fenster. Wunderschön. Er sah über die weiß-braun-schwarz-orange gesprenkelte Stadt mit den grünen Kirchturmdächern bis hin in die verschneiten Innerschweizer Alpen. Von hier oben sah der See grau und flach wie eine frischgegossene Betonplatte aus. Das Dächermosaik, die aufsteigenden weißen Rauchfäden, die blitzenden Fenster. Zürich wirkte herausgeputzt und stellte sich auf einen ersten sonnigen Apriltag ein. Er öffnete das Fenster. Die frische Luft roch nach Frühling und mehr.

Nach kurzem Abwägen entschied er sich dennoch für die dicke Jacke, Handschuhe und Mütze. Der schwarze BMW stand schlafend in der Doppelgarage, liebevoll betrachtete er ihn und konnte noch immer nicht ganz glauben, dass es tatsächlich seiner war.

Beeindruckt musterte er die verschiedenen Fahrräder. Offensichtlich hatte Cornelia alle hiergelassen. Ein Mountainbike, zwei dieser sündhaft teuren Triathlonräder, ein älteres Rennrad, ein Cruiser mit Blümchen und Schmetterlingen – ob der auch ihr gehörte? Das Gemütliche passte gar nicht zu ihr, vielleicht war er eher Alessias? –, das Citybike, mit dem Cornelia jeweils einkaufen gefahren war, und dann stand da noch ein Herrenrad. Gehörte das Mitt? Hm, vermutlich. Er ließ sich nicht von falschen Hemmungen bremsen, sondern nahm das Stahlross hinter den anderen hervor. Es schien ihm am geeignetsten für ihn. Allerdings war der Sattel etwas zu hoch und der Rahmen vielleicht sogar ein Stück zu groß. Himmel, war dieser Mitt ein Riese? Zudem fehlte den Reifen die Luft. Aber eine Pumpe ließ sich rasch finden, der Sattel war bald in die richtige Position gebracht und das Rad fahrtüchtig. Damit konnte es losgehen.

Draußen war er froh, die warme Kleidervariante gewählt zu haben. Es ging ein kalter Wind, der ihm auf dem Velo zügig um die Ohren wehte.

Das Fahrrad fühlte sich fremd an, und er musste aufpassen, dass er mit den schmalen Reifen nicht in die Tramgeleise geriet.

Es blieben ihm fünfzehn Minuten, um das Büro der Staatsanwaltschaft zu erreichen. Er wählte den Weg übers Central und den Bahnhof. In die Stadt runter kam er schnell, mühsam wurde es erst jetzt. Auf dem Rücken drückte ihn die Tasche mit dem Fußballzeug und nun schaltete die Ampel auch noch auf Rot. Sobald das Licht grün wurde, drehte linkerhand der Lastwagenchauffeur den Motor auf und das Brummen klang nach einem Löwen kurz vor dem Angriff. Bevor er allerdings mit seinem Riesengefährt an Tempo gewann, ließ ihn Andrea ein Stück zurück und er hatte bereits die Kreuzung erreicht, als er erneut eingeholt wurde. Und nun fuhren sie ihm wieder alle vor die Schnauze und pufften ihm ihre Abgase direkt ins Gesicht. Leise fluchte er vor sich hin. Als Velofahrer lebte man ungesund in Zürich. Wie die Unfallstatistik zeigte, bewegten sie sich antipodisch zum Rest der anderen Verkehrsteilnehmer. Während die Zahl der Unfälle bei den übrigen Straßenbenützern abgenommen hatte, war sie bei den Velofahrern in den letzten fünf Jahren um 50 Prozent gestiegen. Natürlich gab man den Velofahrern die Hauptschuld dafür, sie seien Raser, hielten sich nicht an Rotlichter und andere Verkehrsregeln. Hm, ein Körnchen Wahrheit mochte darin stecken, aber es blieb einem ja nichts anderes übrig, wenn die Fahrradwege derart lückenhaft und unsicher waren. Wenn man übersehen, einem der Weg abgeschnitten und man an den unmöglichsten Stellen überholt wurde. Da musste man gegebenermaßen aufs Trottoir ausweichen. Apropos, was lag denn da auf dem Velostreifen? Eine Bürste? Beim Vorbeifahren drehte er seinen Kopf, um sich das Ding genauer anzuschauen. Oje, ein überfahrener Igel. Sollte der nicht noch in einem warmen Nest seinen Winterschlaf genießen? Und wie war er überhaupt hier mitten in die City geraten? Na ja, jetzt kam es auch nicht mehr drauf an, der war hin. Die Glasscherben ein Stück weiter vorne auf der Fahrbahn sah er zu spät. In voller Fahrt erwischte er die Überreste der Bierflasche mit seinem Vorderrad. Das hässliche Geräusch verriet die aus dem aufgeschlitzten Pneu entweichende Luft.

Na bravo. Murphy hatte ihn wieder. Was schiefgehen konnte, ging schief. Verdammte Scheiße. Die holpernde Weiterfahrt ließ ihn diesmal laut fluchen. Da ging nichts mehr. Er stieg ab und hob das Rad auf den Gehsteig. Ein kurzer Blick auf das zerfetzte Material bestätigte seine ärgsten Befürchtungen. Für heute war Zweirad fertig. War das Mitts Rache? Er kettete den Drahtesel an die Straßenleuchte, schulterte die Sporttasche und ging zu Fuß zur nächsten Tramhaltestelle. Hoffentlich schaffte er es noch rechtzeitig in die Staatsanwaltschaft. Ein Blick auf die Armbanduhr ließ ihn lostraben. Da kam der 3er ja schon, er legte einen Zacken zu und zum Glück drückte ihm jemand die Tür auf. Bis zum Bezirksgericht waren es nur zwei Stationen.

Es war gekommen wie erwartet. Man hatte ihn befragt, als wäre er der größte Dummkopf. Ob er sich denn genau an die Frau erinnere? Ob er explizit wisse, dass sie ihm ihren Ausweis vorgelegt habe? Nein, er konnte nicht mit absoluter Sicherheit sagen, dass sie es gewesen war, und er konnte sich auch nicht wirklich daran erinnern, ihren Ausweis gesehen zu haben. Aber es gehörte zum Standardvorgehen, dass eine Angeklagte ihm ihren Ausweis zeigte, bevor er mit der Einvernahme begann, und er nahm daher an, dass es so auch bei ihr gewesen war. Seine Antworten hatten selbst in seinen Ohren wenig glaubwürdig geklungen. Aber was sollte er denn behaupten, wenn er es nicht mehr wusste? Scheiße. Manchmal kotzte ihn dieses »in dubio pro reo« so dermaßen an. Im Prinzip ging's ihm total am Arsch vorbei, ob die Kuh für ihren Einbruch eingelocht wurde oder nicht. Aber es war doch immer so. Wofür gab er sich eigentlich Mühe?

Ein Rest schlechter Laune blieb haften, als er aus dem Bezirksgericht auf die Badenerstraße trat und erneut zur Tramhaltestelle marschierte. Was der Tag wohl noch

Erfreuliches bereithielt? Immerhin schien die Sonne. Hm, eigentlich könnte er gleich bei Zahner im Spezial vorbeifahren. Von hier aus an die Förrlibuckstraße im Kreis 5 war's gar nicht so weit. Während er auf den 2er wartete, wählte er Zahners Nummer.

»Zahner?«

»Hallo, Zahni, ich bin's, Andrea. Alles klar? Du, ich wollte fragen, ob wir uns mal für Aktion ›Seepferdchen‹ zusammensetzen können. Ich bin im Moment ohnehin in der Gegend und könnte gleich vorbeikommen.«

»Hm, jetzt? Warte mal eine Sekunde.« Andrea hörte, wie Simon den Telefonhörer hinlegte und jemandem zurief: »Ich komme gleich.« Dann klackerten kurz die Tasten des Computers, und Simon war zurück am Telefon: »Ja, in Ordnung. Ich klemme dich irgendwie dazwischen.«

»Gut. Ich bin in einer halben Stunde bei dir.«

»In einer halben Stunde, im 3. Stock. Tschüss.«

»Bis dann. Tschüss.«

Wenigstens das klappte. Er ging um das Bezirksgebäude in Richtung Stauffacherstraße und würde da auf den 8er warten müssen. Es war noch gar nicht allzu lange her, seit er hier im Quartier Aussersihl gewohnt hatte, und doch waren jene Jahre extrem weit weg. Die Wohnung seiner Exfreundin Nicole an der Anwandstraße schien aus einem anderen Leben zu stammen. Wenige Jahre erst, seit er da ausgezogen war. Und doch war so vieles geschehen in dieser Zeit. Was allein in einem Jahr alles Platz fand. Wo Nicole wohl war und was sie so trieb? Er wusste nicht einmal, ob sie noch in Afrika lebte und arbeitete. Und ob aus ihrer Beziehung mit diesem Arzt, dessentwegen sie ihm den Schuh gegeben hatte, etwas geworden war? Hm, manchmal war es schon eigenartig, wie vollständig man sich aus den Augen verlor. Er hatte sieben Jahre mit dieser Frau zusammengelebt und eigentlich geglaubt, es werde für immer sein. Und jetzt? Er dachte kaum jemals an sie.

Ach, da kam er ja, der 8er. Sehr gut.

24.

Wann war er zum letzten Mal in der Wache Spezial gewesen? Das musste Monate oder gar Jahre her sein. Er erinnerte sich nicht genau. Es war ja nicht so, dass man grundlos einen Besuch bei den Grenadieren machte. Begonnen damit, dass man sich wenig willkommen fühlte, wenn man sich unten vor dieser Stahltür demütig anmelden und um Einlass bitten musste. Und ging dann weiter im Treppenhaus, welches gepflastert war mit Hochglanzfotos der Grenadiere in action. Wen wollten sie mit diesen spektakulären Selbstdarstellungen eigentlich einschüchtern? Es kam keine Laufkundschaft her, die Skorpione mussten keine Anzeigen entgegennehmen und auch andere Klientel kam nur äußerst selten in den Genuss, die Wache Spezial betreten zu dürfen. War die Inszenierung der Selbstherrlichkeit zur Freude der eigenen Mitglieder? Natürlich waren sie die Geilsten.

Er hatte die Wache erreicht und drückte auf die Klingel. Durch die Gegensprechanlage erklärte er sich dem Chef der Ablösung 3, worauf dieser den Türöffner betätigte und ihn gnädig einließ. Unfreiwillig beeindruckten ihn die professionellen Aufnahmen an den Wänden dennoch. Nach außen erzählte er ja gerne selbst mit einem gewissen Stolz von der erfolgreichen Truppe und behauptete, die Stapo Zürich hätte die beste Spezialeinheit der Schweiz.

»Ach, nun sieh mal einer an, der Bernardi. Was verschlägt dich in unsere heiligen Hallen?« Ausgerechnet Eric Heer, der Instruktor, mit dem er in Südafrika gewesen und der ihm inzwischen so etwas wie ein Freund geworden war, lief er als Erstes in die Arme. In seiner Baggy Hose wirkte er noch breiter, als er ohnehin schon war. Andrea kam sich daneben einmal mehr wie ein »Brezelbub« vor.

»Ich bringe euch Arbeit. Wir planen einen taktischen Einsatz.« Er klärte Eric mit wenigen Worten über seinen laufenden Fall auf. Dieser hörte ihm interessiert zu und erkundigte sich dann: »Und wer leitet den Einsatz?«

»Simon Zahner.«

»Ach, der Zahni?« Eric formte seine rechte Hand zu einem Rohr und blies kräftig hinein. »Und? Ist er schon am Aufblasen?«

»Ja, der Ballon steigt.« Es war allgemein bekannt, dass Simon Zahner aus einer Mücke gerne einen Elefanten machte. Eric grinste und eine gewisse Schadenfreude konnte er nicht verbergen. »Na, dann bist du wenigstens auf der sicheren Seite.«

»Ja. Danke schön.« Sie stiegen gemeinsam die Treppe hoch, während Eric weiterfragte: »Und wer ist sonst noch beteiligt?«

»Vom Kinderschutz die Ramona Jung.«

»Aha, der Roman ...« Wieder grinste Eric. Andrea runzelte kurz die Stirn. Roman? Wollte Eric damit auf Ramonas Homosexualität anspielen? Er wusste nicht einmal, ob sie tatsächlich lesbisch war. Aber möglich wär's. Für eine Frau war sie angenehm direkt und unkompliziert. Allerdings interessierte ihn ihre sexuelle Ausrichtung nicht, er hatte nie einen Gedanken daran verschwendet. Eigentlich war das sowieso kein Thema bei der Arbeit. Er wusste zwar, dass es da diese Vereinigung der Pinkcops, für Schwule und Lesben im Korps, gab, aber das hatte ihn nie betroffen, und er hatte auch keine Ahnung, was die machten und bezweckten. Soviel er wusste, hatte bei der Polizei niemand ein Problem mit Homos. Im Gegensatz zum Fußballverein, er erinnerte sich daran, wie ihn Michele mal nach den Kampflesben im Korps gefragt hatte. Offenbar hatte er irgendwelche Fantasien, die er gerne von Andrea bestätigt gehabt hätte. Der allerdings musste ihn enttäuschen. Die einzigen Lesben, von denen er die sexuelle Ausrichtung mit Sicherheit kannte, waren sogar auffallend zierlich und hatten nichts mit irgendwelchen Mannsweibern gemein.

»Ramona ist gut.«

»Ja, ich weiß. Wir sind vor Ewigkeiten zusammen Streife gefahren, die kenne ich schon sehr lange.«

»Na, dann weißt du das ja.«

»Eben. Und sonst? Alles klar?«

»Alles bestens.«

»Gut. Hast du Zeit auf einen Kaffee?«

»Nein, Zahni erwartet mich.«

»Okay, dann ein andermal. Wir sehen uns.« Sie waren im 3. Stock und damit bei den Instruktorenbüros angekommen. Zahners lag direkt neben Erics. Die Männer schlugen sich zum Abschied auf die Schultern. »Ja. Bis dann. Ciao.«

Simon war am Telefon, als Andrea das Größte der Büros, das Raum für drei Arbeitsplätze bot, betrat. Er bedeutete ihm, ihn gesehen zu haben, worauf Andrea seine Fußballtasche zu Boden fallen ließ und sich auf eine Tischkante setzte. Sobald Zahner sein Gespräch am Telefon beendet hatte, begrüßte er Andrea mit den Worten: »Was schleppst du denn für Material mit dir rum?«

»Ich geh nach der Arbeit direkt ins Training.«

»Training?«

»Fußball.«

»Aha.« Zahner schaute ihn prüfend an und Andrea konnte unschwer aus seinem mitleidigen Blick lesen, dass er Fußballer nicht ernst nahm und für die Sportart wenig übrig hatte. »Willste mal ein echtes Training miterleben? Wir üben anschließend etwas Thaiboxen. Interessiert?«

»Nein danke. Kein Bedarf.«

»Wie du meinst. Dann lass mich dir mal erklären, wie wir vorgehen werden und was wir geplant haben.«

Damit kam Zahner definitiv zum Thema. Sie waren sich einig, dass der Schutz des Kindes oberste Priorität hatte. Zahner brauchte gegen zehn Grenadiere, um ein Haus, wie Landolts es bewohnten, in angemessener Zeit durchsuchen zu können. Sie hatten sich die Örtlichkeit von außen angeschaut, die Eingangstür studiert und die passende Öffnungstechnik ausgesucht. Pläne der Liegenschaft waren besorgt und nach Rücksprache mit Lara hatte Zahner sogar in Erfahrung bringen können, in welchem Zimmer Daniela Landolt und Yanik schliefen. Sie konnten also mit ziemlicher Sicherheit sagen, wo sie fündig werden würden. Hatten sie die Haustür aufgepresst, erwartete sie im Eingangsbereich eine Garderobe, dann ging es links um die Ecke in den Korridor, von welchem rechterhand erst Laras und gleich daneben Yaniks Schlafzimmer wegführten. Gegenüber lag das Elternschlafzimmer, wo zurzeit nur Daniela Landolt schlief, da der Vater nach eigenen Aussagen aus dem Familienhaus ausgezogen war. Neben dem Hauptschlafraum befand sich nur noch ein Badezimmer auf der gleichen Ebene. Die Wendeltreppe in den oberen Stock, wo sich Küche und Wohnzimmer sowie eine weitere Toilette und ein Raum, als Büro eingerichtet, befanden, war im hinteren Teil platziert. Es gab einen zweiten Stock mit einem zusätzlichen Badezimmer und einem Fernseh-Bügelzimmer – wie Lara es genannt hatte – sowie einem Gästezimmer. Nebst den Wohnräumen waren da die Doppelgarage und der geräumige Keller. In beide konnte man durch eine Tür aus der Garderobe im Eingangsbereich gelangen. Zahner ersparte Andrea die taktische Vorgehensweise, aber Andrea war auch so befriedigt von dessen Planung. Und er klärte ihn seinerseits darüber auf, was er bereits unternommen hatte. Ramona Jung vom Kinderschutz würde sie als weitere Kripomitarbeiterin an den Einsatz begleiten. Die Sanität war vom Fall in Kenntnis gesetzt worden, ebenso der Notfallpsychiater für die Einweisung der Mutter, der Stadtärztliche Dienst sowie die Vormundschaftsbehörde. Zudem hatte er den Brandtour Kripo vorinformiert.

»Tja dann, so weit, so gut.« Auch Zahner schien zufrieden zu sein und wurde nun doch noch persönlich: »Und sonst? Alles okay?«

»Ja, eigentlich schon. Nur heute habe ich irgendwie einen Scheißtag.« Andrea erzählte ihm vom platten Reifen und der Staatanwaltschaft. Zahner griente und meinte überzeugend: »Dann kommst du jetzt doch mit ins Training. Danach wird's dir besser gehen. Ist genau das Richtige, um Aggressionen loszuwerden.«

Na ja, warum eigentlich nicht. Sich eine Stunde lang körperlich zu betätigen konnte im Prinzip nicht schaden. Denn so ganz verdaut war der Auftritt im Bezirksgericht wohl doch noch nicht, er hatte gleich wieder eine gewisse Angriffslust verspürt, als er den Namen der Staatsanwältin ausgesprochen hatte. Seinen letzten Einwand: »Ich kann nicht boxen« fegte Zahner mit einer lässigen Bewegung weg. »Das macht nichts. Ich kümmere mich um dich.« Andrea betrachtete zweifelnd Zahners Oberarme, stimmte dann aber überredet zu.

Als sie wenige Minuten später gemeinsam den Trainingsraum betraten, bearbeiteten bereits vier Grenadiere ihre Bulgarian-Bags, Sandsäcke, die ihrem Gewicht zwischen 5 bis 23 Kilos entsprechend gefärbt waren. Gelb für den leichtesten, Braun für den schwersten. Zahners nacktes Gesicht wirkte ohne seine Brille wie dasjenige eines Maulwurfs. Andrea verging das Lachen allerdings sofort. Wenn er die muskulösen Männer betrachtete, fragte er sich, ob die Idee, hier mitzumachen, gut gewesen war. Für einen Rückzug blieb ihm aber keine Zeit, Zahner stellte ihn bereits vor und führte ihn ins Aufwärmtraining ein. Eine Weile droschen sie jeder für sich auf die Säcke ein. Schließlich übernahm einer der Skorpione die Leitung, und sie begannen mit dem eigentlichen Boxen. Ganz zum Schluss war noch etwas Sparring angesagt.

Gnadenlos ließ Zahni Andrea auflaufen. Immer wieder traf er ins Leere und kassierte dafür einen Schlag. Allmählich hatte er genug.

»Los, nicht nachlassen.«

»Mir reicht's.«

»Quatsch, wir haben ja noch nicht einmal richtig begonnen. So wirst du nie ein Sieger.«

Was war das denn für ein Bullshit?

»Du bist ja völlig verweichlicht. Deine Deckung ist mies und deine Beinarbeit lässt ebenfalls zu wünschen übrig.«

Wollte er ihn provozieren? Er war gut. Andrea spürte eine leise Aggression gegen diesen Maulwurf erwachen und mit einer gehörigen Portion Wut im Bauch platzierte er erneut Schläge in Richtung seines Gegenübers. Immer noch mit wenig Erfolg. Zahner aber schien zufrieden zu sein. »So ist es richtig. Gib's mir. Die Stoßrichtung ist vorwärts. Keine Angst vor Schlägen und vor dem Einstecken. Auch wenn du am Boden liegst, irgendetwas geht immer noch. Nur der Kopf muss funktionieren. Verloren hast du erst, wenn du tot bist. Bis dahin musst du kämpfen.«

Nach einer weiteren Viertelstunde war er fix und foxi, fühlte sich aber gut. Völlig ausgepowert, versuchte er, wieder einigermaßen zu Atem zu kommen, als sich die Tür öffnete und Rea eintrat. Sein Herz machte einen Sprung. Allerdings war er zu erschöpft, um sich über ihr Auftauchen zu wundern oder seine körperliche Reaktion zu hinterfragen. Sie fasste sich bedeutend schneller und stellte fest: »Ach, Andrea. Lange nicht gesehen.«

In der Tat. Ziemlich genau sechs Monate war es her. Dann war sie also tatsächlich zurück und hatte wieder mit der Arbeit begonnen? Warum hatte sie sich nicht bei ihm gemeldet? Bevor er sich erkundigen konnte, fragte sie: »Was machst du denn hier? Brauchst du noch einen Sparringpartner?« Damit boxte sie ihn spielerisch in die Seite.

Seine Reserven massiv überschätzend, meinte er: »Na, mit dir würd ich's noch lange aufnehmen.«

»Ach ja? Wenn du dich da mal nicht täuschst ...« Sie machte ein paar tänzelnde Schritte und meinte dann auffordernd: »Also, was ist?« Er bekam noch einen Schlag, diesmal auf die Brust. Aua. Hatte sie das mit Absicht gemacht? Und woher kam überhaupt die Kraft? Hatte man ihr das in Thailand beigebracht?

Natürlich hatten die Kollegen die kleine Kabbelei mitbekommen und riefen anfeuernd: »Los!« – »Hopp, Andrea!« – »Na, das will ich sehen.« – »Wer da wohl gewinnt?«

Schwachköpfe. Es kam doch überhaupt nicht infrage, dass er hier einen Showkampf mit Rea hinlegte.

»Come on, full throttle!« – »Los, sei keine Sissi!« – »Zeig, was du drauf hast!«

Rea stand nur feixend da, federte leicht in den Knien und schien absolut bereit zu sein. Nein, darauf ließ er sich nicht ein. »Ein andermal. Danke.«

»Jaja, so sind sie, die Schweizer Männer. Aus Angst vor einer Niederlage nicht einmal den Versuch wagen. Aber wie du willst.« Damit wandte sie ihm den Rücken zu und ging zu den aufgehängten Sandsäcken, um sich auszutoben. Sie sah verdammt gut aus in ihrem hautengen T-Shirt und den kurzen Shorts, die einen großen Teil ihre langen, trainierten Beine freiließen.

Mein Gott, übernahmen die Frauen eigentlich überall die Führung? Seine letzte Freundin war eine Kanone gewesen, und Rea sah ihm auch sehr parat aus. Plötzlich war das gute Gefühl von vorhin verflogen und irgendwie fühlte er sich deprimiert. Eigentlich hatte er doch nie etwas gegen starke Frauen gehabt. Ganz im Gegenteil, im Grunde überließ er daheim gerne jemand anderem die Führung. Aber allmählich war es zu viel des Guten. Plötzlich sehnte er sich nach Frauen, wie seine Mutter eine war.

Eine, die kochen konnte und einen wenigstens ein bisschen bewunderte und bemutterte.

Die Dusche tat gut. Besser gelaunt, zog er sich an und beschloss, kurz bei Eric reinzuschauen. Für einen Kaffee hatte er noch Zeit vor dem Mittagessen.

Er klopfte an den Rahmen und schaute durch die offene Tür ins Büro. Eric hob sofort den Blick und meinte: »Ah, Bernardi, komm, ich muss dir was zeigen!«

Andrea trat ein und ging zu Eric an den Computer.

»Geiles Filmchen.«

Gespannt schaute er Eric über die Schulter, erkannte das Geflimmer aber sofort. »Hm, Alzheimer ist dir ein Begriff? Das Filmchen hast du mir mindestens schon dreimal gezeigt.«

»Ach ja? Ist doch egal.« Erics Begeisterung war ungebrochen. »Da, hast du das gesehen? Ist das nicht geil?«

»Ja. Ich weiß. Ich kann dir sogar sagen, was gleich kommt. Der Kerl mit der Schrotflinte …«

»Mann, bist du ein Spielverderber. Was willst du eigentlich?«

»Einen Kaffee.«

»Egger, haben wir das hier?«

»Für Dattelzwicker? Hm, ich glaube nicht.«

»Und wenn ich dir irgendwo einen fliegenden Teppich besorge? Bestimmt bekommt man die auch in Italien.«

»Ach genau, Bernardi ist ja gar kein afrikanischer Name. Hab ich dich doch tatsächlich für einen Eselficker gehalten. Was bist du aber auch immer so braungebrannt.«

Eric hatte in der Zwischenzeit zwei Espressi herausgelassen und kam mit den kleinen Tassen zurück. »Also, beginnen wir nochmals von vorne. Wie geht's dir? Hast du dem Zahner ein paar Zähne gezogen?«

»Nützt nichts, der hat mehr als ein Ersatzgebiss.«

»Da hast du allerdings recht.«

Die Spötteleien gingen noch eine Weile hin und her, und Andrea konnte sogar in Erfahrung bringen, warum es Rea erlaubt war, hier zu trainieren. Es hatte damit begonnen, dass sie vor einiger Zeit den Artikel für die Stapo Info über die Grenadiere geschrieben hatte. Damals hatte man sie zu einem Probetraining eingeladen, es hatte ihr Spaß gemacht und irgendwie – entgegen aller Grenadier-Gesetze – hatte es sich eingebürgert, dass sie nun regelmäßig herkam und auf die Säcke einschlug. Zudem hatte er ganz recht gehabt mit seiner Einschätzung, sie hatte ihre Technik in Asien noch verbessert. Etwas verstimmt, dass die Grenadiere so viel besser im Bild waren als er, wechselte er das Thema. Um Rea würde er sich ein andermal kümmern.

Sie vergaßen die Zeit und nach einer halben Stunde sah Andrea auf die Uhr. Hastig blies er zum Aufbruch. Mit den ÖV brauchte er viel länger, um auf den Posten zurückzukommen, als auf seinem Drahtesel.

»Also dann, bis irgendwann.«

»Ja, mach's gut, wir sehen uns.«

Der Zufall wollte es – oder war das Schicksal? – dass Rea vor dem Haus stand, als er die Wache verließ und auf die Förrlibuckstraße trat. Anscheinend hatte auch sie das Training beendet. Gehörte die hellblaue Vespa ihr? Offenbar. Das Gefährt passte zu ihr, stilvoll und gleichzeitig irgendwie cool.

»Tja, sind wir also wieder gleich weit. Ist das dein Entchen?«

»Ja, schön, nicht wahr? Und sehr praktisch in der Stadt.« Sie nahm den Helm vom Arm und bevor sie ihn aufsetzte, fragte sie: »Kann ich dich ein Stück mitnehmen? Wenn du schon nicht kämpfen willst?« Sie grinste. »Hast Glück, ich habe noch einen zweiten Kopfschutz dabei.«

»Gern. Wohin fährst du?«

»In die City.« Na ja, das war zumindest in die richtige Richtung und ein Stück näher am Detektivposten in der Enge. Zudem strahlte die Sonne und der Frühling schien plötzlich greifbar. Er nahm den Helm und fragte: »Seit wann bist du wieder im Lande?«

»Fünf Tage.« Sie zog eine Grimasse. »Was fünf zu viel sind.«

»Deine Auszeit war also schön?«

»Fantastisch. Aber frag nicht. Alle Erinnerungen schmerzen zu sehr.«

»Okay.« Er dachte an ihre Bilder auf Facebook und war völlig einig mit ihr. Darüber musste er ebenfalls nicht reden. Er hatte genug gesehen und gelitten. Mehr wollte er gar nicht erfahren. Manches blieb besser ungesagt. Sie ließ den Motor an und das klassische Knattern setzte ein.

»Also los.« Mit einem Nicken bedeutete sie ihm, sich hinter sie zu setzen.

Er stieg auf und fühlte sich gleich wie Gregory Peck in »Vacanze romane«, als er mit Audrey Hepburn durch Rom cruiste. Nur waren sie hier nicht in der Ewigen Stadt, sondern nur in Zürich unterwegs, aber gegen eine ewigwährende Reise hätte er gar nichts einzuwenden gehabt. Es fühlte sich gut an, Rea so nah zu sein. Am Neumühlequai überholte sie frech die stehenden Autokolonnen, reihte sich wieder in den Fließverkehr ein, und er versuchte sich einzubilden, es sei frische Luft und nicht Abgas, die ihm um die Nase wehte. Auf der Limmat ließ die Sonne tausend Sterne tanzen und auf der anderen Seite des Flusses flanierten im Platzspitz die ersten Frühlingshungrigen.

Enten ließen sich faul treiben und Bäume spiegelten sich im Wasser. Das Leben war ja direkt schön. Am liebsten wäre er noch ein Stück näher an Rea herangerückt und hätte sie richtig um die Taille gefasst. Stattdessen hielt er seine Hände nur ganz leicht an ihrer Hüfte und ertappte sich dabei, wie er vor sich hin summte. Ganz leise, so dass nur er es hören konnte. Eine Melodie, die von weit her zu kommen schien. Erst wusste er gar nicht, was es eigentlich war. Dann fiel es ihm ein: Azzurro. Dieses blöde Lied. Handelte von Tagträumen und Fernweh an einem Sommertag in der Stadt und dabei hatten sie noch nicht einmal Frühling. So ein Unsinn. Er zog seine Hände von Reas Hüfte und hielt sich stattdessen am Gepäckträger fest. Aber ganz verflüchtigte sich das schöne Gefühl nicht.

Rea fuhr direkt bis vor die Hauptwache und parkierte die Vespa zwischen einer BMW 1200 und einer Kawasaki. Er gab ihr den Helm zurück und wahrscheinlich verdankte er der eben noch dagewesenen Italianità und dem damit verbundenen Gefühl von Süden und Freiheit, dass er gleichzeitig fragte: »Wollen wir zusammen einen Happen Mittag essen?«

»Sorry. Bin schon verabredet.«

Ja, klar, war anzunehmen gewesen. Schade. »Aber vielleicht ein andermal?«

»Ja. Warum nicht.« Ihre Begeisterung hielt sich in Grenzen. Irgendwie hatte er dennoch das Bedürfnis, noch ein bisschen mit ihr zu plaudern. »Hast du uns überhaupt nicht vermisst?«

»Was meinst du?«

»Na ja, wir sind doch ganz tolle Kerle hier. Und dann die Arbeit auf der Straße …« Natürlich hoffte er, sie würde was über ihn sagen. Stattdessen blickte sie ihn aus kühlen Augen an: »Meinst du das jetzt im Ernst? Ich merke wohl erst jetzt so richtig, dass es nie mein Ding war, die Fehler meiner Mitmenschen zu suchen oder ihre Probleme zu lösen.«

Puh, das klang wenig ermutigend. Gab es darauf noch was zu erwidern? Es fiel ihm nichts Geistreiches mehr ein. »Ich wünsche dir trotzdem einen gelungenen Start. Mach's gut.«

»Du auch. Wir sehen uns.« Immerhin gab's noch drei Küsschen auf die Wangen.

»Hoffentlich.«

Während er die Stufen zum Bahnhofquai hinunterging, überlegte er sich, ob er zurück auf den Posten oder hier im Kreis 1 etwas essen sollte. Aus den Augenwinkeln sah er, wie jemand aus der Hauptwache trat und Rea den Typen begrüßte. Er drehte den Kopf, um den Kerl genauer sehen zu können. Was, Thomas Anderegger? So eine Träne. Ausgerechnet. Der war doch viel zu alt für sie! Mindestens 45. Wenn nicht sogar älter. Hatte er nicht kürzlich gelesen, der habe in den Stab gewechselt? Wollte er sich mit einer jungen Frau schmücken? Lächerlich. Hatte er nicht mitbekommen, dass heute eine Frau auf Augenhöhe als Statussymbol galt? Doch keine, die fast zwanzig Jahre jünger als man selbst war. Und sie, stand sie jetzt plötzlich auf Alte? Na ja, ging ihn im Grunde nix an. Er hatte keinen Anspruch auf sie. Trotzdem tat's erstaunlich weh. Scheiße. Fast trotzig fischte er sein Handy aus der Hosentasche und wählte Alessias Nummer. Eine freundliche Stimme teilte ihm mit, dass Alessia Blum momentan nicht erreichbar war. Natürlich nur die Combox. Wahrscheinlich war das ohnehin besser. Er beschloss, in die Enge zu fahren und sich am Bahnhof beim Chinesen ein Take away zu gönnen.

In diesem Moment begann sein Mobile zu klingeln. Alessia? Nein, es war Scherrer.

25.

»Mann, bin ich fertig.«

Ja, das war er auch, und das Fußballtraining zum Glück ebenfalls. Schwitzend und klebrig standen sie in der Garderobe und er freute sich auf eine Dusche.

»Andrea, was spielt die Schmier da eigentlich wieder für ein fieses Spiel? Es geht ja gar nicht, dass wir die Südkurve aufgeben. Du musst unbedingt deinen Einfluss geltend machen!«

»Wir können sie ja behalten. Entspann dich.« Andrea versuchte, Micheles aufgeregte Stimmung zu beruhigen, bevor er die Emotionen der anderen auch noch aufwiegeln konnte. Natürlich kam es für sie als eingefleischte FCZ-Fans nicht infrage, dass im neuen Hardturmstadion weder Stehrampe noch zwei Fankurven möglich sein sollten. Und dass sie ihre Südkurve aufgaben, kam schon gar nicht infrage. Obwohl die Polizei aus Sicherheitsgründen andere Vorschläge gemacht hatte. Leider waren Stadien ja keine heilen Welten, in welchen 22 Männer sich um einen Ball stritten, während sie von Tausenden friedlich bejubelt wurden. Vielmehr konnte man zuweilen das Gefühl bekommen, es handle sich in diesen Arenen um rechtsfreie Räume. Pyros und Böller wurden trotz Verbot und Kontrolle von adoleszenten Jungs abgefeuert und in die gegnerischen Fangruppen geschmissen. Absoluter Irrsinn und zudem gefährlich. Aber Fußball weckte Emotionen und war ein Ventil. Seit jeher gewesen und so würde es auch bleiben, egal was für härtere Kontrollen und schärfere Vorsichtsmaßnahmen getroffen wurden. Und Andrea hatte genauso wenig Einfluss auf solche Entscheidungen wie alle anderen hier im Raum. Was die selbstverständlich wussten, ihn aber dennoch gerne als Sündenbock heranzogen, sobald sie ein Problem mit der Polizei hatten.

»Na, hoffentlich hast du recht.« Michele schien nicht ganz überzeugt, aber zumindest etwas beruhigt.

Inzwischen hatten sich die Männer ausgezogen, das Thema war vorerst erledigt und die nähere Zukunft interessierte wesentlich mehr.

»Treffen wir uns später noch im Jade?«

Im Jade? Nein, er hatte keine Lust auf junge Russinnen auf der Suche nach einem reichen Schweizer. Abgesehen davon, dass er nicht reich war, fühlte er sich allmählich zu alt für diesen Lärm und diese Art von Ausgang. Kam hinzu, dass er andere Pläne für den Abend hatte. Versprochen war versprochen.

Das heiße Wasser der Duschen dampfte und rauschte so sehr, dass er gar nicht sicher war, von wem der Vorschlag gekommen und ob er überhaupt an ihn gerichtet worden war. Er enthielt sich einer Antwort. Trocknete sich rasch ab, zog sich an und verabschiedete sich. Wollte er nicht zu spät zur Dornröschen-Aufführung kommen, hatte er keine Zeit zu verlieren.

Draußen war es noch nicht richtig dunkel, was ihn im ersten Moment überraschte, er hatte sich noch nicht an die Sommerzeit gewöhnt. Ein kalter Wind fegte durch die Straßen, der ihn spontan an einen Herbststurm und mit Sicherheit nicht an den lieblichen und sehnsüchtig erwarteten Frühling denken ließ. War's das heute schon wieder gewesen? Vom Winter hatten sie doch alle mehr als genug. Er war kalt und lang gewesen, und man sehnte sich längst nach Sonne und Wärme. Andrea zog die Mütze über die nassen Haare und verfluchte innerlich einmal mehr seine Gutmütigkeit. Den Abend gemütlich daheim vor der Glotze ausklingen lassen klang so viel entspannter, als jetzt in dieses Schulhaus fahren und sich mit zig Eltern ein Kindertheater ansehen zu müssen. Gab es nicht irgendeine Entschuldigung, um sich einigermaßen glaubwürdig davor drücken zu können? Er war müde und fühlte sich ausgelaugt nach all dem Sport heute. Vielleicht lag es an der Erschöpfung, dass ihm beim besten Willen keine plausible Absage einfiel. Er hatte es übertrieben, einmal körperliche Ertüchtigung am Tag reichte vollkommen. Immerhin ging er der 40 entgegen.

Na ja, spät würde es mit Sicherheit nicht werden, die Kleinen hatten ja am nächsten Tag wieder Unterricht. Für ihn würde es morgen ebenfalls sehr zeitig losgehen.

Es war alles vorbereitet. Wie raffiniert der Kinderarzt vorgegangen war, das hätte er ihm gar nicht zugetraut. Scherrer war es gelungen, an eine Urinprobe des Jungen zu kommen, ohne dass die Mutter etwas davon gemerkt hatte. Er hatte befürchtet, dass Frau Landolt ihnen nicht den »richtigen« Urin unterjubeln wollte, und hatte zur Sicherheit eine eigene Probe genommen. Die war sofort zum Untersuch ins Labor weitergeleitet worden und das

Drogenscreening war positiv. Sein Verdacht hatte sich bestätigt. Die Flüssigkeit im Becher, den ihnen die Mutter hinterlassen hatte, zeigte keinerlei Anomalie, wohingegen in Yaniks Urin eindeutige Valiumrückstände gefunden worden waren. Wie gut, dass es ihnen gelungen war, die Mutter für einen kurzen Moment aus der Sprechstunde zu locken, und er in dieser Zeit den Jungen erfolgreich zum Wasserlösen gebracht hatte. Da Daniela Landolt erneut abgestritten hatte, ihrem Sohn das Medikament gegeben zu haben, hatten sie einen ersten handfesten Beweis dafür, dass mit der Mutter etwas nicht in Ordnung war. Sie vergiftete ihren eigenen Sohn.

Endlich konnten sie das Kind holen.

Sofort nach Erhalt dieser Nachricht hatte Andrea seinerseits Zahner über den neuesten Stand informiert, und der hatte beschlossen, morgen ganz früh einzufahren. Zahner behauptete, das sei der sicherste Zeitpunkt, um die Mutter anzutreffen. Wenn sie sie im Schlaf überraschten, ließen sie ihr gar keine Zeit, irgendetwas zu unternehmen oder ihrem Kind ein letztes Mal Schaden zufügen zu können. Vermutlich hatte er damit recht, andererseits, was, wenn sie jetzt gleich losgefahren wären? Andrea hielt jede Minute, die man das Kind weiter bei der Mutter ließ, für verschwendet, wenn nicht gar für gefährlich. Aber Zahner war Zahner, und Spontanes ganz und gar nicht sein Ding. Andrea hatte sich nicht durchgesetzt, sondern sich vom Profi überzeugen lassen.

Als er das Schulhaus Gabler erreichte und den 2. Stock erklomm, waren bereits etliche Eltern im Schulzimmer anwesend. So auch Familie Kirchner, die ihn freudig begrüßte und einschloss, als wäre er selbst ein Familienmitglied. Kathrin und Kai nahmen ihn in ihre Mitte, stellten ihn diversen Müttern und Vätern, Kindern und der Lehrerin vor. Finn war extrem aufgeregt und konnte keine Minute stillstehen, während Robin den gelangweilten großen Bruder markierte. Bis er einen anderen älteren Bruder fand, mit welchem er sich von Eltern und jüngerem Geschwister absetzen konnte.

Belustigt beobachtete Andrea die Elternaufführung, die derjenigen der Kinder in keiner Weise nachstand. Da war zum Beispiel die Amerikanerin, mit der alle Englisch sprachen und aus deren Augen unermesslicher Stolz auf den eigenen Nachwuchs strahlte. Ihre enthusiastisch überschäumende Freude wirkte in schweizerischen Augen aufgesetzt und eine Spur übertrieben. Gleich daneben stand die Spanierin mit vermeintlich herablassendem Gesichtsausdruck, der sich allerdings augenblicklich änderte, sobald sie zu sprechen begann. Sofort bekam ihr Gesicht Leben und sie sah gleich viel sympathischer aus. Dann war da noch die Russin, die mit zwar schwerem Akzent, aber verblüffend fehlerlos Deutsch sprach. Schweden, Holländer, Deutsche, seltsamerweise keine Italiener. Weniger verwunderlich allerdings, dass die Eltern aus dem Balkan fehlten, die tummelten sich vorwiegend in den Kreisen 4 und 9 und vielleicht noch in Zürich-Nord. Unwillkürlich musste er an Daniela Landolt denken. Wie sie wohl hier hineingepasst hätte? Mischte sie sich ungezwungen unter andere Eltern? Hielt sie sich abseits? Hatte sie Freundinnen? Besprach sie sich mit Müttern? Fragte sie nach Hilfe oder bot sie Tipps an? Was empfand sie, wenn sie ihren Kindern zuschaute? Wenn sie Eltern und ihre Kinder beobachtete? Bevor er das Bild weiter ausmalen konnte, wurden sie von der Primarlehrerin aufgefordert sich hinzusetzen, da das Märchenspiel beginnen sollte.

Die Kinder hatten viel geübt und alles lief wie am Schnürchen. Einzig, wenn sie ihre Eltern im Pulk ausmachten, konnten die jungen Schauspieler nicht widerstehen und lächelten verschämt ins Publikum. Nur ein einziges Mal verlor der Erzähler den Faden und musste von der Lehrerin auf den richtigen Weg zurückgeführt werden. Finn durfte seine Prinzessin küssen und war glücklich.

Jaja, zuweilen wäre es schön, wenn alles wie im Märchen ausginge. Das Gute siegte über das Böse und am Schluss waren alle glücklich und zufrieden, und wenn sie nicht gestorben waren, lebten sie noch heute.

Applaus brandete auf, Eltern nahmen ihre überbordenden Kinder in Empfang und versuchten, sie nach Hause und ins Bett zu kriegen.

Robin gesellte sich ebenfalls wieder zu seiner Familie, behandelte seinen kleinen Bruder nach wie vor wie Luft und erkundigte sich stattdessen wie beiläufig bei Andrea: »Hast du heute geschossen?«

»Heute? Nein, heute nicht.« Er würde dem Jungen ein andermal erklären, womit sich Polizisten für gewöhnlich tagtäglich herumschlugen. Der Kleine war nicht der Einzige, der im irrigen Glauben lebte, der Polizist brauche ständig seine Waffe und fuchtle damit herum. Diese diffuse Vorstellung war genauso falsch wie die Idee, dass sie sich dauernd in Lebensgefahr begeben mussten. Das Gefährlichste an der Arbeit als Polizist war, dass man niemals wusste, was für eine Situation einen erwartete beziehungsweise wie sie sich entwickeln würde. Aber in 95 Prozent der Fälle hatte man sich mit alltäglichen Problemchen herumzuschlagen. Nachbarn, die verlernt hatten, miteinander zu reden und einen uniformierten Schiedsrichter brauchten. Autofahrer, die sich gegenseitig einparkten oder unaufmerksam ins Rückteil des Vordermannes fuhren. Enten, die den See nicht mehr fanden. Schrebergartenbesitzer, die den Nebenmann anzeigten, weil er seine Sträucher nicht vorschriftsgemäß zurechtstutzte. Hundebesitzer, die ihre Lieblinge in den Parkanlagen nicht anleinten. Ein paar Nachtbuben, die irgendwo eine Wand besprayten. Und natürlich immer wieder die Betrunkenen, die für Ärger sorgten.

Sie hatten das Schulhaus verlassen und gingen den Hügel hinunter, als ihn Kathrin fragte: »Geht's dir gut?«

Hm, ging's ihm gut? Ja, eigentlich schon. Er war wohl auf dem besten Weg, eine gewisse Unabhängigkeit zu erreichen. Kurz fragte er sich, ob er das überhaupt wollte. Oder war er nicht viel mehr bereit für eine neue Partnerin? So lange war er noch nie Single gewesen, seit er das paarungsfähige Alter erreicht hatte. Eigentlich hatte er geglaubt, aus Rea und ihm könnte was werden. Aber jetzt war er sich plötzlich nicht mehr sicher. Sie hatte ihn sehr kühl behandelt. Tja, man würde sehen, und was die Zukunft brachte, musste er im Grunde nicht wissen. Er fühlte sich okay und antwortete deshalb: »Ja, es geht mir gut. Danke.«

»Das freut mich.« Kathrin schenkte ihm ein warmes Lächeln und drückte kurz seine Hand. Dann war sie schon wieder abgelenkt und schrie: »Finn! Pass auf, da kommt ein Auto!« Dem Kleinen gelang es im letzten Moment, auf der äußersten Gehsteigkante zu einem Halt zu kommen. Aber der Autofahrer hatte ihn gesehen, bremste rechtzeitig und ließ dem Jungen den Vortritt. Der dankte winkend, rannte über den Zebrastreifen auf die andere Straßenseite und dem großen Bruder hinterher.

In der Wohnung angekommen, verspürte Andrea plötzlich einen Bärenhunger, und es fiel ihm ein, dass er heute kaum etwas gegessen hatte. Das Mittagessen war ausgefallen, weil er nach Scherrers Telefon mit Zahner den morgigen Einsatz plante, nach der Arbeit am Abend war er direkt ins Fußballtraining gefahren und anschließend in die Märchenvorstellung. Dadurch war auch das Nachtessen flachgefallen. Einzig am Nachmittag hatte er zwischendurch, um dem Zuckerabfall im Blut etwas entgegenzuwirken, einen gefüllten Biber und ein Kägifrett verdrückt. Aber das hatte natürlich nicht lange gereicht. Im Schrank fand er eine Packung Makkaroni. Und als er den Sack hervorzog, blitzte dahinter eine Büchse eingemachter Pfirsichhälften hervor. Sofort fiel ihm ein, wie Rebecca ihn ausgelacht hatte, als er die Dose mit kindlicher Begeisterung in den Einkaufswagen gelegt hatte. Die süßen, in Sirup eingelegten Früchte hatte er schon als kleiner Junge geliebt. Seine Mutter, die ansonsten darauf bestand, Früchte und Gemüse selbst einzumachen, hatte ihm ab und zu erlaubt, von den goldgelben persischen Äpfeln aus der Konserve zu naschen. Plötzlich spürte er Tränen in seinen Augen brennen.

Er holte einen großen Topf aus dem unteren Gestell und dachte daran, wie oft er Rebecca dabei zugesehen hatte, wie sie am Herd stand und kochte, und er ihr dabei seine Geschichten von der Arbeit erzählte. Wie sehr er das vermisste. Und wie sehr sie ihm fehlte.

War es wirklich möglich, dass das nie mehr sein sollte?

Ja. Sie kam nicht mehr zurück. Nie mehr.

Er füllte den Topf mit Wasser, platzierte ihn auf dem Herd und stellte die Platte ein. Dann ging er ins Wohnzimmer und setzte sich mit der Zeitung aufs Sofa. Nicht einmal fürs Tagesgeschehen hatte er heute Zeit gefunden.

Als er eine Stunde später mit vollem Magen im Doppelbett lag, ging's ihm besser. Ob es Zeit war, die Wohnung aufzulösen? Und damit Rebeccas Tod definitiv zu akzeptieren? Auch jetzt lebte er wieder so wenig hier, dass die Wohnung nie wirklich zu seinem eigenen Zuhause geworden war. Aber bei der prekären Wohnungssituation in Zürich würde er so schnell keinen annehmbaren Ersatz finden. Hm, nein, vielleicht behielt er die Wohnung doch. Sozusagen als Basecamp. Er würde sie einfach ein bisschen mehr nach seinem Geschmack und seinen Bedürfnissen einrichten. Als Erstes wollte er sich einen großen Flachbildfernseher besorgen. HD, Plasma, 3D, LED? 32 Zoll oder 42? Oder noch größer? Ob dem Schwelgen in den diversen verschiedenen Möglichkeiten und Modellen schlief er schließlich ein.

26.

Yanik schlief. Endlich Ruhe. Sie fühlte sich furchtbar müde. Am liebsten würde sie sich jetzt hinlegen und nie mehr aufstehen. Aber es gab noch viel zu tun. Morgen war Kartonabfuhr, sie war nicht dazu gekommen, die Schachteln zusammenzubinden und auf die Straße zu stellen. Dann hatte man sie gebeten, für Lara einen Koffer mit Kleidern bereitzumachen, was sie auch noch nicht geschafft hatte und was bedeutete, dass sie Lara nicht so rasch aus der Psychiatrie würde befreien können. Am Nachmittag hatte sie eine Wäsche in die Maschine geworfen, die jetzt noch aufgehängt werden musste. Und zudem hatte ihre Mutter angerufen und sie fürs Wochenende eingeladen. Als sie gehört hatte, dass Lara in der Kinderpsychiatrie war und auf keinen Schulunterricht Rücksicht genommen werden musste, wollte sie gar, dass sie noch heute käme. Was sie im ersten Moment sofort ablehnte, doch dann war ihr plötzlich eingefallen, dass es vielleicht gar nicht so schlecht wäre, wenn Yanik morgens von ihrer Mutter entdeckt wurde.

Auf dem Tisch in der Küche lag die Liste, die sie heute angefertigt hatte, mit allem, was jetzt erledigt sein sollte. Sie warf einen Blick darauf. Immerhin, einiges war durchgestrichen und hatte sie geschafft. Aber bei weitem nicht alles.

Wie erwartet hatte sich Yanik stark erkältet. Sie hatte bereits am Mittag einen Anstieg seiner Temperatur bemerkt und bis zum Abend war das Fieber so hoch, dass sich vorhin ein anständiger Fieberkrampf gebildet hatte. Wie gut, dass sie den Valiumbestand diese Woche kontrolliert und den Vorrat heute aufgestockt hatte. Damit hatte sie genug daheim, selbst wenn es in der Nacht nötig sein sollte, ihm noch mehr zu geben.

Jetzt schlief er tief und fest, dem Medikament sei Dank.

Sie war enttäuscht. Am Nachmittag hatte sie in der Praxis von diesem Gubser angerufen. Aber die unverschämte Praxisassistentin hatte sie kurz abgefertigt. Daniela hatte ihr die Situation erklärt und von Yaniks Erkältung erzählt. Eigentlich hatte sie erwartet, dass man sie sogleich bestellen würde, um den Kleinen zu zeigen. Aber nein, das Weibsstück hatte sich Yaniks Symptome angehört und gemeint, sie solle noch etwas abwarten, wenn das Fieber stärker werden würde und die Zäpfchen nicht hälfen, solle sie sich wieder melden. Dafalgan, ha, beinahe hätte sie gelacht. Als ob das harmlose Paracetamol für Yanik reichen würde. Die Person hatte sie am Telefon abgekanzelt, als wäre sie eine ganz gewöhnliche Hausfrau, die von nichts eine Ahnung hatte. Das Wartezimmer sei im Moment voll mit Grippeopfern und die weniger akuten Fälle versuche man ohne Arztbesuch zu erledigen.

Super. Dabei hatte sie genau gewusst, wie Yanik reagieren würde, und hatte sie nicht recht behalten? Der Fieberkrampf war natürlich erst nach Praxisschluss eingetreten. Jedenfalls hatte sich bereits der Telefonbeantworter gemeldet, als sie um 16.30 Uhr noch einmal angerufen hatte. Die Notfallnummer zu wählen war ihr zu blöd gewesen, sie hatte ihrem Kind eine Portion Valium gegeben. Genau das Richtige. Der Krampf hatte sich sogleich gelöst und nun würde er die Nacht mit Sicherheit durchschlafen. Und vermutlich sogar noch lange in den Vormittag hinein. Aber dann würde sie erneut anrufen und sich nicht abwimmeln lassen. Im Gegenteil, sie würde Gubser den ganzen Vorfall erzählen und sich gleich über seine unfähige Assistentin beschweren.

Die würden sie noch kennenlernen. Das war das erste und letzte Mal gewesen, dass sie sie so unterschätzt hatten. Und dass sie sich so abfertigen ließ. Ihr Kind war schwer krank, jetzt ganz besonders. Das würden sie noch sehen. Und trüge es einen Schaden davon, hätten sie den zu verantworten.

Wenn sie allerdings zu ihrer Mutter führe, könnten sie morgen in den Notfall im Spital. Aber sie würde dafür sorgen, dass Gubser und seine ganze Mannschaft zu erfahren bekäme, warum es so weit hatte kommen müssen. Und sie die Konsequenzen zu tragen hätten.

Und dann hatte sie da noch eine andere Idee. Ein Plan, der sie nicht mehr losließ, seit sie den Nachbarsjungen aus dem Fenster hatte schießen hören.

Was, wenn sie ihr Kind ganz opferte? Bekäme sie dann endlich die Aufmerksamkeit, die ihr zustand? Sie hatte schon seit jeher diese kleinen Deals mit Gott oder was auch immer es war, was das Sagen hatte, ausgehandelt. Sie bekam eine gute Note, dafür durfte es von ihr aus regnen. Die Straßenbahn hatte Verspätung, dafür bekam sie vom Jungen aus der Parallelklasse eine Einladung. Sie schaffte die Abschlussprüfung, dafür durften ihre Mutter und ihre Schwestern ihren Dreierpakt bilden und sie ausschließen. Zeigte die Waage wieder ein paar Gramm weniger an, war der Preis, dass sie sich interessiert mit ihrem Vater vor seine Musikaufnahmen setzte und scheinbar gespannt zuhorchte.

Eine kleine Unannehmlichkeit gegen eine kleine Belohnung. Manchmal waren es auch größere Anliegen gewesen und dementsprechend hatte sie etwas mehr Ungemach auf sich genommen. Sie bestimmte, was sie wofür bekam. Es war meist aufgegangen. Warum sollte es diesmal anders sein?

Vielleicht sollte sie jetzt hier einfach alles stehen und liegen lassen und zu ihrer Mutter fahren? Yanik würde auch im Auto weiterschlafen. Die Idee war gar nicht schlecht. Und vorher würde sie noch die Pistole suchen und einpacken.

FREITAG

27.

4.45 Uhr. Verdammt früh. Er fühlte sich müde. Die Nacht war kurz gewesen, obwohl er gestern Abend rasch eingeschlafen und bis heute Morgen kein einziges Mal aufgewacht war. Der Wecker hatte ihn mitten aus dem Traum gerissen. Worüber er allerdings froh gewesen war, er war mit dem Velo in eine Kontrolle geraten, man hatte ihm eine saftige Buße aufdrücken und ihm gar das Fahrrad wegnehmen wollen. Jedenfalls war er mit einer riesigen Wut im Bauch geweckt geworden.

Sofa, Fernseher und Kühlschrank mochten an gemütlichere Stunden in diesem Raum denken lassen, aber sie konnten nicht über den Ernst der Lage hinwegtäuschen. Als Andrea in den Aufenthaltsraum der Wache Spezial trat, hielt sich schon eine ansehnliche Zahl Männer darin auf. Und es kamen laufend mehr. Richtig, hatte Zahner nicht von zehn gesprochen, um ein Haus von dieser Größe möglichst rasch und effizient zu durchsuchen? Zusammen mit dem Einsatzleiter Intervention und dem Brandtour Intervention waren es zwölf Personen allein vom Spezial. Dazu kamen Andrea und Ramona von der Kripo plus noch all die Auswärtigen. Sanität, Ärzte, Vormundschaftsbehörde. Das ergab eine ganze Gesellschaft.

Einige der Grenadiere lümmelten in den Sesseln herum, andere tranken Kaffee und die dritten lasen in der Zeitung. Jedenfalls war allen gemein, dass sie im Gegensatz zu Andrea trotz der frühen Stunde wach und ausgeschlafen wirkten.

»Na, Bernardi, auch einen Kaffee?« Er nickte und Zahner brachte ihm eine dampfende Tasse. Ah, da kam Johannnes, der Brandtour Intervention. Sie tauschten ein paar Floskeln aus und schließlich orientierte Zahner kurz über die Art des Einsatzes und das passende Tenü. Er wünschte sich die Teilnehmenden in Zivil mit Weste und Waffe.

Die eigentliche Befehlsausgabe begann um 5.00 Uhr.

Der Aufenthaltsraum leerte sich, die Männer verschwanden für die letzten persönlichen Vorbereitungen und man traf sich im Rapportsaal wieder, wo Zahner pünktlich loslegte: »Wie ich sehe, sind wir vollzählig, dann beginne ich mit der Orientierung.«

Andrea staunte. Hoppla, was hatte er denn da verpasst? Eine Powerpointpräsentation für diesen kleinen Einsatz? Wurde der besser dadurch? Wer kam denn auf so eine übertriebene Idee? War das auf Simons Mist gewachsen oder gehörte das heute zum Standard? Hm, offenbar. Außer ihm schien es jedenfalls niemandem besonders aufzufallen. Sie wurden darüber orientiert, wer den Auftrag gegeben hatte, und er hörte Zahner Familie Landolt vorstellen sowie den Einsatzort erklären. Natürlich hatte Simon alles genau rekognosziert respektive observieren und abklären lassen. Die Haustür der Familie Landolt war aus massivem Holz, aber glücklicherweise nach innen versetzt, so dass der nach außen vorstehende Rahmen einen idealen Halt für die Presse bot. Anschließend kam er zum Phasenplan. 1. Verschiebung und Annäherung. 2. Eindringen ins Objekt, Zielperson sichern und das Kind schützen. 3. Phase: Nachorganisation und sich bereithalten für weitere Aufträge. Die Aufgaben wurden verteilt. Das Türöffnungsteam definiert. Einer wurde bestimmt, das Kind zu sichern. Andrea war nicht mehr ganz bei der Sache. Manchmal kamen ihm diese Einsätze vor wie das »Räuber und Poli«-Spiel in seiner Jugend. Nur dass man hier nicht, wenn es einem verleidete, einfach sagen konnte: »Komm, hören wir auf und machen wir wieder Frieden.« Das hier war Ernst. Er zwang sich, Zahner genau zuzuhören.

»Besonderes: Wir sind absolut leise bis vor die Tür. Landolt leidet an Schlafstörungen, sie darf uns auf keinen Fall hören. Wir wollen nicht, dass sie das Kind allenfalls als Geisel nehmen kann. Keiner kann voraussehen, wie sie mit ihm umgehen könnte, und noch einmal, der Schutz des Kindes hat oberste Priorität.« Zahner blickte in die Runde und war offenbar zufrieden mit den Gesichtsausdrücken der Anwesenden. Er erwähnte den Funkkanal und die Standorte der Einsatzleiter. Fragen? Einer der Grenadiere meldete sich: »Was machen wir, wenn noch jemand im Haus ist?«

»Arretieren.«

Ein Weiterer erkundigte sich, ob eine Hausdurchsuchung gemacht wurde und wenn ja, von wem. Ja, es gab eine HD, und gemacht wurde sie von der Kripo mit Unterstützung des Spezials.

»Weitere Unklarheiten?« Erneut blickte Zahner in die Runde. »Keine weiteren Wortmeldungen. Ja, dann los.«

5.40 Uhr. Sie lagen gut im Zeitplan. Der allgemeine Aufbruch begann. Ramona und Andrea waren im eigenen Wagen untergebracht. Für die Grenadiere standen zwei VW Busse bereit. Man begab sich zu den Einsatzfahrzeugen.

Einer der Skorpione lachte lauthals. Das waren die Momente, in denen er sich wünschte, er würde ebenfalls zum Spezial gehören und könnte nun gemeinsam mit ihnen in einen der VWs steigen. Wenn sie da so zusammensaßen, ihre Witze rissen und wie eine verschworene Gemeinschaft wirkten, bewunderte er ihren Zusammenhalt. Ein Bund von Brüdern, die gemeinsam gefährliche Situationen meisterten und jeder für jeden einstand. Die Verherrlichung der Helden war schnell geschehen. Na ja, er hatte einen anderen Weg gewählt, und der war auch nicht schlecht.

Sie fuhren los. Andrea folgte den Bussen der Grenadiere. Es war kaum Verkehr auf den Straßen und die Ampeln blinkten orange. Drei Häuser vor der angepeilten Adresse hielten die beiden VWs und wurden geparkt. Er stellte sein Auto daneben. Soeben traf der Sanitätswagen ein. Leise stiegen sie aus dem Auto, die Türen wurden sorgfältig zugedrückt und nicht geschlagen. Die ganze Szene hatte etwas Gespenstisches. Ein dunkelblauer kleiner Wagen kam angefahren und gesellte sich zu ihnen, die Vormundschaftsbehörde. Noch ein Auto bog ein, der Notfallpsychiater, und gleich darauf kam auch noch der Stadtärztliche Dienst.

Sehr gut, damit waren sie vollzählig. Man stellte sich kurz vor und drückte sich die Hand.

Die Stimmung hatte sich völlig verändert. Keiner der Anwesenden machte einen unnötigen Laut, alle waren höchst konzentriert, ein jeder kannte seinen Platz und seine Aufgabe. Im Schutz der Dunkelheit formierten sich die Grenadiere zu einem Tatzelwurm und gleich darauf bewegte sich die 1er-Kolonne geräuschlos in Richtung Zielobjekt. Neidisch blickte ihnen Andrea nach. Nun begann die Action, und er war nur Zuschauer.

Die schwarze Schlange erreichte ihren Zielort und stand einen Moment still. Am Kopf kam erneut Bewegung auf.

Einer hielt die Presse vor die Türe, das Surren der Hydraulik setzte ein. Der Arm fuhr aus, erreichte den Türrahmen, begann zu spreizen. Das Holz ächzte und stöhnte. Druck baute sich auf, wurde stärker, noch stärker, und sobald er groß genug war, fuhr ein Stoßarm auf Höhe des Schlosskastens aus. Die Tür wölbte sich unter Getöse, ein kleines Klicken, das Schloss war ausgehebelt, die Tür offen. Manuell wurde der Druck wieder abgelassen und die Presse aus dem Rahmen gezogen. Jetzt wurde die Tür ganz aufgestoßen und die Männer stürmten das Haus. Das Ganze hatte nur wenige Sekunden gedauert.

*

Sie schlug die Augen auf. Es war dunkel, aber da war ein Geräusch. Yanik? Nein. Die Vögel. Sie flatterten und kreischten. Warum so früh? Noch war der Sonnenaufgang weit entfernt. Etwas musste sie aufgeweckt und erschreckt haben. Angestrengt horchte sie in die Finsternis. Hellwach jetzt. Ja, da war noch etwas anderes. Ein leises, aber stetiges Surren. Ganz nah. Was war das? Die verdammten Vögel veranstalteten einen solchen Krach, dass es unmöglich war, etwas Genaues zu hören. In letzter Zeit hatte sie öfters daran gedacht, die Wellensittiche in die Freiheit zu entlassen. Beim Füttern könnte sie ganz einfach die Käfigtüre »vergessen« zu schließen, worauf die Tiere durch ein offenes Fenster davonschössen. In die Freiheit. Und den sicheren Tod. Für die kleinen Australier waren die Temperaturen hier viel zu tief. Und wenn die Kälte sie nicht tötete, dann die einheimischen Vögel oder der Hunger. Warum hatte sie es nicht getan? Mit offenen Augen starrte sie ins Nichts und versuchte durch das Gekreisch, dieses andere Geräusch zu lokalisieren. Kam es von der Haustür? Ja! Schlagartig beschleunigte ihr Puls. Was ging hier vor sich? An ihrer Haustür? Sie spürte ihren Herzschlag bis in den Hals. So stark, dass es sich anfühlte, als käme er aus der Bettdecke. Panik ließ sie bewegungslos daliegen. Holz ächzte und stöhnte. Völlig fixiert, lauschte sie dem mysteriösen Knarren. Gott, was war hier los? Einbrecher? Räuber? Sie wollte um Hilfe schreien, brachte aber keinen Ton heraus.

Da, ein jähes, leichtes Schnappen, das Schloss musste aufgesprungen sein und machte den Weg frei für eine hereinrollende Lawine. Schwere Stiefel polterten übers Parkett. Schritte, plötzlich scheinbar überall in ihren eigenen vier Wänden. Noch immer konnte sie keinen Finger rühren, lag wie gelähmt. Die Flut kam näher, gleich würde sie sie erreicht haben. Die Schlafzimmertür ging auf. Ein Lichtstrahl traf sie mitten ins Gesicht. Bevor sie geblendet die Augen schloss, sah sie eine dunkle Gestalt. Jemand riss ihr die Decke weg. Sie versuchte zu blinzeln und blickte direkt in den Lauf einer Waffe.

»Polizei! Zeigen Sie uns Ihre Hände!« Sobald sie ihre Hände in die Höhe hielt, wurde die Pistole versorgt, aber jemand packte sie und legte ihr Handschellen an.

Aus dem Kinderzimmer kamen Stimmen. »Der Kleine schläft so tief, wir kriegen ihn nicht wach.«

»Vorwärtsmachen! Alle Räume des Hauses so schnell wie möglich besetzen und sofort Meldung an die Sanität! Sie sollen das Kind holen und ins Krankenhaus fahren!«

Wieder überall Schritte. Chaos. Lärm.

»Alles safe. Wir holen die Sanität.«

»Was soll das? Was wollen Sie? Was fällt Ihnen ein?« Allmählich erwachte sie aus ihrer Starre. Die Polizei. Hier.

Bei ihr im Haus. Niemand antwortete ihr. Sie hörte, wie jemand Yanik aus dem Zimmer trug. Sie versuchte aufzustehen. Ein Mann hinderte sie daran. »Bleiben Sie liegen.«

»Was machen Sie mit meinem Kind?« Ihre Stimme wurde schrill. »Lassen Sie sofort mein Kind los!« Wieder versuchte sie aufzustehen, der Mann drückte sie ganz einfach zurück aufs Bett. »Was soll das? Was fällt Ihnen ein? Ich rufe die Polizei!« Der Mann sagte nur: »Wir sind die Polizei.«

»Das glaube ich Ihnen nicht. Hilfe! HILFE!« Es würde sie niemand hören. Die Nachbarn waren zu weit weg. Aber jemand musste den Überfall doch sehen! Mein Gott, man brach in ihr Haus ein und stahl ihr Kind! Sie schrie, so laut sie konnte. Es nützte nichts.

Sie hörte auf. Es war ruhiger geworden im Haus. Ein älterer Mann trat zu ihr ans Bett. Und begann, sich mit ihr zu unterhalten. Sie wollte nicht mit ihm reden. Sie wollte zu Yanik!

»Frau Landolt. Ich bin Doktor Eisenring. Wir kümmern uns um Sie und um Yanik.«

»Was soll das? Ich brauche keine Hilfe. Wir haben einen Arzt. Warum bin ich gefesselt?«

»Ich weiß, dass Sie bei Herrn Scherrer in guten Händen sind. Aber wir müssen abklären, was Ihrem Sohn wirklich fehlt.«

»Ich verlange, dass man mir augenblicklich die Handschellen abnimmt!«

»Das wird man gleich tun. Bitte beruhigen Sie sich.«

»Ich mich beruhigen? Hören Sie mal, man hat mir soeben mein Kind gestohlen!«

»Ihr Sohn ist in guten Händen. Man wird herausfinden, wie man ihm helfen kann.«

»Glauben Sie mir, das ist nicht so einfach.« Sie lachte bitter auf.

»Wir möchten in Erfahrung bringen, ob Yanik tatsächlich an Epilepsie leidet. Warum er sich so verhält, wie er sich verhält. Dazu muss er in ein Epilepsiezentrum, wo er rund um die Uhr beobachtet werden kann. Bis jetzt haben nur Sie seine Krämpfe gesehen. Ihr Sohn wird eingeliefert. In dieser Zeit dürfen Sie ihn nicht sehen.«

Ungläubig schaute sie ihn an. »Das kann nicht Ihr Ernst sein.« Als der Arzt keine Antwort gab, fuhr sie weiter: »Ach, jetzt verstehe ich. Sie glauben, ich hätte das Münchhausen-Stellvertretersyndrom.« Mit einem Mal wirkte sie völlig gefasst. Keine Tränen, kein Wutanfall. Kalt und kontrolliert sagte sie: »Was fällt Ihnen ein. Das wird Konsequenzen für Sie haben. Ich werde mich beschweren.« Plötzlich schien sie sich gar nicht mehr für ihr Kind zu interessieren. Sie fragte nicht, wohin Yanik gebracht wurde. Sie erkundigte sich nicht nach den Untersuchungen, die man an ihm vorzunehmen gedachte. Sie äußerte sich nicht einmal mehr zum Besuchsverbot. Stattdessen begann sie über sich zu reden. Es ging ihr nicht gut. Sie litt an Schlafstörungen, schon seit Jahren. Sie hatte immer wieder Migräne. Ihr Mann hatte sie im Stich gelassen. Und schon als Kind hatte sie es nicht einfach gehabt. Der Notfallpsychiater hörte ihr zu.

Yanik war mit Blaulicht und Sirene unterwegs ins Kinderspital. Niemandem war es gelungen, ihn aus seinem komatösen Schlaf aufzuwecken. Ramona begleitete den kleinen Jungen und fuhr mit der Sanität mit. Würden sie es schaffen? Konnte Yanik noch gerettet werden? Was hatte ihm die Mutter gegeben?

Andrea ging zum Haus zurück, er konnte nichts mehr für den Dreijährigen tun.

Bevor er eintrat, betrachtete er die beschädigte Haustür und rief den Notfallschreiner an, um sie wenigstens notdürftig reparieren zu lassen. Dieser versprach, innerhalb der nächsten halben Stunde zu kommen.

Mit einer gewissen Erleichterung musste er an die Information denken, die er gestern erhalten hatte. Nämlich, dass die Tote von Dienstagmorgen die Zugehfrau von Landolts gewesen war und dass sie sich mit einer unter Philippe Landolts Namen registrierten Pistole erschossen hatte. Er wagte nicht, daran zu denken, was hätte geschehen können, wäre die Schusswaffe noch im Haus gewesen und was Daniela Landolt damit hätte anrichten können. So gesehen, hatte dieser Selbstmord sogar noch etwas Gutes gehabt.

Sie begannen erneut, das Haus zu durchsuchen. Diesmal langsamer, aber wieder systematisch Raum für Raum. In den diversen Badezimmern stellten sie verschiedenste Medikamente sicher. Schließlich stand Andrea in Laras Kinderzimmer. Eine Woche war es her, seit er ihr begegnet war. Damals hatte er nicht geahnt, dass das Familiendrama noch viel größer war als angenommen. Nun war der ganze Eisberg sichtbar geworden. Wie ein Film spulten sich die Szenen mit dem verzweifelten Mädchen vor seinem inneren Auge ab.

Noch war sie in der Kinderpsychiatrie. Wie aber würde es weitergehen? Zum Glück hatten die Kinder auch einen Vater. Natürlich konnte man nicht einfach in die USA übersiedeln und hier alles zurücklassen. Aber vielleicht würde ihnen die fremde Umgebung helfen, ganz frisch anzufangen. Er wünschte es ihnen. Hoffte, den dreien möge ein positiver Neustart gelingen. Ohne die kranke Mutter.

Jemand fand den Waffenkoffer. Allerdings wie erwartet ohne Pistole. Noch einmal war er grenzenlos dankbar dafür, dass die Waffe nicht mehr hier war. Mit dem Entwenden der Faustfeuerwaffe hatte Frau Savolic dem kleinen Yanik womöglich sogar das Leben gerettet.

Eisenring hatte das Gespräch mit Daniela Landolt beendet. Und sie hatte schließlich zugegeben, dass sie Yanik erneut Valium gegeben hatte. Er unterschrieb die Fremdgefährdung und damit die fürsorgerische Unterbringung. Man wies sie an, einen Koffer zu packen. Andrea bestellte den Kastenwagen. Er kam nach wenigen Minuten und brachte Daniela Landolt in die geschlossene Abteilung der Psychiatrischen Klinik. Für wie lange, konnte niemand sagen. Und ob ihr geholfen werden konnte, schon gar nicht.

Sie machten weiter, und die Hausdurchsuchung dauerte bis kurz vor Mittag. Außer den Pillen, Säften, Tabletten und Tropfen stellten sie auch Daniela Landolts Computer sicher.

Andrea bedankte sich bei Zahner und seinen Männern für die Unterstützung und die gute Arbeit.

Dann rief er Ramona im Spital an. Yanik war stabil. Seine Mutter hatte ihm eine Überdosis Valium verabreicht. Er würde sich erholen. Was für Langzeitschäden übrig blieben, würde die Zukunft zeigen. Im Moment war der Junge in sicheren Händen. Besuchen durfte ihn in der ersten Zeit auch sein Vater nicht. Es stand ihm eine genaue Überwachung bevor. Daniela Landolt würde ihr Kind so rasch nicht mehr sehen. Der Obhutsentzug war in Kraft, und Andrea traute Philippe Landolt zu, seine Kinder vor ihrer Mutter, seiner Noch-Ehefrau, zu schützen.

»Wir sind dann mal fertig.« Der Notfallschreiner rief es ins Haus hinein. Andrea trat heraus und begutachtete die Reparatur. Na ja, wie neu sah sie nicht aus, aber fürs Erste würde sie allfällige unerwünschte Besucher fernhalten.

»Danke. Auf Wiedersehen.«

»Hoffentlich. Wir sind für jeden Auftrag dankbar.« Der Mann hob die Hand zum Gruß und stieg in den Lieferwagen. Andrea blickte ihm hinterher, schloss die Haustür von außen und machte sich ebenfalls auf den Weg. Nun begann der Schreibkram, der den größten Teil seiner Arbeit ausmachte. Aber zuerst wollte er noch etwas anderes erledigen. Er fischte sein Handy aus der Hosentasche und wählte Reas Nummer. Er erreichte sie sofort. »Wollen wir zusammen zu Mittag essen?«

»Klar, warum nicht.«

»In einer halben Stunde, Movies? Im Garten?« Er spürte, wie sein Magen knurrte.

»Perfekt. Bis dann.«

»Ich freue mich.«

»Ich mich auch.«

Zufrieden drückte er auf den Hörer und machte sich auf in Richtung Innenstadt.

Rea hatte tatsächlich froh geklungen. Schön. Wie gut, dass er Alessias Angebot ausgeschlagen und die Finger von ihr gelassen hatte. Das hätte alles nur verkompliziert.

Die Sonne schien und das Leben schien es wieder gut mit ihm zu meinen.

ENDE

ISBN 978-3-8392-2628-5

ISBN 978-3-8392-2615-5

ISBN 978-3-8392-2620-9

ISBN 978-3-8392-2635-3

ISBN 978-3-8392-2618-6

ISBN 978-3-8392-2623-0

ISBN 978-3-8392-2630-8

ISBN 978-3-8392-2631-5

ISBN 978-3-8392-2632-2

ISBN 978-3-8392-2405-2

ISBN 978-3-8392-2622-3

ISBN 978-3-8392-2545-5

ISBN 978-3-8392-2629-2

ISBN 978-3-8392-2634-6